KB003184

동문다리 브라더스

동문다리

강퍅한 삶을 견디며
뜨거운 시대를 통과한 형제들이여 보라!

손병현 장편소설

차례

1
장밋집

한 송이 장미는 가겟방 한켠에서 쿨쿨 호박꽃으로 피어나는 중이시다. 새벽에 일어나 그날 팔 반찬과 안줏거리 등속을 만들어 놓고 점심 전까지 퍼질러 자는 게 그녀의 오전 일과다. 장미라 불리게 된 이유와 시작은 알 수 없지만 눈자위가 짓무를 나이까지 꽃으로 불린다는 것은 특별한 영광이 아닐 수 없다.

날씨가 날씨인지라 이제 그만 창고에 처박아도 좋을 연탄난로 위에서 자글자글 국솥이 끓고 있다. 국솥에는 족히 열 개는 넘을 동태 대가리가, 대파·김치·콩나물 등속과 함께 푹 고아지고 있다. 일명 장미표 '동태대가리탕'은 그 어떤 매운탕에도 밀리지 않을 속풀이 신공으로 정평이 나 있다. 포를 뜨고 남은 대가리를 개당 오백 원에 가져와서 고춧가루·마늘 한 국자씩 퍼 넣고 야채와 함께 끓여 내면 그게 혓바닥이 벗겨지는지 창자가 까이는지 모를 정도로 개미가 있었다.

장미의 영업방침은 '처먹거나 말거나 제 알아서' 였다.

서봉은 국솥에서 동태대가리탕 한 대접을 펐다. 주린 창자에 국물 몇 모금 흘려 넣어 줘야 위로가 될 것이었다. 웅걸도 스테인리스 반찬통에서 숙주나물·깍두기·묵은지·멸치볶음을 접시에 덜어 냈다. 냉장고 문을 열어 갈증해소음료 막걸리 두 통을 꺼내면 셀프 상차림은 완성이었다. 상대적 박탈감 운운할 수 없는 그야말로 진수성찬이었다. 마음이 흡족하면 그만인 것이 탁배기 상차림이라니 처지에 호사였다. 누가 먼저랄 것도 없이 사발이 넘치도록 따라서 죽– 목넘김을 했다. 서봉이 동태대가리탕에 수저를 담그는 사이, 웅걸은 깍두기에 젓가락을 디밀었다.

"술맛 참 무지하게 다네. 연애질보다 한 끗발 나아 크–크–"

서봉의 깔깔한 창자 속으로 톱톱한 막걸리가 흘러들었다. 패인 상처에 바셀린 연고라도 발라지듯 보드랍게 젖어들었다.

"좋텐다 아주. 너는 나만 따라다니면 인생 걍 꽃밭인 거여."

웅걸이 젓가락으로 동태 눈알을 쑤셨다. 깡마른 때문인지 타고난 때문인지, 한쪽 볼에 우물이 팼다. 술과 담배로 찌든 얼굴에 팬 보조개는 궁핍한 아가리처럼 보였다.

"그래, 까짓것 함 맡겨 보지 뭐. 어차피 미끄러진 길, 비포장이면 어떻고 고갯길이면 어떨까."

"굿–, 좋아. 요즘 시대에는 그런 막무가내 정신이 필요한 거야. 이제 좀 정신이 드는 모양이지?"

웅걸은 서봉보다 네 살이 많았다. 하지만 두 사람은 너나들이를 했다. 그 정도로 허물이 없었다. 웅걸은 서봉이 반말을 하든 취중 욕지거리를 하든 상관치 않았다. 이런저런 규정과 형식 나부랭이들이 일상을 한없이 귀찮게 하는 모서리와 같다는 사실을 일찌감치 깨달은 때문이었다. 텁텁한 막걸리의 숙주가 몸속에 뿌리를 내리지 않았더라면 어림없는 일이었다.

"내가 말한 유언장은 준비해 놨수?"

"에라이 인간아. 우리 어머니 들으시면 꽤나 좋아하시겠다."

"필히 어머니께도 한 통 써 놓고…… 아무래도 어머니보다 먼저 갈 모양이니까."

서봉은 죽은 자에게 따르듯 술병을 세 번 돌려 웅걸의 잔을 채웠다. 웅걸이 키득거리는 통에 술이 잔을 타고 흘렀다. '어, 아직 안 죽었네!' , 사람들이 웅걸에게 건네는 인사말이었다. 아직 살아 있어서 신기하다는, 조만간 죽게 될 것이라는, 의문과 기대의 표현이었다. 매일이다시피 만나는 서봉도 웅걸이 살아 있다는 사실에 놀라기는 마찬가지였다. 매양 술과 담배를 양식처럼 처넣고도 거뜬히 살아 돌아다니는 모양을 볼 때면 저절로 입이 벌어졌다.

"허- 허- 거지 새끼들 일찍도 납셨네."

드르륵-, 낡은 앵글문을 밀치며 병구가 얼굴을 디밀었다. 간신히 숨소리만 내는 인간들이 장밋집 문짝은 매양 시끄럽게 밀어젖혔다.

"엄니! 나 밥 좀 줘."

헛소리처럼 한마디 뱉어 낸 병구는 예의 낡은 신문을 펴들었다. 보풀이 일고 누런 얼룩까지 진 영자신문은 병구의 몰골과 다를 바 없었다. 누가 봐도 폼으로 들고 다니는 것일 테지만, 코를 박은 모습은 꽤나 진지했다. 그냥 한숨도 아까운 인간이었다.

“토악질 나오는 그것 좀 치우고 잔이나 받으시지?”

웅걸의 권유에도 병구는 꿈쩍하지 않았다. 웅걸이 들었던 술병을 다시 내려놓았고, 서봉은 새로이 수저 젓가락 한 벌을 깔았다. 병구가 신문을 접고 술잔을 들려면 시간이 좀 걸리기 마련이었다. 병구는 자주 만나는 사이라도 처음 얼마간은 낯을 가렸다. 그러다 마음이 안정되면 술잔을 들었고 숟가락처럼 빠르게 끼어들었다. 신께서는 왜 저런 인간에게 후덕한 낯바닥과 유창한 영어 실력을 선물하셨을까, 한탄하는 인간들이 적지 않았다.

“누나는 요즘 장사 좀 되나?”

서봉은 신문지로 가려진 병구의 얼굴에 주먹질을 해 보이며 웅걸에게 물었다.

“글쎄, 요즘 인터넷이나 홈쇼핑이 워낙 장사를 잘해 먹으니 겨우 단골장사나 하나 보더라고. 밥술이나 뜨고 사는 것도 어디야.”

웅걸의 누나는 굴비장사를 했다. 냉동 조기를 상자로 사 와서 녹이고 염장을 해서 말려 팔았다. 때문에 누나의 집에서는 늘 비린내가 진동했다. 해풍을 쐬어 말린 영광 굴비에 비교할 수야 없겠지만 간 하는 솜씨가 좋아 나름 맛은 괜찮았다. 하지만 마진을 최소화해도 굴비는 잘 팔리지 않았다. 웅걸은 조기를 염장하거나 널어 말릴 때 누나를 도왔다. 그리고 주문이 들어올 때마다 실어다 주거나 포장해서 택배로 보내는 일을 했다. 좋게 말하면 보조고, 바르게 말하면 허드렛일꾼이었다.

"허-허- 비굴도 모르는 놈들이 굴비 타령하고 자빠졌네."

비로소 긴장이 풀린 병구가 신문을 접고 막걸리 잔을 들었다. 굴비의 유례에 대해서 한 토막 주워들은 모양이었다. 입술은 벌써 막걸리를 빨아들이고 싶어 잔뜩 흥분한 채로 부풀어 있었다.

"썩을, 또 주둥이가 살아나는 갑지. 오늘은 제발 곱게 처먹자."

웅걸이 병구의 잔을 채웠다. 웅걸은 병구와 나이가 같았지만 형이거나 아버지 같을 때가 많았다. 웅걸이 단단해서가 아니라 워낙 병구가 철딱서니 없어서였다. 취객에게 걷어차이거나 싸대기를 얻어맞을 고비를 여러 차례 모면해 준 이도 웅걸이었다. 막걸리 두 통 이상부터 병구는 조절기능 상실로 접어들었다. 괜한 객기와 불안증세가 겹치면서 주변 손님을 쫓아내는 가스통 역할을 했다. 동문다리 막걸리 골목에서 술 처먹으면 대장 되는 이가 딱 두 명 있었고, 그중 한 명이 병구였다. 또 한 위인은, 웬만한 학식과 잡식을 갖춘 점잖이들을 엎었다 뒤집었다 결국 찜 쪄 먹는 천재소년이었다. 천재소년은 쉰 줄을 넘긴 지 오래였지만 사람들은 그를 젊은 시절 천재의 모습으로 기억하고 싶어 했다. 그러니까 병구는 액션으로, 천재소년은 주둥이로 꼴값을 떨었다.

"허-허-, 밤새 안녕들 하시었소? 무등산 주상절리 입석대를 화폭에 담느라 과인이 좀 늦었소. 그 끝에 멧비둘기 둬 마리 날아 가더이다."

청산이 헐거운 턱수염을 쓸어 내며 들어섰다. 예의 꼬막껍질도 대동한 참이었다. 마흔 가까이 얻은 아들은 올해 초등학교를 입학했다. 십수 년 막걸리를 장복한 결과 이슬처럼 영롱한 좇물 한 방울을 짜낼 수 있었으며, 위대하게도 자신의 혈통을 이을 새끼 한 마리를 얻었노라 자랑을 일삼는 위인이었다. 행여 그 영롱한 좇물이 두 번 발사되는 실수라도 빚어졌더라면 서석대에 올라 태극기를 흔들었을 위인이었다.

"어 준표 오냐? 얼른 먹고 학교 가야지."

웅걸이 꼬막껍질을 향해 씩– 웃어 보였다. 썩어서 두 동강 난 어금니가 시커멓게 드러나 보였다. 차라리 닥치고 손이나 흔들어 주는 편이 나을 성싶었다.

"야 임마, 너는 내가 그림자로 보이냐 연기로 보이냐?"

제 앞의 막걸리를 젓가락으로 휘휘 젓고 있는 병구를 향해 청산이 포문을 열었다. 그러거나 말거나 병구는 눈알을 막걸리 잔에 처박은 채 꿈쩍하지 않았다. 서서히 온도가 올라가는 청산을 향해 서봉이 옆자리의 의자를 빼줬다. 청산과 병구는 마주치면 교통사고가 났다. 가벼운 접촉이면 좋으련만 가끔 대형사고로 이어질 때도 있었다. 구경하는 재미야 사고가 크면 클수록 쏠쏠하기 마련이었다.

"아, 여기 형님 온 지 모르는 사람 있소? 무담시 복잡을 떨어쐈네."

병구의 화답은 투박했다. 심기가 불편한 와중에 간신히 알은 체를 하는 형국이었다.

청산과 병구는 며칠 전 대가리가 깨지는 핏빛 혈투를 벌인 바 있다. 막걸리 한 병 값, 이천 원을 놓고 서로의 귀까지 물어뜯는 대단한 싸움을 벌였기에 앙금의 골은 그만큼 컸다. 구경하기도 뭣할 정도로 쪽팔리는 싸움을 치러 낸 둘은 서로를 샛서방 쳐다보듯 했다. 서로 얼굴만 봤다 하면 파이터로 변하는 둘은 그야말로 천적관계였다. 둘의 싸움 이면에는 일상이 너무나 무료하고 외로워서 어쩔 수 없이 몸부림치는 비애가 깔려 있었다. 싸움이 다 끝나고 술잔을 들이켜는 둘의 모습은 숙제를 다 끝낸 초등학생처럼 명랑해 보이기까지 했다.

"설탕보다 달아."

호일에 쌓인 채 연탄난로 위에서 구워지고 있는 고구마 하나를 꼬막껍질이 베어 물었다. 배고픔 때문이 아니어도 연탄난로 위의 고구마는 정말 달았다. 빈속에, 구운 고구마는 과찬이 아니라 보약이었다. 뜨거운 그것을 한 알 주워 먹고 나면 눈알에 힘이 들어갔다. 늘 주린 창자를 달고 다니는 찌질이들을 위한 장미의 작은 배려였다.

"……허-허- 쥐새끼가 따로 없네."

"뭐여 새꺄, 너 지금 나 들으라고 허는 소리여?"

지지직-, 점화장치에 불꽃이 튀었다.

"쥐새끼 너는 이 시간에 왜 학교도 안 가고 고구마 타령이냐?"

"아침을 묵어야 학교를 가든지 말든지 할 꺼 아니여 임마? 아침에 급식 준다는 초등학교 들어 봤어?"

희끗희끗 헐겁게 뻗어 내린 청산의 턱수염을 타고 막걸리가 흘러내렸다. 들이켜다 흥분해서 입가로 새어 나온 막걸리가 수염을 타고 흘러내리는 중이었다. 지금은 흥분해서라지만 잠시 후 취하고 나면 가리지 않고 흘러내릴 것이었다. 청산의 유니폼이라 할 수 있는 회색 개량한복은 여름이 되어 윗도리만 반팔 런닝구로 교체될 때까지 죽 그렇게 때가 찌들어 가는 채로 걸쳐져 있을 것이었다. 땀낸지 쉰낸지 막걸리 썩은 낸지, 아니면 그것들을 전부 섞어 놓은 냄새인지 분간하기 어렵지만 콧구멍에 염증이 생길 정도로 지독함은 두루 증명된 사실이었다.

"니미 마누라는 끼고 잘 때만 써먹나, 쥐새끼는 왜 허구헌 날 나무집에서 얻어먹이나, 거렁뱅이 새끼도 아니고……"

"아따 이 털복숭이 새끼가 보자보자 참아 보자 하니께 무작무작 상투를 잡고 기어 오르네이. 너 시방 아칙부터 또 한 따까리 해 보자는 것이여 뭐여? 지금 뱉어 낸 니 말을 진정한 선전포고로다 받아들여도 되것어?"

"아직, 해장 중이니까. 뱃속이나 진정되믄 합시다. 쥐새끼 고구마 급식 중이신디."

병구가 슬쩍 비껴 나갔다. 아직 충분히 몸이 달아오르지 않았다는 의사표현이었다. 서봉이 냉장고에서 막걸리 두 통을 더 꺼내 왔다. 이러구러 시끄러운 와중에 벌써 막걸리 두 통이 감쪽같이 증발하고 없었다. 아무리 싸움에 열중하더라도 막걸리 들이켜는 것은 잊지 않았다. 서봉은 가끔 청산과 병구의 해괴한 짓거리를 보면서 막걸리를 먹기 위해서 저것들이 일부러 그러는 것은 아닌가 의심을 품기도 했다. 싸웠다 진정했다, 또 싸웠다 진정했다를 되풀이하면서 열심히 막걸리를 마셔 대고는 결국 둘 다 불같이 화를 낸 후 사라졌다. 그러면 그 술값은 고스란히 남은 자, 싸움 말리던 자, 곧 서봉이 뒤집어쓰기 마련이었다. 웅걸은 마지막까지 자리에 남긴 했으나 술값을 대납하지는 않았다. 정확히는 제 술값 뒤치다꺼리만으로도 둬 달을 당겨 사는 인간이었다. 서봉은 매번 안 속는다 정신 차리자, 각성하지만 언제나 눈 깜짝할 새 상황은 종료되기 마련이었다. 역시 고수란 취중에도 절대로 자신의 주머니를 털리지 않은 법이었다.

"작업은 잘 되세요?"

웅걸이 분위기를 바꿀 요량으로 청산에게 잔을 기대어 물었다.

"손 떨려 죽는지 알았다. 어제 한 병 사다 놓고 잔다는 것을 깜박 잊고 그냥 자 버렸더니 붓끄터리가 꼴린 좆끄터리 모냥 겁나게 까딱거려브러야."

"크-크-, 아예 거기에 붓을 매달아서 그려 보지 그랬어요. 걸작 하나 나올 법한데."

"아따, 귓구녕 아프게 뭔 헛소리냐 작품 갖고 장난질 허는 거 아녀야. 준표야! 국물도 묵어감스로 먹어야지. 사나가 가오가 있지 고구마 묵고 체했다 소리 들으믄 쓰겄냐."

"껴들어서 미안하요만은, 손이 떨려서 붓질을 할 수 없을 정도면 술을 끊어야 하는 거 아뇨? 음주운전 하듯이 매양 아침 공복에 막걸리를 퍼 잡숫고 붓을 잡는다면 거 그림이 제대로 될 턱이 있겄소. 보나마나 취한 채 보리때춤이나 추고 있겄지……"

병구가 강공 드라이브를 걸었다. 막 술잔을 든 청산의 손이 바르르 떨렸다. 너무 일찍 판이 끝나도 긴장감이 떨어지기 마련이었다. 자고로 극적이란 긴장감이 최고조에 달했을 때 완성되는 것이었다. 서봉이 잔을 들어 심하게 흔들리고 있는 청산의 잔에 입맞춤을 했다.

서봉은 일찍이 청산의 그림에 관한 격전을 목도한 적이 있었다. 때는 기억도 나지 않는 비탈진 해넘이였고, 장소는 청산의 입장에서는 적지나 다름없을 인천집이었다. 인천집은 그래도 손맛 좀 한다는 포장마차·금정식당·월가(月街) 등의 틈바구니 속에서 나름 선전을 하고 있었다. 주 메뉴는 닭곰탕이었지만 깔끔한 밑반찬 때문에 밥 손님과 술꾼들이 꼬였다. 청산은 장난 같은 오전 작업이 끝나면 꼬막껍질의 손을 부여잡고 본격적인 술집 투어에 나섰다. 이 집 저 집 기웃거리며 아는 얼굴을 찾는 것이었다. 그러다가 한 놈이라도 얻어걸리면 낙지처럼 딱 빨판을 들이댔다. 하지만 매양 아는 얼굴을 마주칠 수는 없었다. 그럴 때면 한 곳에 죽치고 앉아서 누군들 걸리기만을 기다렸다. 그러고도 기어이 호구가 나타나지 않으면 어쩔 수 없이 외상을 긋고 일어서곤 했다.

외상이라고 해 봐야 고작 막걸리 한두 통 값이었다.

"확 수염을 쥐뜯어 버리기 전에 언능 돈 내놔."

서봉이 막 인천집에 들어섰을 때, 닭벼슬이 청산의 얼굴에 구깃구깃한 종이 한 장을 획- 내던졌다. 과연 닭벼슬답게 얼굴이 시뻘겋게 달아올라 있었다. 인천집의 주인여자, 닭벼슬은 웬만한 것에는 화를 내지 않지만 돈, 즉 셈이 틀렸을 때는 입이 똥구멍으로 돌변했다.

"어허, 공들여 그린 작품을 신문지 쪼가리 대하듯 하면 쓰나."

점잖게, 최대한 체면을 잃지 않으려는 듯 청산이 천천히 허리를 굽혀 바닥에 떨어진 종이를 집어들었다. 그런 와중에도 꼬막껍질은 손님이 나간 빈 테이블 위 접시에서 총각무 하나를 손가락으로 주워 들었다. 싸움이라면 이골이 난 표정으로 사뭇 재밌다는 듯 바삭바삭 총각무를 바수어 대는 꼬막껍질이 더 무서운 지경이었다.

"나는 까막눈이라 그런 거 볼 줄도 모르고 가게에 걸어 두고 싶지도 않으니까 외상값이나 내놔. 안 그러면 내가 오늘 너 멱살 잡고 니 마누라 백화점으로 끌고 갈 거니까 생각 잘해. 어디서 이것이 먹물 몇 점 튄 걸로 외상값을 퉁칠라그래."

"아따, 거 아짐씨 듣자듣자 하니께 아조 남의 작품에 똥칠을 하는구만. 먹물 몇 점? 그걸 시방 말이라고 찌끌고 있소?"

"꼴에 자존심은 상하는 갑지. 말이 났으니 하는 거지만 니 그 잘난 그림이 막걸리 한 병 값이나 되냐? 붓만 들면 다 화가고 다 그림이여? 불쌍해서 외상 몇 번 줬더니 어디서 진짜 그지새끼 짓거리를 하려고 들어."

"뭐여, 그지새끼? 이년이 돈 몇 푼에 작품을 능멸하려고 드네. 이런……"

청산이 닭벼슬을 향해 일촉즉발 주먹을 휘두르며 달려들었다. 과히 작품을 능멸당한 기개가 입석대 주상절리만큼이나 웅장했다. 하지만 다음으로 벌어진 상황에 대해서는 어디서 말을 옮기기도 뭣할 만큼 조촐한 것이었다. 때문에 서봉은 눈을 반도 뜨지 않은 채 간신히 그 광경을 지켜볼 수밖에 없었다. 닭벼슬에게 간단히 멱살을 틀어잡힌 청산은 바람 앞에 허수아비처럼 꼴사납게 흔들렸다. 평생 빈속에 막걸리를 장복해서 바짝 곯은 청산과, 식당일로 다져진 팔근육의 닭벼슬은 애초부터 붙어서는 안 될 체급이었다. 청산이 목줄 잡힌 개새끼처럼 이리저리 휘둘리는 사이 꼬막껍질은 어느새 냉장고 문을 열고 사이다 한 병을 이빨로 깠다. 서봉은 안되겠다 싶어 닭벼슬의 팔을 붙들었다. 닭벼슬의 팔에 손이 닿는 순간 서봉은 찔끔했다. 아, 자칫하면 따라 죽을 수도 있겠구나. 저절로 손이 미끄러져 내렸다. "왜 이렇게 시끄러워." 가겟방 미닫이문이 드르륵 열리면서 도사견 한 마리가 대가리를 내밀었다. 닭벼슬의 남편 겸 포주 겸 자칭 사장인 황건달이 퉁퉁 부은 대가리를 디밀었다. 밤새 얼마나 들이켰는지 눈두덩이를 째야 겨우 눈알이 보일 정도였다. 여튼, 응원군까지 얻은 닭벼슬은 거머쥐고 있던 멱살을 힘껏 내동댕이쳤고, 청산은 너무도 쉽게 테이블 밑으로 나동그라졌다. 상황종료를 알리는 황건달의 캭- 가래침 돋우는 소리와 함께 닭벼슬은 졸여지고 있는 콩자반을 뒤적이기 위해 불판으로 향했고, 테이블 밑에 짜부라진 청산은 꼬막껍질의 부축을 받은 채 비척비척 인천집을 빠져나갔다. 혼자 우두커니 남게 된 서봉은 구석지에 아무렇게나 버려진 한지 한 장을 주워들었다. 구깃구깃 멋대로 뒤엉킨 그것을 펼쳐 본 서봉은 신트림이 절로 나왔다. 참 성의 없다 싶은 그것은, 어둑어둑 해가 지고 있는 가운데, 먼 산으로 털 빠진 기러기 세 마리가 힘겨운 날갯짓을 하고 있는 형국이었다. 두말할 것 없이 딱 청산의 처지였다.

"학교 다녀오겠습니다."

고구마 급식을 끝낸 꼬막껍질이 꾸벅 고개를 숙여 인사를 했다.

"그려, 땅바닥 쳐다보지 말고 하늘 쳐다보고 댕겨라이. 슨상님한테 안부 꼭 전하고."

청산이 수염을 쓸어내리며 아들을 타일렀다. 제법 근엄한 표정이었지만 성긴 염소수염이 도리어 체면을 깎아먹는 형국이었다. 낡은 앵글문을 밀어 닫고 나가려던 꼬막껍질이 갑자기 뒤돌아섰다.

"병구야! ……참 맛나. 너도 하나 묵어."

꼬막껍질이 병구를 향해 씩- 웃으며 주먹을 까보였다.

"아니, 저 어린놈의 새끼가…… 너 거기 안 서."

벌겋게 얼굴이 달아오른 병구가 일어나 쫓아가려 했지만 꼬막껍질은 벌써 한참이나 내달린 뒤끝이었다. 청산은 흐뭇한 얼굴로 술잔을 들었다. 꼬막껍질이 선물한 안주가 제법 입에 감기는 모양이었다.

2
동문다리 귀거래사

조심스럽게 나무 대문을 밀어 닫던 웅걸은 아랫입술을 깨물었다. 노모를 방 안에 가둬 두고 밖에서 열쇠를 채울 수밖에 없는 씁쓸함에 대한 자책이었다. 달리 뾰족한 수가 있는 것도 아니었고 마음 쓴다고 달라질 것도 없었다. 쏟아질 듯 위태로운 눈빛이 골목 틈바구니에서 끝 간 데 없이 흔들렸다. 웅걸은 습관처럼 걸음을 내딛었다. 해가 비추는 벽돌블록 벽면이 웅걸의 상반신 검은 그림자를 느리게 끌어갔다. 골목은 현실과 비현실을 나누는 경계이거나 통로였다. 어느 것이 현실이고 어느 것이 비현실인지 분간하기 어려웠다. 웅걸은 아무도 눈치채지 못할 긴 숨을 내쉬었다. 어쩔 수 없는 일상의 눅눅함이 숨 끝에 달려 있었다.

골목 입구에는 서봉이 기다리고 있었다. 골목은 황량했다. 겨우 두 사람, 어깨가 비껴갈 만한 너비의 삼십 보 길이인 그것은 죽은 짐승의 퀭한 목구멍을 닮아 있었다. 서봉은 잠바 주머니에 양

손을 꽂은 채 땅바닥을 상대로 쓸데없는 발길질을 해 보였다. 골목과 맞닿아 있는 재래시장에서 들큼한 썩은내가 풍겨 왔다. 이미 쇠락한 재래시장은 오래전부터 심한 구취를 풍겨 내고 있었다.

힐끗, 눈빛을 교환한 웅걸과 서봉은 매가리 없는 웃음을 지어 보였다. 윤기 없는 나른한 인사였다. 웅걸은 다 끝났다는 간단한 고갯짓을 해보였다. 매번 어머니를 떼어 놓을 때마다 웅걸은 한참동안 실랑이를 해야 했다. 집 안에 유폐된다는 두려움 때문에 어머니는 온 힘을 다해 발악하거나 불쌍한 어린아이의 얼굴로 애걸복걸했다. 웅걸은 그만큼 더 완강해질 수밖에 없었고, 심사도 복잡했다. 담배를 피워 문 서봉은 하릴없이 하늘을 올려다봤다. 오후로 넘어가는 초봄 하늘은 푸른빛 속에서 검은빛을 피워 올리는 중이었다.

"어디로 갈까?"

웅걸은 매양 똑같은 질문을 했다. 정말 어디로 가야 할지 알 수 없는 눈빛이었다. 대문 밖을 나서면 견고한 막연함이 기다리고 있었다. 갈 곳도 없지만, 행여 갈 곳이 있다손치더라도 무의미한 행보일 뿐이었다. 당당한 발걸음에 대한 기억조차 요원했다. 물위를 걷듯 웅걸의 발걸음은 늘 현실적이지 않았다.

"글쎄…… 김국장이 돌아가시게 생겼다는데, 눈 감기 전에 마지막 인사는 해야 하지 않을까?"

"짧게 마감하는 게 옳은 건지, 끝까지 살아남는 게 옳은 건지 통 모르겠다."

"당신은 술과 여자에 미련이 많아서 일찍 끝내지는 못 할 거야. 크-크-"

웅걸과 서봉은 옷 골목으로 접어들었다. 상춘객들이 산과 바다로 떼 지어 몰려다니는 형국이었지만, 시장 귀퉁이 옷 골목은 아직 겨울옷을 펼쳐 놓고 있었다. 두꺼운 몸뻬 바지와 무거워 보이는 털스웨터를 천장에 걸어 둔 점포에는 주인도 보이지 않았다. 대부분 셔터가 내려졌지만 의무처럼 서너 군데 점포가 문을 열어 그나마 명맥을 유지하는 정도였다. 팔리지도 않을 재고를 몇 년째 시위하듯 걸어 두고 있는 옷가게는 먼지 쌓인 박제를 연상케 했다.

옷 골목을 지나면 국밥집 골목이 나왔다. 국솥을 달구는 가스불과, 솥뚜껑 사이로 뿜어져 나오는 김이 죽어 가는 시장의 산소호흡기 역할을 했다. 오갈 데 없는 식객과 주정꾼들은 다른 누군가 남긴 것을 또 삼켰다. 순대며 내장이며 머릿고기 등속을 뜨거운 국물에 데쳐서 다시 내놓았고, 남긴 밥덩이는 토렴을 해서 국밥으로 재활용했다. 그 모든 것은 출입구 옆, 훤히 보이는 주방에서 이루어졌다. 모두가 동의하고 묵인하고 침묵하는 전제로 싼값에 배부른 양이 거래되었다. 소주도 막걸리도 맥주도 병당 500원이 쌌다. 죽지는 않을 거야, 비겁한 위안이 꺼림칙한 마음을 위로하는 골목이었다.

웅걸은 빠른 걸음으로 앞서 나갔고 그 뒤를 서봉이 따랐다. 웅걸은 하루에도 몇 번씩 국밥집 골목을 지나쳐야 했지만 특유의 누린내만큼은 이겨 내기 힘들었다. 죽은 돼지나 소에게서 나는 냄새인지 인간들에게서 나는 냄새인지 분간하기 어려웠다. 궁핍한 자들에게서는 특유의 냄새가 났다. 그것을 웅걸은 '소외의 냄새' 라 단정 지었다. 언제 어느 공간에 있든지 그들에게서는 주눅든 긴장에서 풍겨져 나오는 퀴퀴한 냄새가 따라다녔다. 그것은 단지 씻어 낸다고 씻어질 수 있는 외향적인 것이 아니었다. 웅걸이 그 특유의 냄새를 더욱 못 견뎌 하는 이유는 자신에게도 비슷한 냄새가 스멀거리기 때문이었다.

국밥집 골목을 겨우 벗어난 웅걸은 참았던 숨을 크게 내쉬었다. 큰 도로와 맞닿은 입구 쪽에는 그나마 햇살이 비쳤다. 생선가게와 과일가게가 있고 두부가게와 야채가게가 있다가 횟집으로 이어졌다. 상권은 그나마 입구 쪽에서 감질나게 이루어질 뿐이었다. 하지만 그것도 당장의 재료가 떨어졌거나 다른 곳을 갈 형편이 못되어 마지못해 들를 뿐, 그야말로 장을 보기 위해 찾는 경우는 드물었다. 반경 1㎞ 거리에 대형 마트가 있고, 도로를 따라 10분만 걸으면 깨끗한 점포에 진열된 질 좋은 상품들을 만날 수 있었다. 하지만 언제부터인가 대형마트도 상가점포도 시들해지고 있었다.

사람들이 사라지고 있었다. 거짓말 같지만 자고 나면 사람들은 안개처럼 떠나고 없었다. 그 많던 사람들이 어디로 사라졌는지 도무지 알 길이 없었다. 사람들이 사라지면서 눈에 띄게 도시는 쇠락해 갔다. 한 집 두 집…… 저녁이면 불이 켜지지 않았고,

뉴스가 끝날 즘이면 할렘가로 변해 있었다. 스러져 가는 도시의 위상은 살점이 파 먹힌 동물의 사체와 비견할 만했다. 거죽과 뼈만 남은 사이로 수상한 바람이 지나쳐 갔다. 남겨진 자들은 곁불이라도 쬐듯 또 남겨진 사람들을 찾았다.

“어디라도 잠깐 들렀다 갑시다. 왜 그런지 목이 메이네.”

“그럴까? 김국장도 맨정신인 우리 낯짝을 보면 낯설어할 테지. 킄–킄–”

“영흥식당 어떻수?”

“상관없지.”

웅걸이 앞장서 동문다리 4차선 도로를 건넜다. 도로를 건너면 날마다 출근하듯 들르는 막걸리 집들이 늘어서 있었다. 남들이 집 가까운 직장으로 출근을 하듯 웅걸도 집 가까운 막걸리 집을 드나들었다. 복개천 거리는 허름하고 세가 싼 이유로 막걸리 집이 들어서기에 좋은 여건이었지만 두 곳에서 여섯 곳으로 늘어난 데는 웅걸의 공로가 컸다. 웅걸은 사람을 끌어모으는 재주가 있었다. 이런저런 떨거지들이 웅걸의 행동반경 안으로 편입되면서 수요가 공급을 감당치 못했고 자연히 막걸리 집들이 늘어나게 되었다.

“아직 한산하군 당신이 자리를 잡고 앉아 있어야 날파리들이 꼬일 테지.”

“그렇잖아도 전화 계속 울린다. 어차피 다들 만나게 될 텐데 왜들 아우성인지.”

“그러지 말고 당신이 막걸릿집을 하나 차리면 어때?”

“다 망해 먹고 술로 겨우 버티고 사는데 그걸 업으로 삼으라고? 진짜 죽으라는 소리보다 더 무섭네.”

웅걸이 막걸리 투어에 나선 지도 어느덧 십 년 세월이니, 사회적 질서 밖으로 내몰린 지도 그만큼 오래였다. 막걸리 몇 잔 들이켜면 지난 시간이 한순간 같지만 깨고 보면 아찔할 만큼 낭떠러지 돌밭이었다.

웅걸은 서울에서 대학을 마친 후 곧바로 무등산 아래 호텔에 취직했다. 호텔은 그동안 좋은 여건에도 불구하고 방만한 경영으로 새로운 사업주에게 인수되었고, 웅걸이 그 시류를 타고 입사할 수 있었다. 웅걸이 입사 후 주변의 지인들에게 수많은 인사전화를 받은 것은 호텔의 잠재적 가치 때문이기도 했다. 호텔은 지역적 상징성과 함께 특별한 선호도를 갖추고 있었다. 뒤쪽으로 지산유원지를 끼고 있어 케이블카를 타고 오르면 시가지를 한눈에 내려다볼 수 있고, 무등산 자락의 주변 인프라도 안정적이었다. 주요 고객층은 타 지역 접대 손님과, 지역 유지들, 그리고 다음 날 신혼여행을 떠나는 신혼부부였다. 연회장도 줄곧 예약이 잡혀서 기관 회의나 각종 경조사를 치르는 용도로 대여되었다. 웅걸은 대학에서 배운 광고 디자인을 살려 적극적으로 마케팅에 나섰고 인근의 다른 호텔에 비해 더 많은 고객을 유치할 수 있었다. 하지만 곧바로 IMF를 맞으면서 호텔의 위상과 경영은 급속도로 추락하기 시작했다. 뒷심이 부족한 지역의 소규모 사업장이 차례로 문을 닫으면서 업무 차 들르던 타 지역 접대 손님은 크게 줄었고, 지역 기관이나 유지들마저 행사를 축소 간편화하면서 경영상황이 나빠졌다. 더욱 심각한 것은 관광객이 없다는 사실이었다. 타 시도에서는 시의 재정이 뒷받침된 관광 인프라 구축이 활성화 되었지만, 재정과 정치적 현안에 발목이 잡힌 빛고을은 관광객 유치를 등한시했다. 지역의 관광협회와 숙박업협회 그리고 요식업협회 등에서 관광객 유치를 위한 지역 활성화 방안을 간구하라고 정부와 시에 수차례 민원 제기를 하고 협조 요청을 했지만 번번이 뒷전으로 밀려나기 일쑤였다. 모든 행정이 정치 중심으로 돌아가면서 지역은 태풍의 중심에 있었지만 정작 민생은 극심한 소용돌이에 휘말리는 형국이었다. 그러는 사이 관광객은 썰물처럼 빠져나갔고, 찾았다 하더라도 숙박 없이 스쳐 지나는 정도였다.

"당신 다니던 호텔 재단장 해서 새롭게 오픈한 모양이던데 다시 들어갈 수는 없나."

"그걸 지금 농이라고 씨알거리는 거냐? 염장 지르기는 그만 사양이다. 충분히 데일 만큼 데었으니까."

웅걸은 호텔 사정이 아무리 어려워도 끝까지 다니려 했다. 대학 졸업 후 첫 직장이었고 지역의 상징적 의미도 있어서 애정이 남달랐다. 하지만 호텔은 끝내 경영난을 이겨 내지 못하고 폐업하고 말았다. 웅걸이 근무한 지 5년째였다. 한동안 시름에 잠겼던 웅걸은 어머니가 운영하던 시장의 점포를 저당 잡히고 기념품 회사를 차렸다. 하지만 사업수완이 좋지 못했던 웅걸은 겨우 인건비와 세를 낼 정도의 운영을 이어 갔다. 그나마 감각이 있어서 그 정도지 동종업계의 회사들이 달마다 하나씩 사라질 정도로 지역 경기는 바닥이었다. 회사를 운영한 지 2년째 되던 해, 소규모로 제작되어 팔리던 물품들이 갑자기 주문 폭주했다. 그해 지방자치 선거가 치러지면서 눈에 띄지 않는 선거 홍보물품 주문이 잇따랐다. 웅걸은 짧은 시간에 대량으로 물건을 만들어 납품했다. 하지만 그 짧은 시간에 웅걸은 폭삭 망하고 말았다. 대부분 웅걸에게 주문한 후보자들은 선거에 낙선했고, 선거비용도 감당할 수 없는 처지에서 물건 값을 제대로 치를 리 없었다. 참으로 가혹하다고 생각할 만큼 대책이 없었다. 추락은 미끄럼틀에서 미끄러지듯 그렇게 빠르고 자연스러웠다.

"당신이 막걸리에 코를 박고 사는 이유를 알 것 같기도 하고 모를 것 같기도 하고, 거참 고약한 과거야."

"망치로 머리통을 둬 번 얻어맞으면 일어설 것 같기도 한데 영- 일어서고 싶지가 않네. 그냥 뻗어 버리고 싶은 거지. 그게 바로 인생 바닥 친다는 거 아니겠냐."

포장마차를 지나, 금정식당을 지나, 인천집을 지나, 월가(月街)를 지나, 간판 없는 집을 지나, 영란을 지나쳤다. 오후 3시면 이른 술시였지만 보통 붙박이 술꾼들이 있기 마련인데, 새참을 먹으러 온 인부 몇 명만이 금정식당에 자리를 하고 있었다. 웅걸과 서봉은 빠른 걸음으로 술집들을 지나쳤다. 매일같이 들르는 곳이지만 그냥 지나칠 때면 매양 미안한 맘이 없지 않았다. 아침 나절에는 요기가 되는, 걸어서 20여 분 거리의 산수동 장밋집으로 출근을 하고, 오후에는 주로 이 여섯 곳에 똬리를 틀었다. 그리고 오늘처럼 마음이 심란하다 싶으면 예술의 거리 뒤편의 영흥식당을 찾았다. 예술의 거리를 지나다 보면 자연히 작품들이 눈에 들어왔다. 목공예와 문방사우 그리고 그림이며 도기까지 작품들을 보고 있노라면 저절로 마음이 차분해지기 마련이었다. 거리에 나붙은 포스터 한 장까지 예술적으로 와 닿는 곳이었다. 그 은근한 감정이 또 술맛을 당기게 했다. 피곤타 싶을 정도로 술에 지쳤을 때는 찻집에 들어가 전통차 한 잔을 마셔도 좋았다.

"소문에 들으니 뒷건물도 사셨다면서요?"

영흥식당 미닫이 유리문으로 졸린 햇살이 흘러내렸다. 갑숙씨가 타일 바닥에서 갑오징어 배를 가르고 있었고, 웅걸이 들어서면서 인사말을 건넸다. 조리대가 비좁은 때문에 생선 손질은 꼭 바닥에서 해치웠다.

"응? 소리가 거기까지 들어갔나? 사 봐야 뭣해, 세금만 늘어나지."

껍질을 벗겨 내는 폼이 웬만한 횟집 주방장보다 나았다. 다섯 평이 될까 말까 한 작은 가게에서 주변 건물을 세 채나 사들였으니 막걸리장사로 혁명을 일으켰다 해도 과언은 아니었다. 영흥식당은 음지 속 양지처럼 들어서면 따뜻한 맛이 있었다. 사람들은 그 맛을 잊지 못해 찾았다. 아무리 비싼 술집일지언정 그런 온기는 쉽게 만나기 어려웠다. 영흥식당의 또 한 가지 매력은 술손이었다. 무시로 들러도 예술가라고 칭할 수 있는 몇 사람 낯바닥은 그냥 구경할 수 있었다.

"우리도 거 갑오징어 회무침이나 한 접시 해 줘요. 제철이라 그런가 토실토실하네."

막걸리 한 주전자에 기본 찬으로 열무싱건지 그리고 콩나물무침이 딸려 나왔다. 열무싱건지는 보리밥을 갈아 담근 것으로 톱톱하면서 시원했고, 콩나물무침은 칼칼한 고춧가루와 고소한 참기름이 어우러져 입맛을 당겼다. 진짜배기 안주는 그것들이고 갯것과 육것은 구색을 갖추기 위한 병풍이었다. 간혹, 안주를 안 시켜도 갑숙 씨는 상관치 않았다. 예술가들 곁에는 늘 주머니 두둑한 그러면서 예술을 사랑하는 추종자들이 있기 마련이니 어느 때건 매상은 오르기 마련이었다. 웅걸과 서봉은 막걸리부터 한 잔씩 들이켰다. 잘 익어서 시원했다. 영흥식당 막걸리 맛은 다른 집 막걸리 맛과는 좀 달랐다. 똑같은 무등산 막걸리였지만 항아리 속에 담갔다 꺼내 온 듯 심상한 맛이 여운을 남겼다.

"근데 너 사는 집은 언제까지 비워야 된다냐?"

"두 달 후까지 비우라던데…… 설마 두 달이 그렇게 빨리 올라고……"

"아직 어디로 갈 지 못 정했지?"

"그러게…… 갈 곳도 문제지만 할 것이 없다는 게 더 큰 문제 아니겠수."

서봉은 당장 두 달 후에 살던 집을 떠나야 했다. 살고 있는 계림동 일대가 구 철로와 함께 공원 부지로 채택되면서 질질 끌기만 하던 재개발이 급물살을 타게 되었다. 하지만 여러모로 난감한 지경이었다. 다 쓰러져 가는 한옥은 값도 없었고, 부모님의 짐까지 켜켜이 쟁여진 그것들을 어떻게 처리해야 할지 고민이었다. 어머니는 일찍 돌아가셨지만 아버지는 아직 살아서 요양병원에 입원 중이었다.

"머리 복잡할 때는 술이 최고야 마셔마셔."

"젠장, 누가 들으면 걱정 하나 없는 자유로운 영혼인 줄 알겠네. 머리털은 훤하게 빠져서 근심 덩어리 골치 머리 썩는 줄 훤히 알겠구만."

단골들은 영흥식당 막걸리 맛의 비밀을 노숙 때문이라고 했다. 갑숙 씨는 그날 막걸리가 들어오면 꼭 하루를 식당 바닥에 깔아두고 재웠다. 말하자면 숙성과정을 거치는 것이었다. 주조장에서 그날 배달된 막걸리를 바로 마시거나 냉장고에 넣어뒀다가 마시면 생막걸리에서 느껴지는 그 텁텁함이 미감을 떨어뜨렸다. 하지만 식당 바닥에서 하루 동안 재워진 후 냉장고에 들어간 막걸리에서는 그 특유의 텁텁함이 사라지고 대신 동치미처럼 시원하고 상큼한 맛이 느껴졌다.

"남들 말처럼 진짜 죽으려는지 도통 안 쑤시는 데가 없어. 이러다 그냥 허망하게 가는 건 아닌지 모르겠다."

"왜? 겁나슈? 그만큼 인생 즐겼으면 당장 죽어도 미련 없겠구만.”

“요즘은 화장실 가면 변기에 피똥 튄다.”

“창자가 코피를 쏟는 거지. 하나님도 육 일 일하고 하루 쉬라고 했는데 당신 창자는 육 일 일하고 하루 특근이니 코피가 안 터지고 배기겠어.”

“이 집 싱건지는 참 투박해. 뭔 맛인지 모르겠는데 참 깊어. 똑 너 같다야. 도통 멋대가리라고는 없는데 그냥 맛있어.”

웅걸은 거칠한 입술로 막걸리를 빨아 마셨다. 갈라진 입술에서 찌걱찌걱 핏물이 배어 나왔다. 몸을 돌보지 않고 괴롭히기만 한 결과였다. 서봉은 웅걸의 빈 잔에 주전자 주둥이를 들이댔다. 술잔에 막걸리가 채워지는 동안 새어 들어온 햇살이 부옇게 웅걸의 얼굴을 비췄다. 웅걸의 홀쭉한 볼에 불룩하게 막걸리가 채워졌다 곧바로 비워졌다. 왠지 모를 쓸쓸한 위안이 따라서 비워졌다.

“당신은 죽고 싶어도 술과 여자에 미련이 많아서 쉽게 못 죽어. 뭔가에 미련이 많은 사람은 질질 목숨 줄을 끌면서 끈덕지게 늘러붙거던. 장담하건데 당신 죽는 것보다 남북통일이 더 빠를걸.”

정말 죽고 싶은 사람은 서봉이었다. 서봉은 언제부턴가 대문 밖을 나서기가 무서웠다. 죄다 늙은이뿐인 재개발지구 한옥촌에서 젊은 놈이란 찾아보기 힘들었다. 그것도 한참 일할 시각에 동네를 어슬렁거리는 젊은 놈은 서봉 혼자뿐이었다. 부모님이 계실 때는 그나마 바람막이가 되어 주었지만 이제 그런 처지도 아니어서 늙은이들의 애매한 눈총받이로 나다니기가 괴로운 지경이었다. 사지육신 멀쩡한 놈이, 게다가 배우기도 많이 배웠다는 놈이, 밤낮 가리지 않고 취해 비틀거리니 꼴같잖은 마음에 저절로 눈초리가 매서워지는 것이었다.

"수진이 보고 싶네. 사라진지 한 일 년쯤 됐나?"

"당신 간절함으로 따지자면 십수 년쯤 됐겠지. 기다리지만 말고 한번 찾아가 보든지."

언제나 웅걸의 곁을 지키던 수진은 홀연히 떠났다. 막연한 관계가 너무 오래 지속된 때문인지, 발을 딛고 있는 현실이 너무 답답한 때문인지, 잠깐 다니러 간 사람처럼 떠났다가 종무소식이었다. 곁에 있고 싶고 곁에 두고 싶지만 같이 살 수는 없는, 하루하루를 넘길 수는 있지만 척박한 터전에 뿌리를 내릴 수는 없는, 집시를 닮은 부초들이었다.

"글쎄, 잘 살고 있겠지. 후포, 대체 거기는 얼마나 먼 곳일까. 왜 가야 했는지 이유라도 말해 줬더라면 한 잔 덜 마셨을 텐데."

"언젠가는 떠나야 할 사람이었잖수. 집에 있으면 그렇게 머리가 아프다는데 당신 같으면 배겨 나겠냐고."

수진은 종종 집을 떠나 있곤 했다. 방랑벽이 원인일 테지만 묘하게 광주를 벗어나면 그 머리 아픈 병이 깨끗이 사라졌다. 그리고 다시 광주를 들어서는 순간부터 머리는 지근지근 아파왔다. 대학교수였던 아버지는 운동권 제자를 항변하다가 이른 나이에 학교에서 내쳐졌고 지리산 자락에서 자연인으로 살아가고 있었다. 어머니는 좀처럼 집밖을 벗어나지 않았다. 화초들로 가득 찬 집안은 그야말로 발 디딜 틈이 없었다. 항상 부옇게 습기가 서려 있는 집안에서 어떻게 고등학교까지를 다녔는지 수진은 기억이 잘 나지 않았다. 대학에 입학하면서 수진은 이혼한 채로 혼자 살고 있는 이모집에서 생활했다. 물론 이모와의 삶도 편한 것은 아니었다. 하지만 어머니와 화초를 상대하는 것보다는 그나마 견딜 만했다. 어머니는 하루 종일 한마디도 하지 않을 때가 많았다. 아버지로부터 버림받았다고 여기는 어머니는 대문과 창문을 굳게 닫은 채 미망인처럼 유폐된 삶을 살아가고 있었다.

"그래도 언젠가 오겠지? 왔으면 좋겠다."

"오면 또 그렇게 늘어진 고무줄처럼 질질 끌면서 애만 태우려고? 아서라, 보는 내가 더 속 터진다."

처음 수진을 데려온 사람은 청산이었다. 눈을 살짝 덮을 정도의 단발 직모 속에 드러난 하얀 얼굴빛 때문에 어둑충충한 장밋집은 일순간 환하게 밝아졌다. 계란형 얼굴에 호리한 몸매도 봐줄 만했지만 무엇보다 시선을 잡아끈 것은 그녀의 볼록한 가슴이었다. 헐렁한 셔츠로 도드라지지 않게 위장하고 있지만 모성성과 여성성의 강력한 에너지원인 그것은 감출수록 기대를 부풀게 만드는 마력이 있었다. 게다가 안주로 나온 당근을 앞니로 오도독 오도독 씹어 먹는 모습은 초식동물을 연상시켜 보호본능까지 불러일으켰다. 수진을 대면한 떨거지들의 가슴에는 두 가지 감정이 교차했다. 깨끗하다 그리고 여자다. 비루먹은 개처럼 막걸리 집을 전전하는 떨거지들에게 수진은 여신이나 다름없었다. 눈이 뒤집힌 떨거지들의 모습을 훑어본 청산은 단호하게 선을 그었다.

"수진이는 우리 모두의 애인이다이 혼자 찜할라고 양심 저버리는 놈이 있거들랑 불알을 훑어블 것이여."

청산이 그렇게 큰소리로 강권함에 있어 아무도 토를 달지 못했다. 그림을 배워 보겠다고 찾아온 동네 처자를 자신들에게 소개시켜 준 것만으로도 성은이 망극할 지경이었다. 물론 소개라는 말은 좀 어패가 있었다. 청산의 얄팍한 심산을 가늠하자면 떨거지들에게 수진을 팔아먹은 꼴이나 마찬가지였다. 술방에 수진이를 들어앉힌 후부터 청산은 수진이가 있는 자리에서는 눈치 보지 않고 공술을 맘껏 들이켰으니 팔아먹었다고 해도 별반 틀린 말은 아니었다. 때문에 어느 한 놈이 수진을 독차지하는 것에 대한 경계를 확실히 할 수밖에 없었다. 청산은 수진이를 상대로 포주 아닌 포주로서 당당히 소유권을 지속하고 싶은 계산이었다. 여튼, 그날부로 수진은 떨거지들의 여신이 되어 누구라도 실없이 웃게 만들었으니 막걸리 골목의 축복이라 해도 과언이 아니었다.

"어, 너그덜 와 있었냐? 웅걸이 너는 죽었다는 소문이 있더만 멀쩡허다이."

늘 요란한 태섭이 일행 한 명과 영흥식당 안으로 들어섰다. 늘 그렇듯 머리에 기름을 바르고 양복을 차려입은 채로였다. 오늘도 마누라에게 하루 용돈 만 원을 받아서 외출했을 그의 행동거지는 여전히 과장되어 있었다.

"예, 형 잘 계셨어요? 어디계시다 오세요?"

"응, 조만간 전시 한 번 할라고 갤러리 좀 알아보러 다닌다. 그냥 여기 합석해도 되겄지야? 여기는 내 대학 후배고 한국화 전공인디 노래도 허고 북도 치고 다방면으로다가 재주꾼이여."

"……묵경이라고 합니다. 진도가 고향이고요."

회색 야구모자를 눈 아래까지 푹 눌러쓴 묵경은 살짝 고개를 숙였다 들었다. 웅걸은 그에게서 느껴지는 꼽꼽한 느낌이 어딘지 낯설지 않았다. '묵경'이란 분명 그의 필명일 테지만 본명을 물어볼까 하다가 그만두었다. 서봉은 갑숙 씨를 향해 엄지와 검지 두 개를 들어보였다.

"그동안 작업 많이 하셨나 봐요. 전시도 계획하시고."

금방 전달된 두 개의 술잔에 웅걸이 술을 부었다. 술잔을 받는 묵경의 눈꼬리는 짓무른 채로 짜부라져 있었다. 막걸리 골목을 배회하는 누구든 어느 한쪽은 무너져 있기 마련이었다. 실제로 무너진 건 마음일 테지만 찬찬히 뜯어보면 보이는 곳 어디도 그만큼 허물어져 있었다. 묵경의 목젖이 한번 쿨렁 마른침을 넘겼다. 술이 간절하다는 얘기였다. 술에 잡히면, 몸이 먼저 반응을 했다. 술병을 보는 것만으로도, 전해지는 냄새만으로도, 따라지는 소리만으로도, 온몸의 신경들이 제 알아서 꿈틀거렸다. 어디서 봤을까…… 웅걸은 기억을 더듬었지만 망가진 회로처럼 좀처럼 연결되지 않았다.

"형이 좀 부지런하냐. 이번 전시만 잘 되믄 내가 너그들 멋드러지게 한잔 살란다. 거기 알지야, 동명동 가족회관 한정식, 거기 가서 상다리 뿌러지게 차려놓고 한번 묵어 보자. 벌써부터 어떻게 알았는지 그림 산다는 인간들이 자꾸 전화 오고 인기 장렬하다. 한 삼십 점 걸어 블라니까 싹 다 팔아서 한번 푸지게 묵고 써 보자."

서봉은 하품이 나오려는 주둥이를 간신히 술잔으로 틀어막았다. 물감 살 돈도 없어 마냥 4B펜슬로 스케치만 해 대는 태섭의 처지가 꼴같잖아서였다. 하지만 확신에 찬 태섭의 목소리는 영흥식당 전체를 쩌렁쩌렁 울렸다.

"축하드려요. 잘 되면 가족회관 꼭 기억하시구요."

웅걸이 진담 같은 농담으로 술잔을 부딪쳤다.

"야, 안주가 이게 뭐냐. 입에 착착 감기는 거, 뭐 쌈박한 거 없냐. 보쇼, 여기요. 거 좀 묵어 볼 만헌 것 좀 없소? 가만 있어 봐라 요즘 뭣이 좋으꺼나이…… 거, 생물 조기 있으믄 그거나 한 냄비 해 주쇼. 마늘 꼬추까리 팍팍 넣고 쌔끈하게, 알지라?"

태섭이 남은 갑오징어 회무침을 젓가락으로 그러모아 한입에 넣고 우적우적 씹었다. 태섭의 목구멍 속으로 묵경의 우울한 눈빛도 함께 딸려 들어갔다. 묵경은 차마 갑오징어 살에는 젓가락을 대지 못하고 함께 무쳐진 무채에만 손을 대고 있던 참이었다. 웅걸은 괜한 미안함 때문에 시선을 술잔에 내려뜨렸다. 묵경의 먹물 밴 손톱이 눈에 들어왔다. 손톱 속 거무스름하게 번진 먹물이 자존심 같기도 하고 생활 같기도 했다. 웅걸은 묵경이 잔을 비우기를 기다려 얼른 술을 따랐다. 막걸리라도 찰찰 넘치게 따르고 싶었다. 마음이 전달되었던 것일까, 묵경의 퀭한 눈이 웅걸의 짓무른 눈을 물끄러미 쳐다봤다. 와중에 그만 잔이 넘치고 말았다. 어딘가 낯익다 싶었던 묵경의 눈빛을 비로소 기억해 낸 때문이었다. 깊숙한 묵경의 눈빛도 웅걸과의 조우를 기억해 냈는지는 알 수 없었다. 웅걸은 주머니에 들어 있는 담뱃갑을 빼 들고 자리에서 일어섰다. 때론 모른 채 비껴가는 것도 서로의 신의를 지키는 방법이었다.

"근데, 태섭 형님! 조기찌개는 형님이 사는 거지요?"

서봉은 태섭이 비켜가지 못하게 빤히 쳐다봤다. 웅걸이 밖으로 나가는 것이 조기찌개와 무관해 보이지 않았기 때문이었다. 마음으로야 사고 싶을지 모르지만 탈탈 털어 봐야 싼 담배 한 갑 살 돈도 부족할 것이었다.

"야, 너그들 돈 없냐?"

"돈 있냐라고 물어보셔야죠. 노상 없는데……"

"예, 거 보소! 조기 안직 안 잡았지라. 조기찌개 스톱, 우리가 오늘은 배가 부른 관계로다가 담에."

태섭은 이태 전까지 지역 신문사에서 4칸짜리 시사만화를 그렸다. 미대 졸업 후 초등학교 동창을 만나 결혼했지만 정상적인 밥벌이는 하지 못했다. 겨우 한다는 것이 빈 사무실을 얻어 아줌마들의 붓을 잡아 주는 정도였다. 하지만 아줌마들의 붓과 손을 헷갈려 잡으며 희희낙락거렸고, 몇 번 아내와 실랑이 끝에 지역 신문 시사만화가로 들어갔다. 하지만 폼만 신문사 직원이었지 급여도 제대로 나오지 않는 반건달 짓이었다. 그나마 교회 사무직원인 믿음 충실한 아내 덕에 겨우 사람구실 하는 정도였다. 물론 지금까지 단 한 번도 자신의 이름으로 전시회를 열어 본 적도 없는 폼만 화가였다.

"형! 요즘 어디 오픈식 하는 화랑 없어요? 공짜 술 좀 얻어먹으려는데 영 주파수가 안 잡히네. 봄이라 몇 건 있을 법도 한데."

막 자리에 앉은 웅걸의 등 뒤로 매캐한 담뱃내가 딸려 들어왔다. 웅걸은 얼마 전 디스플러스에서 디스로 한 단계 낮춰 피우고 있었다. 담뱃값이라도 좀 아껴 볼까 싶은 생각에서였지만 그만큼 독해서 폐는 더 찌그러 드는 지경이었다. 더불어 냄새까지 사람을 누추하게 만들었다. 버스를 타면 숨 쉴 때마다 뿜어져 나오는 눅진한 담뱃내 때문에 주변의 사람들은 저만치 멀어져 갔다. 눈을 흘기며 멀어져 가는 사람들 앞에서 웅걸은 움츠러들 수밖에 없었다.

"긍께 말이다. 뷔페 묵어 본 지가 언젠지 나도 까마득허다. 쓸 만헌 작가들은 다 서울로 올라가 블고 인자 여그도 이름만 미술판이제 붓질 좀 할 줄 아는 그림쟁이들 몇 없어야."

"작업하기에는 여기도 괜찮을 텐데 왜 자꾸 서울로 올라간데요?"

"그건 니 생각이고, 팔려야 그림도 그릴 것 아니냐. 니 주변에 그림 한 점 살 만한 사람 있냐? 그것도 묵고 살 만해야 한 점씩 걸어 둘 것 아니것냐. 배창시가 텅텅 비었는디 그림이 눈에 들어 오겄냐 이 말이여. 없는 형편에 대출까지 받아서 서울 인사동으로 전시 가는 이유가 멋이겄냐? 돈 있고 눈먼 놈들이 있어서 팔리니까 가는 것 아니라고, 여기는 눈이 있어도 돈이 없어서 사덜 못해야."

"미협 회장했던 한 화백도 올라갔다는 말이 있던데 사실이에요?"

발그레 술기운이 오른 묵경이 입가의 막걸리를 소매로 닦았다. 눈에 핏발이 비쳤다. 푸석한 얼굴빛과 함께 고단한 기색이 얼비쳤다. 아주 오래전부터 찌들었던 궁핍이 켜켜이 쌓인 모습이었다.

"살길이 없는디 그럼 안 가고 배겨? 소리 소문 없이 떠난 지, 한 둬달 됐나. 버티다 버티다 안 되니까 떠난 거지. 막말로 가지 마라고 잡을 수도 없잖냐. 어차피 우리 같은 삼류야 가 봐야 또 밑바닥이것지만 재주 있는 놈들은 가는 것이 안 낫겄냐. 따지고 보믄 이 바닥 떠나는 종자들이 어디 예술가들뿐이것냐. 시내 돌아댕겨 봐라, 밀려서 못 다니던 젊은 애들 몇이나 돌아다니는지. 고등학교 졸업하면서부터 싹 다 가 버리고 없잖어. 이건 수출도 아니고 수송이여. 수출은 팔아서 돈이라도 챙긴다지만은 애기들 수도권으로 가면 방 얻어 줘야지 학비 올려 보내야지 결혼시켜야지, 있는 것 팔아서 싹다 올려 보내고 개털 된다는 거 아니냐. 허긴 서울 사람들도 있는 놈들 자식들은 죄다 외국으로 유학인가 비럭질인가 보낸다니까 서울도 빨리는 건 마찬가진디. 좌우간 이러다가는 십 년 내에 이 바닥도 영 모씨게 돼 버리겄다. 종자들이 있어야 파종이라도 해 볼 것 아니라고……"

태섭의 감정은 격하게 일렁였지만 분위기는 창밖의 일몰처럼 사위어 있었다. 감정과 현실이 너무 동떨어진 술판은 묘한 비극미를 연출했다. 자학적이면서도 쓸쓸하고 그런가 하면 곱씹을 뭔가가 아직 여운을 느끼게 하는 복잡한 심산이었다. 술판은 잠시 정적이 흘렀다. 그 정적이 또 술맛을 당기게 했다. 각자 서로를 신경 쓰지 않고 술잔을 들어 자기 식대로 술을 부었다. 술이란 그래서 좋은 것이었다. 한없이 먼 것도 한없이 가깝게 느껴지는가 하면, 한없이 복잡한 것도 한없이 단순해 보이는 것이 술이었다. 깨고 나면 허망할지언정 아직 내장 속에 술이 남겨져 있는 동안에는 그렇게 가깝고 멀고 복잡하고 단순한 모든 것들이 자석처럼 서로를 끌어당겨 회오리쳤다.

"자, 뜨걸 때 빨아 잡숴. 조기가 물이 좋아서 기름이 둥둥 뜨네."

"아니, 아짐씨! 우리 조기 스톱 했는디."

"드세요. 제가 달라고 했어요. 형 혼자였으면 어림없을 테지만 후배분도 계시고 해서…… 내가 누추해지고 싶지 않아서 시킨 거니까 시원하게 드세요."

"아따, 서봉이 너 요새 살 만허냐? 여튼 잘 묵을란다."

요즘 서봉은 주머니에 돈이 있었다. 부모님이 한평생 살아온 한옥이 두 달 후 헐리는 이유로 보상을 받았다. 대출받은 것을 갚고 아버지 요양병원 3년치 입원비를 선결제하니 수중에 오백만 원 가량이 남았다. 서봉은 그것을 다 쓸 참이었다. 그것을 다 쓰고 나면 서봉의 운명이 어떻게 될 지 알 수 없었다. 비장함과 비극미가 한꺼번에 닥쳐오는 느낌이었다. 선후배들이 살길을 찾아 모두 떠날 때 서봉은 그들을 향해 손을 흔들었다. 파독광부의 모습이거나 월남파병 행렬로 비쳐 가슴이 먹먹했다. 하지만 지금은 남아 있었던 자신의 판단에 의심이 드는 지경이었다. 무엇을 바라고 남아 있었는지, 결국 남겨진다는 것은 무엇을 의미하는지, 미궁 속에 빠져 허우적거리고 있었다.

"주인장이 솜씨가 있는 모양입니다. 이런 맛 내기가 쉽지 않은데……"

조기 내장을 국물과 함께 후루룩- 빨아 마신 묵경이 인사치레를 했다. 내장부터 뜨는 폼이 조기 맛을 아는 위인이었다. 새우를 잡아먹고 사는 조기는 내장 맛이 으뜸이었다.

"고향이 진도라고 하셨죠? 진도 가서 글씨자랑 그림자랑 노래자랑 하지 말라는 말이 있던데 고향에 대한 자부심이 대단하시겠어요."

서봉이 열린 틈 사이로 혀끝을 밀어 넣었다.

"아야, 서봉아! 껴들어서 미안타만은 묵경한테는 북을 물어봐야써야. 아버님이 고수 인간문화재 아니시냐."

조기 가시라도 걸린 듯 웅걸이 칵-칵- 기침을 토해 냈다. 태섭의 말끝에 묵경에 대한 기억이 딸려 왔던 때문이었다. 묵경을 본 것은 서너 달 전, 그러니까 지난겨울이었다. 때는 18대 대선 선거전이 한창이었지만 이미 남쪽은 야당으로 표가 쏠린 판국이어서 오히려 심드렁했다. 하지만 여당은 상징적이나마 적은 표라도 얻어 보겠다는 일념으로 열심이었다. 하지만 사람들은 그런가 보다 할 뿐이었다. 그날도 계림5거리에서 여당 유세차량이 지원 유세를 펼치고 있었다. 무심코 지나치려던 웅걸은 작은 소동에 발이 묶여 쳐다볼 수밖에 없었다. 무명 가수인 듯 제법 솜씨가 있어 보이는 남자가 기타를 치며 여당 로고송을 불러 지나치는 사람들의 발길을 붙잡고 있었다. 제법 리듬감이 있다 싶은 그때 갑자기 군중 속에서 두루마기를 걸친 노인 한 명이 튀어나왔고 곧장 무명 가수의 멱살을 틀어잡았다. "야이 배은망덕한 놈아, 니가 여기 와서 뭔 뒷발질을 허고 있는 것이여. 하라는 북 공부는 안 허고 그림 나부랭이럴 배우질 않나 인자는 허무맹랑헌 타령까지 지껄이고…… 대관절 너를 누가 내 북소리럴 잇는 이수자라고 허겄어. 이 애비 따라서 당장 가지 않을라치면 널랑은 전수자고 뭐고 없애 버릴 것이고 호적에서 파 버릴 것잉께 그리 알어." 노인에게 멱살이 틀어 잡힌 무명 가수는 얼굴이 벌게진 채로 어쩔 줄 몰라 했고 한순간 유세장은 흥이 깨진 채 어수선해지고 말았다. 선거 운동원들이 달려들어 노인을 뜯어말렸지만 무명 가수의 멱살을 단단히 틀어잡은 노인의 완력을 어쩌지는 못했다. 노인의 화기가 가라앉을 줄 모른 채 실랑이가 계속되던 어느 순간 겨우 손아귀에서 벗어난 무명 가수가 기타도 그냥 버려둔 채 서방4거리 쪽으로 허둥지둥 도망쳤다. 그 뒤를 또 헐거운 발걸음으로 노인이 뒤쫓았다.

"그런 얘기는 뭣하러 해요. 어차피 갈 길도 다른데……"

태섭의 참견이 탐탁지 않은 듯 불쾌해진 얼굴의 묵경이 술잔을 비웠다.

그날 무명 가수의 멱살을 틀어잡은 이는 묵경의 아버지였고 무명 가수 역시 묵경이었다. 웅걸도 고수 인간문화재인 묵경의 아버지를 기억하고 있었다. 청각장애를 앓고 있는 고수가 오직 소리꾼의 입모양만을 보고 북장단을 맞춘다는 일화는 지역 신문에 이미 여러 번 소개된 바 있었다. 그와 더불어 청각장애를 앓게 된 고수의 사연도 특별하게 회자되었다. 북을 가르쳐 주던 스승에게 가락이 틀릴 때마다 귀뺨을 얻어맞은 탓으로 고막을 잃었다는 것이었다. 하지만 고수는 북을 그만두지 않고 오직 소리꾼의 입모양과 발림 그리고 너름새를 가늠하여 장단을 맞춰 인간문화재까지 된 혹독한 사람이었다.

"예? 여기 예술의 거리요. 아이 참, 또 어디로 가셨대. 공원에도 찾아보셨어요? 일단 파출소에 가 보셔야죠. 알았어요. 가 볼게요. 금남로에 들러서 찾아보고 갈게요. 그럼 갈 데가 어딨겠어요. 알았어요. 끊어요."

전화를 끊은 웅걸은 휴-, 한숨을 내쉬었다. 분칠을 한 듯 뿌연 벽시계가 웅걸의 한숨을 더욱 초조하게 만들었다. 다섯 시를 오분 남겨둔 시각이었다. 하루 종일 집 안에 갇혀 있을 어머니가 얼마나 답답했을지 웅걸은 잘 알고 있었다. 집은 경매로 넘어갔지만 낙찰 받은 주인에게 얼마간 이주비를 받아내기 위한 방편으로 웅걸과 어머니는 다 쓰러져 가는 집을 지키고 있었다. 웅걸도 어머니도, 그렇게 버티기라도 해야 가족들에게 도움이 될 것이었다. 하루의 대부분을 방 안에서 견뎌야 하는 어머니는 생명이 두 배로 꺼져 가는 중이었다. 웅걸은 마흔 넘게 살아오면서 어머니에게 단 한 번도 손찌검을 당한 적이 없었다. 그게 한이 되고 더욱 가슴이 아팠다. 모질게 대했던 어머니에 대한 기억이라도 있었더라면 마음이 덜 아플 것이었다. 어머니가 또 사라졌다는 누나의 전화를 받았지만 웅걸은 얼른 일어서지 못하고 술잔을 만지작거렸다. 쉽사리 발이 떨어지지 않았다. 부끄럽고 창피해서 선뜻 어머니를 찾아 나서기가 민망할 뿐이었다. 그냥 딱 그대로 시간이 정지되어 버렸으면, 세상이 끝나 버렸으면, 싶은 단절감이 북받쳐 올라왔다. 웅걸은 사약을 마시듯 꿀꺽꿀꺽 막걸리를 들이켰다. 그리고 열무싱건지 한 젓가락을 입안에 쑤셔 넣었다. 사그락사그락 아픈 상처를 곱씹는 웅걸의 얼굴이 불그스름하게 달아올랐다. 희뿌연 창밖으로 스러지듯 노을이 지고 있었다.

3
봄날은 간다

서봉에게 아침이란 두려움의 대상이었다. 오늘 아침에도 서봉은 부옇게 창이 비칠 즘 눈을 떴지만 기척도 없이 다시 눈을 감았다. 캄캄한 밤의 지속을 원했지만, 어김없이 아침은 밝아 왔고 두려움도 함께 밀려들었다. 옆에는 홍구가 새우처럼 굽어진 채 누워 있었다. 어제저녁 또 일상과 같이 막걸리 골목을 전전했고, 꾸벅꾸벅 졸던 홍구를 부축해 데려온 것이었다. 방 안은 매캐한 담배 냄새로 가득했다. 도통 잠을 이루지 못하는 홍구는 자다 깨다를 반복하며 담배를 피워 댔고 빠져나갈 곳 없는 연기는 방 안의 일부로 자리 잡았다.

서봉은 눈을 감은 채 애써 아침을 부정했다. 목이 타들어 가고 오줌이 마려 웠지만 꾹 눌러 참았다. 움직이면 몸이 깨어나고 그러면 은연중에라도 아침을 인정할 수밖에 없기 때문이었다. 서봉은 그렇게 누운 채 며칠을 견딘 적도 있었다. 캄캄한 어둠 속에서 손바닥으로 수돗물을 받아 마실 때면 주르르 눈물이 흘러내리기도 했다. 아주 정직하게 세상과 맞선 기분이기도 했고, 세상 어느 귀퉁이에 처박힌 채로 소리 없이 사그라지는 기분이기도 했다. 내장이 깨끗이 비워지고, 산다는 것이 아무것도 아닌 것처럼 느껴졌다. 관계와 욕망 그리고 존재까지도 아주 멀게 느껴졌다. 그동안 얽혀 있고 짐 지워져 있던 모든 것들이 스르르 벗겨지고 빠져나가는 순간이기도 했다. 서봉은 볼을 타고 방바닥으로 흘러내리는 눈물을 배냇물이라 생각했다. 며칠간 끙끙 앓듯 괴로워한 상념들의 맑은 정수, 더할 것 없이 그것이었다.

“벌써 아침이다냐.”

홍구가 가느다랗게 혼잣말을 내뱉었다. 거의 노인에 가까운 꺼져 가는 목소리였다. 부스럭부스럭 방바닥의 담뱃갑에서 담배를 빼내는 소리 들리고 이어서 팅- 지포라이터 뚜껑 여는 소리가 들렸다. 홍구는 싸구려긴 했지만 꼭 지포라이터를 들고 다녔다. 그리고 간혹 다른 사람에게 그것을 선물하곤 했다. 후-, 홍구의 폐를 구석구석 위로했을 담배 연기가 방 안으로 길게 뿜어져 나왔다. 홍구는 무슨 의식이라도 치르듯, 한쪽 무릎을 세운 채 목을 잔뜩 움츠리고 아주 천천히 담배 연기를 내뱉었다. 소위 말하는 절대고독이 홍구의 내면으로부터 배어 나오는 순간이기도 했다. 서봉은 메케함을 견디다 못해 애써 감고 있던 눈을 떴다. 홍구는 등을 보인 채 벽 쪽을 향하여 화석처럼 구부려 앉아 있었다. 앉은 채 죽은 잉카 부족의 미라를 떠올리게 하는 장면이기도 했다. 서봉은 깨지 않으려는 신경세포를 겨우 움직여 상체를 일으켰다. 그리고 무릎걸음으로 기어가 방문을 열었다. 담배 연기도 연기지만 홍구의 몸에서 배어 나오는 구린내와 발 냄새는 참으로 지독한 것이어서 참고 있던 서봉이 더 독한 정도였다. 서늘한 공기가 방 안을 휘돌았다. 서봉은 꿉꿉한 냄새를 털어 낼 요량으로 애써 숨을 크게 들이켰다. 머리가 쪼개지는 느낌이었다. 찬 공기가 뇌에 주먹을 날리는 것 같았다. 홍구는 느리고 말이 없고 머리를 감지 않았다. 떡 진 채로 기름을 잔뜩 머금고 있는 홍구의 머리카락은 보는 이로 하여금 구역질을 유발했지만, 다른 이들이 홍구를 기억하기에는 그지없이 특별한 이미지였다. 홍구의 등은 흰머리와 함께 점점 더 굽어 가고 있었다. 독고다이로 사십오 년 세월을 견딘 흔적이었다. 노인처럼 등이 휜 것도, 흰머리가 완연한 것도 아니었지만, 전체적으로 풍겨지는 느낌이 오그라들고 주눅 든 형상이었다. 서봉은 다시 몸을 뉘어 이불 끝자락을 끌어당겼다. 거기 아직 떨쳐 버리지 못한 늦잠 끄트머리가 풀어헤쳐져 있었다. 빛을 가리려는 목적으로 얼굴까지 덮어쓰려던 찰나 부르르- 전화기가 사정을 했다. 오전 중에는 아무도 찾는 이 없어 어디 처박혔는지조차 모르고 지내는 물건이었다.

"웬일로……"

서봉은 귀찮은 투로 짧게 응대했다. 들어 봐야 별 시답잖은 내용일 것이 분명했다.

"어디 가고 싶은 데 없냐?"

"갑자기 어딜?"

서봉은 응대가 반복되면서 잠이 달아날까 신경이 곤두섰다.

"오늘 누나 상인들이랑 꽃구경 가셨다. 하동 벚꽃축제라던가……"

"근데? 꽃구경하고 나하고 무슨 상관이라고 전화질이야."

잠이 빠져나가면서 대신 화기가 피어올랐다.

"아이씨, 너 바보 아니냐? 차가 있잖아. 우리도 어디 좀 가 보자고."

"……생각 좀 해 보고, 근데 이 시간에 전화질은 실례 아닌가."

"금방 갈 테니까 준비하고 있어."

방바닥에 전화기를 떨군 서봉은 다시 잠의 끄트머리를 그러쥐려 했지만 도망쳐버린 여자처럼 아쉬움만 남을 뿐이었다. 서봉에게는 분명 이른 아침이었고, 온전히 자리를 털고 일어나려면 두어 시간은 더 지나야 할 시각이었다. 서봉은 속에서 치솟는 불쾌한 감정과 찌뿌듯한 컨디션 때문에 억지로 눈을 뜰 수밖에 없었다. 습관처럼 담배 한 개비를 피워 문 채 긴 숨을 내쉬었다. 등을 마주한 홍구도 화답하듯 길게 연기를 뱉어 냈다. 해장부터 우울한 낯바닥을 피하고 싶은 서로의 진실이 담배 연기와 함께 메케하게 피어올랐다.

"웅걸이냐?"

"그럼 누구겠어요."

등 뒤에서 홍구가 관심을 보였다. 하지만 그뿐이었다. 어차피 만나게 될 것이고 급할 것도 없었다. 서봉은 담배 연기를 내뱉으며 심상한 듯 웅걸의 말을 되새김질했다. 서봉은 갈 곳도 없었지만, 어디를 가고 싶은 의욕도 없었다. 눈 떠서 눈 감을 때까지 긴장이랄 것이 없는 삶이었다. 이웃이 떠나고 집이 비워지는 그 과정 속에서 오직 버려진 개처럼 낡은 한옥을 지키고 있을 뿐이었다. 재개발이라는 것이 주택에만 해당되는 것인지 인간에게도 해당될 수 있는 것인지 가끔 의문이 들기도 했다. 낡은 주택을 허물고 새 주택을 짓듯, 물렁한 인간들을 쫓아내고 튼실한 인간들로 물갈이 하는 것이 재개발의 민낯이었다. 서봉은 여러모로 경쟁력 없는 인간이었다. 그 경쟁력이라는 것이 상관하고 싶지 않은 세상 잣대인 것은 분명했지만, 어쨌든 세상 안에 발바닥이 붙어 있다면 그 기준을 비껴갈 수 없는 노릇이었다. 서봉은 세상을 향한 자신의 잣대가 기껏 연필만 하다면, 자신을 재는 세상 잣대는 전봇대만큼이나 크고 단단하다는 사실을 익히 알고 있었다. 하지만 서봉은 그 연필로 지금껏 살아온 날을 기록했고 살아갈 날도 기록할 참이었다. 하지만 연필심은 자꾸 무뎌지고 글씨도 흐릿해지는 사실을 인정하지 않을 수 없었다.

서봉은 정신이 아릿하면서 배변이 느껴졌다. 언제부터인가 먹고 싸는 것마저 귀찮게 여겨질 정도로 일상은 무력했다. 그 원인이 뭘까, 늘 고민했지만 답을 찾기란 쉽지 않았다. 막연하게 와 닿는 실상은, 견고한 벽처럼 앞을 가로막고 선 그 무엇에 대한 사실 확인이었다. 비껴갈 수도 넘어설 수도, 그렇다고 그 앞에서 꼬꾸라져 죽어 버릴 수도 없는 완벽한 덫이었다. 한낱 배설욕구의 자극이 살아 있다는 것을 일깨우는 실상 앞에서 서봉은 쓴웃음이 지어지지 않을 수 없었다.

화장실로 향한 서봉은 바지를 까고 쭈그려 앉았다. 똥구멍이 매웠다. 밤새 담배를 안주 삼아 막걸리를 마셔 댄 결과였다. 취기 때문인지 생각이 많은 때문인지 뒷머리가 묵직했다. 괄약근이 열리면서 주르르- 설사가 밀려 나왔다. 영양분이라고는 느껴지지 않는 멀건 국물이었다. 어쩌다 이렇게 설사 같은 인생이 되어 버렸을까, 불현듯 콧물 같은 생각이 밀려들었다. 화장실과 담벼락 하나를 사이에 둔 골목에서 또각또각 지팡이 짚는 소리가 들려왔다. 늦은 아침을 차려 먹은 노인들이 복지회관이나 병원으로 마실을 나가는 중이었다. 서봉도 그들 늙은이들과 별반 다를 게 없다는 생각에 쓸쓸함이 밀려들었다. 긴장감이라고는 없는 늘어진 팬티 고무줄 같은 삶을 언제까지 영위해야 할지 기약이 없었다.

서봉은 대학을 졸업하고 석사까지 마쳤지만 여직 사람 구실을 하지 못하고 있었다. 점점 변방으로 굳어지는 지역에서 고학력자를 필요로 하는 곳은 드물었다. 되레 고학력자를 기피하는 형국이었다. 그나마 갈 수 있는 곳이라고는 학원가뿐이었다. 그것도 서봉의 이력으로는 동네학원 정도였다. 대형학원은 서울 강남의 이력이나 SKY 출신 정도라야 가능했다. 학업을 마친 선후배들은 입대하듯 순차적으로 서울행을 택했다. 희망을 찾아 떠나는 욕망의 러시도 있었지만 어쩔 수 없이 살기 위해 밀려가는 축들이 대부분이었다. 하지만 서봉은 떠나고 싶지 않았다. 괜한 의협심이거나 미련한 고집으로 치부될 수 있을 테지만 뿌리가 되고 싶었다. 견뎌 내는 것, 지켜 내는 것, 그것이 곧 뿌리라고 생각했다.

"서봉아 전화 들어온다."

"예, 똥 싸고 받을게요."

웅걸은 장시간 발신을 눌렀고, 홍구는 전화기를 들고 화장실 문을 두드렸다. 둘 다 할 일은 없고 시간은 많은 인간들이었다. 서봉이 민망한 낯빛을 해 보였지만 홍구는 아무렇지 않게 전화기를 내밀었다.

"똥 싸고 있는 중이야. 똥구멍이 매워서 죽을 맛이다고."

서봉은 괜한 웅걸에게 신경질을 부렸다.

"시끄럽고, 큰길가니까 얼른 나와."

웅걸의 통화 종료음과 함께 서봉의 설사는 뚝 끊겼다. 에이씨-, 서봉의 입에서 쌍욕이 튀어나왔다. 복잡한 대장 사정만큼 피곤한 아침이었다. 덜 빠져나온 똥물이 묵직하고 쓰리게 아랫배를 짓눌렀다. 한 번 끊어진 똥 줄기는 족히 몇 분은 지나야 다시 신호를 보낼 것이었다. 서봉은 극약처방으로 담배를 한 개비 더 피워 물었다. 공복에 담배 두 개비는 설사에 가속 페달을 밟는 것이나 마찬가지였다. 정작 밟아야 할 가속페달은 잊어버린 채 거들떠보지 않은 지 오래였다.

서봉은 석사 과정을 마친 후, 아파트 단지 내 작은 학원에서 열 명 안팎의 중학생들을 상대로 수학을 가르쳤다. 학생들은 선생 알기를 편의점 알바생 정도로 취급했다. 가르치면 가르칠수록 수치심이 쌓이는 그러나 힘은 빠져나가는 기이한 감정의 연속이었다. 학생들은 떨어져 나가지도 그렇다고 불어나지도 않았다. 동네학원의 특징이었다. 때문에 급여도 민망한 수준에서 변동이 없었다. 3개월이 길다 싶을 정도로 선생들은 자주 바뀌었다. 그도 그럴 것이 냉정하게 인건비를 계산해 보면 출근하는 것이 오히려 손해였다. 하지만 서봉은 다른 선생들이 이상하게 여길 정도로 오랜 기간, 2년여를 버텼다. 수고비도 나오지 않는 그 작은 학원에서 서봉이 2년여를 버틸 수 있었던 것은 비참하게도 고집 때문이었다. 어중이떠중이 선생들이 기웃거리다가 은근슬쩍 사라져버리는 모습이 치졸해 보였고 또 싼값에 어쩔 수 없이 학원을 다녀야 하는 학생들이 불쌍해 보였던 때문이었다. 사실, 쓸데없는 고집보다는 본인 처지를 돌봐야 옳았겠지만 '무쏘의 뿔처럼 혼자서 가라.' 어쩌고 하는 구절을 되새기며 투혼을 불살랐던 것이다. 참으로 갸륵한 정신이지만 한편 눈물이 찔끔거릴 상황이기도 했다. 상황이 얼마나 처참했던지, 나중에는 원장이 따로 불러 정말 미안하지만 나가 달라고 읍소할 정도였다. 급여를 올려줄 수도, 그렇다고 계속 미안한 마음으로 대하기도 뭣한 때문이었다. 원장은, 서봉을 내보내는 이유가 순전히 자신이 부족한 때문이며, 원한다면 다른 학원을 소개시켜 주겠다는 말로 위로를 대신했다. 서봉은 알았다고 대답하고 다음 날부터 출근하지 않았다. 학원에서도 아무런 연락이 없었다. 아주 간단하지만 맥 빠지는 결말이었다.

쭈그려 앉았던 서봉은 저린 다리를 펴며 간신히 일어섰다. 설사와 함께 오 촉 전구나 켤 수 있을까, 겨우 남았던 기력까지 방전되고 말았다. 서봉은 장시간 똥물을 토해 낸 항문을 위로할 겸 저린 다리를 끌고 수돗가로 향했다. 뜨거운 물이 나온다면 좋겠지만 찬물로라도 헹궈 줘야 덜 쓰릴 것이었다. 서봉은 엉덩이를 까고 사타구니 사이로 손을 집어넣어 물을 끼얹었다. 찬물 세례를 받은 불알이 덩달아 쪼그라들었다. 토라진 듯 머리를 틀어박은 성기가 짠하게 서봉을 올려다봤다. 주인 잘못 만나, 제 할일을 못하고 겨우 짠 오줌이나 뿌려 대는 경우이고 보니 토라지는 건 당연지사였다. 자고로 줄을 잘 서야 한다는 격언은 여러모로 진리임이 분명했다.

학원을 그만둔 서봉은 이미 서른이 넘어 있었다. 그해, 겨울 한철을 빈둥거린 후 사원 30명 정도 되는 공장에 취업했다. 서봉이 택할 수 있는 직업군은 영업직 아니면 단순노무직뿐이었다. 어쭙잖은 석사학력을 디밀었다가는 불편만 초래할 것이 뻔했다. 영업 주변머리는 아니었기에 단순하게 살기로 맘먹었다. 전자제품 내부를 연결하는 전선을 만드는 공장이었다. 이력서에는 고졸로 기입했다. 입을 꾹 닫고, 생각을 멈추고, 시키는 대로, 기계처럼 작동하자는 원칙을 세웠다. 하루하루 도를 닦듯 마음을 비워 나갔다. 차라리 심간이 편안했다. 바닥에 기점을 두니 더 이상 떨어질 곳이 없는 안정감이 자리했다. 사실 제 자신도 돌보지 못하는 주제에 주변과 세상을 바라봤다는 자체가 코미디일 수 있었다. 모든 감정을 쳐내고 오직 혼자만 생각하니 가볍기가 깃털이었다. 하지만 가볍다고 해서 충만한 것은 아니었다. 채워지지 않는 뭔가에 대해 애써 외면하고 있지만 뾰족한 그 무엇이 자꾸만 눈구멍을 찔러왔다. 그러던 어느 날, 사장 처남이 관리자로 들어왔다. 말이 관리자지 일반 사원이나 다름없는, 전선에 피복을 입히고 길이에 맞게 재단하고 연결선에 단자를 씌우고 업체에 배송까지, 오히려 사원보다 더 못한 처우였다. 공장 안에서 말이 없기는 그도 마찬가지였다. 하지만 사장은 그가 안 보이는 곳에서 그를 빗대 제 자랑을 늘어놓았다. 그 나이 먹도록 집에서 빈둥거리는 놈을 집사람 부탁 때문에 어쩔 수 없이 받아들였다는 둥, 요즘 많이 배워봐야 부모 속만 썩이지 제 앞가림도 못한다는 둥, 꼴에 자존심은 있어서 집안 사람들에게조차도 공장 다닌다는 말은 하지 않는다는 둥, 쓸데없는 말을 지껄였다. 서봉은 관리자인 그가 공장에 들어온 두 달 후 스스로 그만두었다. 혼자일 때는 괜찮지만 침묵과 암묵의 등껍질을 가진 또 다른 갑각류와의 조우는 꽤나 비극적이어서 견디기 어려웠다. 그는 서봉의 대학원 후배였다. 거짓말 같지만 두 달 동안 서봉과 그는 한마디도 하지 않은 채 낯선 사람 대하듯 했다. 지켜야 할 서로 간의 배려였다. 공장 뒤편 어두운 그늘에서 담배 연기를 뱉어 내는 그의 마른 등을 지켜보던 날 서봉은 그만두어야겠다고 결심했다. 꼬박 2년을 다녔다지만 미련은 없었다. 마지막으로 공장 문을 나서던 서봉은 까닭 없이 하늘을 올려다봤고 어느새 서른 중반이라는 사실에 긴 한숨을 내쉬었다.

"거참 되게 전화질이네. 형님! 그만 나가 봐야겠어요."

서봉은 들었던 찻잔을 내려놓았고 대신 울리는 전화기를 잠바 호주머니에 쑤셔 넣었다. 봉지커피 한 잔으로 아침을 대신한 서봉과 홍구는 굽은 허리로 대문을 나섰다. 창자와 뼈가 한꺼번에 쑤시는 느낌이었다. 서봉도 홍구도 얼굴빛이 나무거죽처럼 까칠했다. 매일이다시피 달리는 통에 몸뚱어리는 방전 상태로, 충천은 요원할 뿐이었다. 담담히 그리고 자학적으로 받아들이지 않는다면 울화통 끝에 자멸하고 말 것이 분명했다. 밖은 찬란하리만치 눈이 부셨다. 하지만 박쥐를 닮아 가는 서봉과 홍구는 밝은 빛과 대적할 당당함도 마주할 시력도 잃어 가는 중이었다.

"빵-빵-"

골목을 빠져나가자 전방 도로변에서 클랙슨이 울렸다. 서봉이 알아봤다는 수신호로 주먹을 치켜들었다. 하지만 웅걸은 아랑곳하지 않고 클랙슨을 울렸다.

"저거이 웅걸이 차 맞지야? 시끄럽게 조자싼 것이 언능 가 봐야 할랑가 부다."

서봉과 홍구는 잰걸음을 했다. 바쁠 것도 없는 터에 클랙슨이란 괜한 짓거리임에 분명했다. 하지만 웅걸의 입장에서 보자면 딱히 그런 것도 아니었다. 묵은 먼지를 털어 내듯 우울한 나날에서 벗어나는 기분이고 보니 그냥 뭐든 질러 대고 싶은 기분이었다. 서봉과 홍구가 차에 다다를 때까지 웅걸은 월드컵 응원가 버전으로 클랙슨을 한 번 더 울렸다. 지나던 성마른 노인에게 걸렸더라면 지팡이로 사이드미러가 남아나지 않았을 것이었다.

"세수나 좀 하고 나올 것이지…… 엄마도 모시고 왔는데."

잰걸음 때문에 상기되어 더 검게 보이는 서봉의 낯을 본 웅걸은 대뜸 핀잔부터 던졌다. 거드름과 호기는 덤이었다.

"어 형은 또 어쩐 일이세요?"

뒤따라 나타난 홍구에게도 마저 알은체를 했다. 머쓱해진 서봉과 홍구는 뭐라고 싫은 소리를 내지르고 싶었지만 차마 입을 뗄 수 없었다. 웅걸의 옆 좌석, 그러니까 조수석에는 웅걸의 어머니가 떡하니 자리를 잡고 있었다. 웅걸의 어머니는 정말 나들이 가는 사람처럼 옷과 얼굴빛이 화사했다. 어쩔 수 없이 세월의 흔적이 비껴 있긴 했지만 평생 죄를 모르고 살았을 평안한 모습이었다. 서봉은 목구멍까지 치닫던 욕지거리를 겨우 삼켜 건성웃음을 지어 보였다.

"……어머니 여전히 고우시네요. 오늘 저희 집에 수돗물이 안 나와서 세수를 못했습니다. 제 탓이 아니고 순전히 나라 탓이니 욕하지 마세요."

"아까참에 물 잘 나오던지…… 무담시 거짓부렁을 허네이. 긍께 머시냐, 내가 야들 선배고요, 응…… 내가 어머니는 첨 보지야?"

웅걸의 어머니는 한껏 달뜬 사람처럼 방그레 웃어 보였다. 웅걸의 얼굴을 쳐다봤다가, 홍구와 서봉의 얼굴을 쳐다봤다가, 창밖을 쳐다봤다가, 모든 것이 신기하고 기꺼운 표정이었다.

"예, 아마 그럴 껄요. 엄마가 워낙 낯을 가려서…… 근데 형님 어제 집에 안 들어가셨나 봐요?"

"니 기다리다가 안 그랬냐. 오줌 싸러 간다고 해 놓고는 내동안 와서 지하철도 끊기고 서봉이 신세 좀 졌다."

어제 저녁 웅걸은 오줌 싸러 간다고 일어섰지만 발길은 집으로 향했다. 어머니 방의 연탄불은 살아 있을지, 끼니는 어떻게 했을지, 가슴이 옥죄었기 때문이었다. 봄바람 탓인지 밖은 아직 쌀쌀했다. 웬만한 상가는 벌써 문을 닫고 허름한 술집 몇 군데만 간판을 밝히고 있었다. 왼손을 들어 시계를 쳐다봤다. 7시를 조금 넘긴 시각이었다. 웅걸은 발길을 재촉했다. 동문다리 4차선 도로를 건너 무덤 같은 시장통을 지나 목구멍 같은 골목을 통해 삐걱거리는 나무 대문을 열고 집 안으로 들어섰다. 어머니는 다행히 오도카니 앉아서 TV를 시청하고 있었다. 어머니 방의 TV는 24시간 켜져 있었다. 웅걸은 부엌으로 향했다. 양푼에 시래기 된장국을 퍼 담고, 밥을 두 주걱 떠 넣은 후 무채를 얹어서 비비듯 휘휘 저었다. 양푼을 받아든 어머니는 TV를 보면서 허겁지겁 목구멍으로 밀어 넣었다. 방바닥에 깔아 놓은 밍크담요에 흘리기를 절반이었지만 웅걸은 가만히 내버려뒀다. 성질을 내고 타일러도 어떻게 될 수 없는 일이라는 사실을 잘 알고 있었다. 웅걸은 그런 어머니의 모습을 무연히 바라보다 밖으로 나와 아궁이를 살폈다.

다행히 아직 연탄의 불씨는 남아 있었다. 다시 방 안으로 들어온 웅걸은 빈 양푼을 내가려다가 그냥 어머니와 나란히 벽에 등을 기댄 채 TV를 시청했다. 필름마저 흐릿한 전원일기 속 일용엄마의 힘찬 웃음소리가 살얼음 낀 가슴팍을 갈라놓았다. 웅걸은 자는 척 어머니의 어깨에 머리를 기댔다. 소녀 같은 웃음소리를 지어내는 어머니에게서 아기 때 맡았던 젖내가 느껴졌다.

"신세라면 좀 그렇고, 하여간 내 집 어제 사망하셨네. 홍구 형 발꼬랑내하고 담배 연기로 절명하셨다니까."

서봉과 홍구가 뒷좌석에 올라타고 얼마 지나지 않아 웅걸의 차는 청소차로 변했다. 팔십 노인보다 더 지독한 홀아비 냄새가 금세 실내를 점령했다. 어머니의 눈치를 슬쩍 살핀 웅걸이 스르르- 창문을 열었다. 홍구가 입을 열기 시작하면 시궁창 냄새까지 더해질 것이었다. 웅걸은 코를 킁킁거린 후, 왼쪽 사이드미러를 흘끔거리며 출발했다. 도리 없는 상황이었다.

"근데, 어디로 가냐?"

일상처럼 웅걸이 서봉에게 물었다. 웅걸은 좌표를 잃은 사람처럼 늘 어디로 갈 것인지 물었다. 그것은 비단 지금의 어디를 묻는 것일 테지만, 아주 먼 어디를 묻는 것처럼 막막하고 쓸쓸했다.

"새삼스럽기는…… 어디 갈 데는 있고? 누가 우물 안 개구리 아니랄까 봐."

서봉이 부러 투덜거렸다. 그렇게라도 해야 고픈 배가 덜 쓰릴 것이었다.

"그래, 하던 대로 하자."

"술은 준비한 거요?"

"아니, 가다가 사야지. 꽃도 사고 술도 사고."

웅걸과 서봉은 자주 어딘가를 찾았다. 낮에는 시내버스를 탔고, 밤에는 택시를 탔다. 대부분 갑작스러운 경우였다. 그도 그럴 것이 술이 한잔 들어가면, 누가 먼저랄 것도 없이 '갈까' 소리를 했고 무작정 길을 나섰던 것이다. 두 사람 중 한 사람의 손에는 예의 검은 비닐봉투가 들렸고, 그 안에는 소주와 안줏거리가 들어 있기 마련이었다. 어느 날이건 찾아도 좋았고, 반기는 이들도 늘 있었다. 어두컴컴한 밤, 소주를 들이켜며 하늘을 올려다보면 그냥 주르르- 눈물이 흐르고 속이 후련해졌다. 일상의 울분이 용기가 되고, 허물어져 가는 가슴이 다시 올려 쌓아지는 흥분을 느낄 수 있었다. 웅걸과 서봉은 그 기쁨을 맛보려 이끌리듯 발길을 하곤 했다.

"어머니! 웅걸이 형 빨리 장가가라고 닦달 좀 하세요. 조금 있으면 꼬치도 말라비틀어질 텐데 손주는 보셔야지요."

서봉은 웅걸의 어머니에게 어설픈 너스레를 떨었다. 꼭 웅걸 어머니가 아니더라도 여느 어머니에게 다가가도 가슴은 먹먹했다. 먹먹한 그 한켠에 응석이 숨어 있었다. 웅걸의 어머니는 한쪽 손으로 입을 가린 채 호-호- 웃음을 참아 냈다. 볼은 발그레 상기된 채로였다. 그 모습이 꼭 스무 살 처녀처럼 앳돼 보였다. 서봉은 마음이 푸근하고 아렸다. 가만히 외면하고 있으면 덜 설레고 덜 아플 테지만 서봉은 다가가고 싶었다.

서봉의 어머니는 일찍부터 지병이 있었다. 위로 여섯 살 터울의 누나 때문에 생긴 병이었다. 증명할 수는 없지만 서봉은 그렇게 단정했다. 누군가로부터 병의 씨앗이 심어질 수도 있고, 또 그 심어진 병의 씨앗이 독버섯처럼 자랄 수도 있다는 사실을 서봉은 어머니를 통해 알게 되었다. 그것은 생각보다 아주 간단해서, 사랑에 배반을 심어 주고 그 배반에 계속 물을 주면 그만이었다. 누나는 공부에 남다른 특별함을 보였다. 전체 과목에서 겨우 한두 개 틀려 오는 누나의 시험지를 곁눈질하던 어린 서봉은 감탄보다는 오히려 무섬증이 돋았다. 형체는 없지만 아주 독한 인간의 집념이랄까 고집 같은 것을 느꼈기 때문이었다. 누나는 특별히 머리가 좋은 사람은 아니었지만 철저히 자신을 혹사시키는 방법으로 좋은 점수를 얻어냈다. 누나를 떠올리자면 가장 먼저 생각나는 것이 노끈이었다. 누나의 방에는 노끈으로 만든 교수대가 놓여 있었다. 천장 서까래에 노끈을 묶어 교수대를 만들고 그 안에 목을 집어넣은 채 공부를 했다. 자칫 졸기라도 하면 단박에 목이 조여드는 경험을 해야만 했다. 그 광경이 어찌나 무서웠던지 서봉은 물론이고 아버지마저 쉽게 누나의 방에 발을 들여놓지 못했다. 누나는 목숨 걸겠다는 심정으로 공부를 했다. 하지만 서봉은 목숨을 걸만큼 공부를 잘해야 할 이유가 무엇인지 이해하지 못했다. 다만 노끈을 목에 건 채 앉았는 누나의 서늘한 등이 바위처럼 단단해 보일 뿐이었다. 미숫가루나 식혜 같은 간식을 누나 방에 들고 간 어머니는 단단히 굳어진 누나의 등을 말없이 쓸어내리곤 했다. 어머니가 보기에도 누나의 등은 안쓰러울 만큼 긴장되어 있었던 것이다. 누나는 그 노력의 대가로 모든 사람이 선망하는 서울 소재의 유수 대학에 합격했다.

시장에서 배춧잎을 주워 국을 끓여 먹을 정도로 척박하게 살았던 어머니에게 누나의 합격은 모든 고단의 보상이었다. 갑자기 젊음을 되찾은 사람처럼 묘한 생기를 발산하는 어머니를 보면서 서봉은 낯선 느낌마저 들었다. 그때까지 연탄을 때던 부엌을 갑자기 사람 불러 LPG 때는 입식부엌으로 바꾸는 일을 단박에 해낼 정도였다. 싸구려 바지 하나를 고르는 중에도 들었다 놨다를 몇 번이고 반복하던 어머니라고는 믿기지 않는 모습이었다. 가스레인지를 점화시켜 파란 불꽃을 사르는 어머니의 눈에서 파란 불꽃이 튀었다. 서봉은 가득한 두려움으로 어머니에게서 일렁이는 그 바람을 숨죽여 지켜봤다.

"오늘이 말바우 장날이냐? 사람도 물건도 모다 지천이다."

웅걸의 어머니는 맞은편 말바우시장을 향해 입맛을 다셨다.

"왜요? 팥죽 생각나세요?"

"밥때 지난 지 얼마나 되얐다고 또 입맛이 동헌다냐? 그란디 지금이 아침때냐 점심때냐, 통 때를 모리겄다."

우산동 말바우시장은 물건 값이 싸기로 유명했다. 비싸게 팔려거든 아예 기웃거리지도 말라는 풍문이 상인들 사이에서 떠돌 정도였다. 하지만 수많은 사람들이 모여드니 물건을 못 팔거나 손해 보는 경우도 없었다. 도심에 있지만 2, 4, 7, 9일제로 열리는 장날에는 아무 살 것이 없어도 그냥 발길이 갔다. 주머니에 단돈 3천 원만 있으면, 한 그릇에 천오백 원 하는 팥죽으로 요기를 하고, 나머지 천오백 원으로 푸성귀를 사 와 밥상을 차릴 수도 있었다. 장을 다 돌아보는 데도 족히 2시간이 걸릴 정도로 바닥은 넓었고 그만큼 물건도 많았다. 특히, 골목마다 박스나 스티로폼을 깔고 앉은 할머니들의 보따리 속이 볼만했다. 지근거리 촌이나, 담양·장성·화순·나주에서 버스로 실어 나른 할머니들의 보따리에서는 그야말로 고향 냄새가 풀풀 났다. 메줏가루·누룩·노각·가지·늙은 호박·마른 토란대·호박꼬지·고사리·취나물·가죽나물·쇠무릎·장로뿌리·피마자·약과·한과 등 집에서 기르고 만들고 산야에서 채취한 것들이 할머니들의 마디 굵은 손처럼 눈길을 잡아끌었다. 재밌는 것은 할머니들의 태도로, 물건을 팔아도 그만이고 안 팔아도 그만이라는 한가함이었다. 그날 만난 주변의 할머니들과 수다를 떨고, 입이 컬컬해지면 막걸리로 목을 축이고, 배가 고파지면 배달되어 오는 보리밥이나 팥죽을 노나 먹는 재미를 더 즐기는 모습은 물건을 팔러 나왔다기보다는 콧바람 쐬러 나온 시골 아낙의 형상이었다.

"그 머시냐, 거 안 있냐이, 시장 안에 득량만횟집이라고, 전에 웅걸이 니하고 안 갔었냐이. 세종대왕님 한 장 주므는 숭어 한 접시 묵을 만허게 안 썰어 주잖냐이. 참이슬 각 일 병에다가 그거 한 접시 묵으믄 참말로 왔따 아니냐이."

"형님 지금 각화동 농산물도매시장 지나고 있거든요. 괜히 헛물켜지 마시고 그 창문이나 더 여세요. 형님 입 열 때마다 골머리가 아파서요."

서봉이 간절하게 벌어진 홍구의 입을 면박으로 닫았다. 자존심이 상한 홍구는 창밖으로 눈살을 찌푸리며 쩝쩝 입맛을 다셨다. 홍구는 좋은 안주가 있으면 부러 시간을 끌어 술을 마시는 버릇이 있었다. 숭어 한 접시라면 참이슬 한 병과 함께 족히 두 시간 쯤은 문제없이 묵새길 수 있었다. 시간을 흘려보내는 것, 그것이 홍구에게도 크나큰 과제요 견딤이었다.

"아, 여가 공판장이냐? 나가 산더미로 쌓였는 수박 중에 그중 크고 실한 놈을 품에 안았는디 그것이 니 태몽 아니었더냐. 공판장을 지날 때마다 꼭 니 태몽이 생각나서 벌로 안 지나친다. 참말로 그 많은 수박이 어디서 모다 오는지 기암허고 자빠질 노릇 아니겄냐."

"왜요? 지난번에는 내 태몽으로 호랑이 뒷다리를 잡으셨다면서요."

"나가 그랬냐…… 그람 수박 꿈은 니 누이 태몽이었으꺼나."

갑자기 웅걸 어머니가 시무룩해졌다. 덩달아 차 안 분위기도 김빠진 사이다처럼 가라앉았다. 차가 신호등에 걸리자, 웅걸은 콘솔박스를 열어 빨간색과 노란색 줄이 그어진 왕사탕을 꺼내 어머니 입에 넣어 주었다. 웅걸의 어머니는 사탕을 우물거렸고 대신 말이 없었다. 서봉은 황량한 듯 스산함이 느껴지는 웅걸 어머니의 곡뒤를 찬찬히 바라보았다. 말없는 쓸쓸함이 가슴 저 밑바닥에서부터 치고 올라와 코끝을 아렸다.

서봉은 웅걸 어머니의 끝이 부서진 푸석한 머리칼에서 제 어머니를 떠올렸다. 어머니의 자랑이던 누나는 대학에 입학한 지 채 1년이 안 되어 구속 수감되었다. 집시법 위반이었다. 말할 것도 없이 소식이 전해진 집안은 발칵 뒤집혔다. 스스로 5·18을 경험한 어머니와 아버지는 필경 누나가 현장에서 두들겨 맞았거나 끌려가 고문을 당했을 것이라 미루어 짐작했다. 서울행 밤 열차를 타기 위해 가방을 챙기던 어머니는 급기야 대성통곡을 쏟아냈다. 나고 자란 곳이 이쪽이기에 무조건 선배들이 시위현장으로 끌고 갔을 것이라며 가슴을 쥐어뜯었다. 그런가 하면, 가난해서, 억울한 것이 많아서, 복장 터져서, 데모를 한 것이라며 혼잣말처럼 울부짖었다. 중학교 1학년이던 서봉은 횡설수설 쏟아 내는 어머니의 말들이 무슨 뜻인지 다 이해할 수 없었다. 하지만 눈물로 휘갑을 한 어머니의 얼굴을 보고 있자니 저절로 훌쩍거리지 않을 수 없었다. 손등으로 눈물을 훔치던 서봉은 불현듯 가족끼리 나눌 수 있을 미래의 웃음과 안락함이 검은 먼지바람과 함께 저 멀리 날아가 버리는 불길함과 맞닥뜨렸다. 그것은 전혀 그럴 것 같지 않지만 한편 예측 가능한 일이어서 집안에 닥칠 불행에 대한 예지의 한 감각이었다.

어머니는 누나가 수감된 영등포 교도소를 일주일이 멀다 하고 올라다녔다. 이른 새벽, 찰밥과 새 김치를 담은 찬합을 보자기로 단단히 묶고 대문 밖을 나서는 어머니는 차돌처럼 단단해 보였다. 내 자식을 살려 내겠다는 일념밖에 없었던 어머니는, 그쯤 수많은 고민과 피곤으로 뼈만 걸린 상태였다. 핏기가 싹 가신 어머니의 얼굴은 정신 줄을 놓은 사람처럼 휑하니 낯설었다. 서봉은 그 모든 상황이 갑작스럽고 어려웠지만, 한발 비켜서 있을 수밖에 도리가 없었다. 어머니에게는 자식의 위급함에 직면한 어미로서의 본능만이 번뜩일 뿐이었다. 그것은 대단히 날카롭고 냉혹한 것이어서 섣불리 덧들였다가는 더 큰 화를 불러일으킬 수 있음을 서봉도 본능적으로 직감할 수 있었다.

어머니는 면회 때마다 누나에게 무릎을 꿇었다. 운동권이기를 포기하라는 간절함과 강권의 표현이었다. 하지만 누나는 눈빛 하나 흔들리지 않았다. 뭐든 옳다고 생각을 굳히면 목숨까지도 걸 수 있는 사람이었다. 하지만 어머니도 자신의 모든 것을 건 상태였기에 쉽사리 물러서지 않았다. 어머니는 누나의 수감 6개월 동안 한 주도 빠지지 않고 찬합을 싸들고 가서 무릎을 꿇었다. 두 모녀의 기구한 면회 장면은 한 교도관의 제보로 잡지에 소개된 적이 있을 정도였다. 잡지에는 사진 한 컷이 첨부되어 있었다. 파란 수의를 입은 누나가 면회소 테이블에 앉아 왼쪽으로 고개를 살짝 튼 반면, 바닥에 무릎을 꿇은 어머니는 머리를 조아리고 있었다. 누가 봐도 죄수에게 죄를 빌러 온 여인의 모습이었다. 테이블 위에는 아직 풀지 않은 찬합 보따리가 놓여 있었다.

어머니가 누나에게 매달려 있는 사이 집안은 까치집이 되어

가고 있었다. 아버지는 계속 줄담배를 피워 댔고, 서봉은 목구멍으로 밥알 넘기는 것조차 죄스러운 지경이었다. 재떨이에 쌓여가는 꽁초처럼 분위기는 음울했고, 벽에 걸어 둔 프라이팬에 먼지가 쌓이는 것처럼 살림은 엉망이었다. 하지만 아버지도 서봉도 일절 어머니에게 한마디 불평도 꺼내지 못했다. 어머니의 눈에서는 이성을 잃은 것처럼 묘한 광채가 뿜어져 나왔다. 작은 점화만으로도 대단한 폭발을 일으킬 수 있을 것처럼 잠재된 분노가 이글거렸다.

어머니의 간절함에도 불구하고 누나는 출소 후 6개월이 지나서 또 국보법 위반으로 투옥되었다. 그 소식을 전해 들은 어머니는 안방문을 닫아걸은 채 열흘 가까이 꼼짝하지 않았다. 오직 입에 뭔가를 틀어막은 것처럼 울부짖는 진통 소리만 처절할 뿐이었다. 끝내 누나는 3학년 가을학기에 스스로 학교를 자퇴하고 말았다. 전과자가 된 누나는 세상의 곱지 않은 시선 속에 이런저런 제약을 받을 수밖에 없었고, 이 나라에서 더 이상 자신의 가치를 펼쳐 보일 수 없다고 판단하자 같은 운동권이었던 남자 선배와 독일 이민을 결정했다.

출국 인사를 하러 온 누나는 열기 가득한 눈빛으로, 자신과 선배는 대한민국의 지배체제가 정의롭지 못해서 떠나는 것이고, 다시는 돌아오지 않을 생각이라고 했다. 부모를 상대로 자신의 신념을 역설하는 누나는, 이미 혈육이라는 정에 연연하지 않는 사람으로 변해 있었다. 서봉이 느끼기에도 누나는 이미 사사로운

정으로 붙잡을 수 있는 사람이 아니었다. 그날따라 어머니는 눈물조차 흘리지 않았다. 이미 기력을 잃은 지 오래여서, 머리는 푸석했고 눈은 퀭했지만 정신 줄을 잡으려는 듯 입술을 꼭 깨문 채 버티고 있었다. 후들거리는 다리로 육곳간을 다녀온 어머니는 벌건 고추장 양념으로 볶아 낸 돼지고기로 밥상을 차렸다. 짐짓 누나는 태연한 척 밥상을 받았지만 돼지고기를 집는 젓가락이 아슬아슬하게 떨리고 있음을 서봉은 놓치지 않았다. 밥상에 둘러앉은 가족 모두 팽팽한 긴장감 사이의 열패감을 공유해야만 했던 그날의 기억은 생각만으로도 등에서 진땀이 배어 나올 정도였다.

누나가 독일로 떠나 버린 후, 어머니는 완전히 다른 사람이 되어 버렸다. 부드럽고 순종적이던 모습은 싹 빠져 버리고, 금방이라도 불타오를 듯 이글거리는 열기와 적개심만을 드러내 보였다. '민주화실천 가족운동협의회'와 인연이 닿은 어머니는 전국의 시위현장을 떠돌기 시작했다. 어머니는 시위에 부합하는 그 어떤 의식도 없었지만, 누나를 망쳐 놓았다고 믿는 그 어떤 대상에 항거함으로써 자신의 울분을 터뜨리려 애썼다. 어머니는 점점 누나의 모습을 닮아 갔고, 집안은 풍비박산으로 치달았다. 단란하고 행복했던 모습은 온데간데없고 거대한 칡넝쿨이 온통 집안에 뿌리를 내려 허물어뜨리는 느낌이었다. 사춘기를 맞아 성장통을 앓아야 할 서봉은 되레 숨죽인 채 스스로 자아를 억누르는 인내를 키워야만 했다. 원체 말이 없는 아버지는 눈만 끔벅거릴 뿐이었고, 서로가 방 하나씩을 차지한 채 경계를 만들어 갔다. 그러기를

3년, 김준배 열사 노제에 참석하고 돌아온 어머니는 그날 밤 피를 토하고 쓰러졌다. 젊은 나이의 죽음을 배웅한 어머니는 몇 번의 통곡 끝에 피를 토해 냈던 것이다. 한스러운 그 울부짖음 속에 누이의 이름도 서럽게 불리어지곤 했다. 급하게 병원으로 옮겼지만 이미 어머니의 간에 퍼진 암세포는 손을 쓸 수 없는 지경이었다. 서봉은 방바닥에 번진 어머니의 시커먼 피를 보면서 무섬증보다는 연민이 느껴졌다. 사람의 가슴에 한이 맺히면 시커멓게 죽은 피를 토해 낼 수도 있구나, 싶은 생각에 감정이 북받쳐 올랐다. 어머니는 스스로 암의 씨앗을 심고 자학하듯 그 암 덩어리를 키웠을 테지만, 세상은 달라진 것이 없고 오직 어머니만 목숨을 버렸으니 너무도 허황할 뿐이었다. 서봉은 방바닥에 쏟아진 피를 한참이나 노려보았다. 숯처럼 검어 보이는 피는 그 나름대로 생명력을 가지고 있는 듯 푸른 광채를 띠었다. 누나는 자신의 소신을 끝내 지키기 위함이었는지 어머니가 돌아가셨다는 연락에도 불구하고 끝내 귀국하지 않았다. 홀로 빈소를 찾은 매형은 누나가 입국금지자이기 때문에 올 수 없다는 사정 설명을 했다. 누나는 독일에서도 대한민국을 위한 인권운동가로 활동하고 있었다. 사실이야 어쨌든 누나는 결국 어머니의 장례식에 참석치 못한 채로 영원한 이별을 한 것이었다. 장례식 내내 서봉은 어머니의 죽음에 대한 책임을 누구에게 물어야 할 것인지 생각했다. 형체도 없고 실체도 없는 그 무엇에 수없이 칼날을 세웠지만 답답한 메아리만 반복될 뿐이었다.

"구십 세에 저세상에서 날 데리러 오거든 알아서 갈 테니 재촉 말라고 전해라. 백 세에 저세상에서 날 데리러 오거든~"

웅걸이 라디오를 틀자 트로트가 흘러나왔다.

"좋은 날 좋은 시에 간다고 전해라. 아리랑 아리랑 아라리요~"

시킨 것도 아니건만, 웅걸의 어머니와 홍구가 동시에 흥얼거리며 따라 불렀다.

"어따, 어머니! 노래 좋아하시는가 봐요? 나도 노래라믄 누구한테 안 빠질만치 쪼까 허는디……"

"어, 그랴. 나는 전국노래자랑에 나갔더랬는데. 상도 안 받았다고."

웅걸 어머니는 반짝 눈을 뜨며 신난 표정을 지어 보였다. 확연한 생기가 얼굴의 주름을 더 굴곡지게 했다. 그 굴곡 속에서 수많은 삶의 생채기들이 발화했다 소멸했을 것이었다.

"진짜로요? 나도 전국노래자랑에 나갔었는디? 거 머이냐 남구에서 헐 때 그때 내가 나갔었거든요."

홍구가 운전석과 조수석 사이로 머리를 디밀었다. 가만히 앉았으면 좋으련만 홍구의 움직임과 함께 구린내가 차 안을 휘돌았다. 사람 돌리는 세탁기가 있다면 좋으련만 아쉬울 따름이었다. 웃기는 얘기지만 홍구는 세탁기 속에서 헹궈지면서도 노래를 흥얼거릴 위인이었다. 그만큼 홍구는 노래를 좋아했다. 그러니 웅걸 어머니의 전국노래자랑이라는 말에 귀가 번쩍 뜨이는 것은 너무도 당연했다. 홍구는 이동 중에 늘 이어폰을 꽂고 다녔다. 그리고 취하면 꼭 노래를 불렀다. 몇 잔 들어가면서부터 누가 시켜 주지나 않을까, 노래 일발 장전하고 기회를 기다렸다. 취기가 오른 누군가 옆구리를 쿡 찌르기만 하면 홍구는 발딱 일어서 자동으로 노래를 시작했다. 왼쪽으로 15도 정도 고개를 비튼 채 코맹맹이 소리를 웅얼거리는 홍구는 그 어느 때보다 행복한 표정을 지었다. 발음도 정확하지 않은 홍구의 터진 마후라 소리를 청산은 곰삭은 갈치속젓 맛이라 치켜세웠다. 갈치가 행여 청산의 말을 귓등으로라도 들었더라면 틀림없이 바다 한가운데서 할복해 제 창자를 도려내고 말았을 것이었다.

"처녀 때 진짜로 재미났어. 내가 한곡 뽑아 버리믄 모다 씨러져 브렀으니께."

웅걸의 어머니는 당시로 돌아간 듯 어깨를 들썩였다. 칭찬은 고래를 춤추게 한다지만, 추억은 사람을 젊어지게도 했다. 웅걸은 오른손으로 안경을 추켜올리며 비실비실 웃음을 베어 물었다. 제 어머니가 천진난만하게 웃는 모습이라면 웅걸의 웃음에는 뭔지 모를 비밀이 숨어 있는 듯 보였다.

"아야 생각 난 김에 요놈 좀 꽂아주라이……"

홍구가 웅걸에게 카세트테이프 하나를 건넸다. 볼 것 없이, 물을 것 없이, 조용필 테이프였다. 홍구는 얼굴 생김새와 체구가 조용필과 흡사했다. 게다가 살짝 고개를 비틀고 부르는 모션까지 닮아 있었다. 홍구는 오직 조용필이었다. 조용필 노래만 듣고 불렀으며, 다른 가수들의 노래는 노래로 치지도 않았다. 항상 들고 다니는 검은색 어깨걸이 가방 속에는 구형 일제 아이와 카세트가 들어 있었다. 혼자서 걸을 때면 늘 이어폰을 꽂은 채 조용필 노래를 흥얼거렸다. 바람에 흩날리다 떨어져내려 땅바닥을 뒹굴다 멈춰선 어디선가 썩어 내리는 잎새처럼 홍구도 조용필의 노래를 흥얼거리며 어디쯤 흘러가다 꼬꾸라져 없어질 것이었다. 전국노래자랑에 출연했다는 홍구의 말은 사실이었다. 조용필과 닮았다는 이유 하나만으로 예선을 통과한 홍구는, 무대에 올라 「허공」을 불렀다. 꿈이었다고 생각하기엔 너무나도 아쉬움 남아~ 설레이던 마음도 기다리던 마음도 허공 속에 묻어야만 될 슬픈 옛이야기~ 스쳐 버린 그 약속 잊어야 할 그 약속 허공 속에 묻힌 그날들~. 노래는 2절을 바라보지 못하고 땡 소리와 함께 토막 났지만 홍구는 그날의 출연으로 리틀 조용필이라는 타이틀을 얻게 되었다. 하지만 조용필이 머리를 감지 않는 것은 아니었기에, 그 끈적이는 더러운 머리가 행여 조용필의 이름에 누가 될까 사람들은 재빨리 리틀 조용필이라는 타이틀을 거둬들였다.

“나도 나도 노래할래. 그리움에 지쳐서 울다 지쳐서 꽃잎은 빨갛게~”

차 안에서는 조용필의 「허공」과 이미자의 「동백아가씨」가 뒤죽박죽으로 엉켜들었다. 서봉은 일전에도 웅걸의 어머니가 부르는 「동백아가씨」를 들은 적이 있었다. 웅걸을 만나러 갔다가 집 안까지 들어선 날이었다. 그때도 웅걸의 어머니는 처녀 시절 전국노래자랑에 나갔었고, 춤도 췄다고 했다. 웅걸 어머니는 즉석에서 노래를 불렀고 춤도 춰 보였다. 어린아이와 같은 티 없이 맑은 순수를 마음껏 뽐내었다. 서봉은 웅걸 어머니와의 대화가 무척이나 즐거웠다. 웅걸이 나갈 차비가 다 되어 그만 일어서야 한다는 것이 아쉬울 정도였다. 대문 밖으로 나와 골목을 빠져나오던 웅걸은 서봉에게 한마디했다. "재밌었냐?" 서봉은 "응, 당신보다 어머니가 더 재밌어." 대답했다. "내가 알기로 우리 엄마는 전국노래자랑에 나가신 적도 없고, 얼마 전까지 남 앞에서 춤이라는 것을 춰 본 적도 없는 사람이다." 갑자기 서봉은 머리에 구멍이 뚫린 느낌이었다. 급기야 어머니가 하시는 말씀과 행동에 대해 한 치의 의심도 하지 않았던 자신의 상태를 의심하기까지 했다. 어머니의 모습은 너무나 자연스럽고 꾸밈이 없어서 달리 생각한다는 것이 더 이상할 정도였다. 서봉은 칠십이 넘은 웅걸 어머니의 나이와 전국노래자랑의 최초 방송을 비교해 봤다. 웅걸 어머니가 처녀 적이라면 1960년대 초중반일 테지만 전국노래자랑 최초 방송은 1980년이었다. 웅걸 어머니의 처녀 적과 전국노래자랑은 긴 시간차가 있었다. 그제야 서봉은 웅걸에게 자신의 어머니가 치매라는 소리를 들었던 사실을 떠올릴 수 있었다. 갑자기 서봉은 맥이 빠지면서 한숨이 새어 나왔다. 차라리 웅걸이 아무 말 하지 않았더라면…… 생각 때문에 괜히 더 우울했다.

"꽃도 사고, 술도 사고……"

담양으로 접어드는 편도 사차선 삼거리 신호등 앞에서 좌회전

깜빡이를 켠 차는 멈춰 섰다. 곧장 죽 직진하면 담양이 자랑하는 대나무 숲 죽녹원이 나왔다. 한여름에도 시원한 죽녹원에 들어앉아 있으면 쏴—쏴— 대나무 우는 소리에 마음 싱그럽고, 바로 앞 죽 늘어선 국수집에서 멸치국물에 찐 달걀과 국물국수 한 그릇 빨아먹으면 갈비싼 한 끼보다 더 흡족할 수 있었다. 웅걸과 서봉은 담양 장날이면 일부러 버스를 타고 담양을 찾곤 했다. 재래시장을 한 바퀴 돌아보고 암뽕순댓집 아니면 국숫집에서 찐 달걀에 막걸리 한잔 들이켜면 배부른 만큼 마음이 넉넉했다. 간혹, 가사문학관을 거쳐 소쇄원까지 가는 버스를 타기도 했다. 담양은 누가 뭐래도 정자문화가 발달한 곳으로, 경치 빼어난 자리에는 틀림없이 삿갓 모양 정자가 들어서 있었다. 소쇄원과 식영정은 품위와 격식이 있어 좋고, 연못과 배롱나무가 어우러진 명옥헌은 기막힌 운치가 마음을 붙잡았다. 그밖에도 담양 땅에 여러 정자가 있지만 웅걸과 서봉은 풍암정을 좋아했다. 풍암정은 무등산 아래 원효사 턱밑에 자리하고 있었다. 앞으로 흐르는 사나운 계곡의 끝에서 불어오는 바람을 들이켜면 골수까지 맑아졌다. 기운이 센 터여서 그만큼 가슴이 트이는 곳이기도 했다.

좌회전 신호를 받고 1km 남짓 달린 차는 길가에 멈춰 섰다. 웅걸이 차에서 내리자 서봉도 따라 내렸다. 인도에는 천막이 하나 세워져 있고, 조화다발과 몇 가지 술 종류를 늘어놓은 간이 노점이 그 아래 차려져 있었다. 플라스틱 등받이 의자에 앉아 졸고 있던 노파가 인기척에 눈을 떴다. 웅걸과 서봉은 노파를 향해 꾸벅 고개를 숙여 알은체를 했다.

“어머니! 안녕하세요? 청산 형 후배들이에요. 일전에도 몇 번 뵀었는데……”

꾸무럭꾸무럭 의자에서 일어서는 노파의 허리가 활처럼 휘어 있었다. 예진작에 일을 그만두고 물리치료 다니는 것으로 일상을 보냈어야 할 상태였다. 어떤 모진 끈이 노파의 쉼을 허락하지 않는지 참으로 난감한 지경이었다.

“응, 본 것도 같고…… 근디, 우리 아들놈하고 어울려 봐야 말짱 헛짓이여. 썩을 놈이 평생 방바닥에 눌어붙어서 헛짓꺼리만 허제 통 일을 안 혀. 가난뱅이 자석이 술까장 배와서 낮바닥 똥칠은 혼자 다허고 다니고, 남부끄러 어디서 말도 못꺼내. 이녁덜이나 되니께 허는 말이지만 사람새끼 되기는 폴쎄 베레브렀어.”

굽은 허리 때문에 간신히 얼굴을 들어 보이는 노파는 하얗게 센 머리를 절레절레 흔들었다. 걸레질 같은 붓질을 핑계로 모든 책임을 던져 버린 청산은, 꼬막껍질을 등교시켜 놓고 오늘도 막걸리 집을 기웃거리고 있을 것이었다.

“그놈은 지 맴에 구멍이 뚫려서 그놈 메꾸니라고 술을 퍼먹는다고 허는디 나는 그 말이 말짱 거짓말인지 다 알고 있어. 내 배속으로 난 자석인디 내가 저를 모를라고, 밤낮 술이나 퍼먹고 세상 탓만 허고 자빠졌으믄 그것이 고자배기 썩은 송장이제 어디 사람새끼 겄어. 요롷게 된 마당에 와서 누구를 탓헐 것도 없고 내 자석대에서나 그 끝이 끝나기만을 바랄 뿐이제 뭣이 있을라고."

"그래도 형님이 요새는 술도 자제하시고 준표도 잘 챙기시는 모양이던데……"

"시끄러, 내가 내 배 속으로 난 새끼를 몰라. 씨잘데기 없는 소릴랑 짓까불라거든 어여 가 복장 뒤집어징께로."

괜히 두둔하고 나섰던 웅걸은 뻘줌해지고 말았다. 조화 한 다발과 소주 두 병을 건네받은 웅걸과 서봉은 제대로 된 인사도 건네지 못하고 차에 올라탈 수밖에 없었다. 보나마나 첫 손님이자 마지막 손님일 공산이 컸다.

"청산이 왜 그렇게 뻣뻣헌가 했드니 인자본께 제 어머니를 닮았는갑다이."

차가 출발하자 홍구가 뒷마무리를 했다. 홍구의 말처럼 청산은 두서없이 성질머리를 부렸다. 그런가 하면 울기도 잘했다. 제 어머니와 관계도 소원한 청산은 시내버스로 30분 거리의 노점에 들르는 일도 드물었다. 청산은 제 어머니에 대한 앙금을 품고 있었다. 청산의 어머니는 그 유명한 '해태아줌마'였다. 프로야구에 아직 치어리더가 도입되기 전 해태아줌마는 해태타이거즈의 치어리더였다. 흰 저고리에 군청색 치마를 입거나, 어깨달이 월남치마를 입고 불규칙한 몸짓으로 손에 든 꽃을 흔들어 보이면 그야말로 광풍 같은 응원열기가 경기장을 휩쓸었다. 무등야구장에서 해태타이거즈 경기가 있는 날이면 어김없이 해태아줌마가 나타났고 틀림없이 카메라에 잡히곤 했다. 해태타이거즈 팬들에게 해태아줌마는 그 어떤 연예인보다 확실한 인기였고, 독립운동가처럼 여겨질 만큼 상징적이었다. 하지만 청산은 해태아줌마가 자신의 어머니라는 사실을 친구들에게 알리지 못했다. 청산은 야구장만 찾아다니는 어머니가 이해되지 않았고 한편 원망스럽기까지 했다. 어머니 대신 농수산물공판장에서 아버지의 짐 실린 수레를 밀어야 했으며 제대로 보살핌 받지도 못했기 때문이었다. 해태아줌마는 야구단에 치어리더가 생기고 기아타이거즈로 명칭이 바뀌면서 5·18국립묘지로 자리를 옮겼다. 5·18국립묘지 1㎞ 전방 도로변에 포장을 치고 자리를 지키기 시작했던 것이다. 조화다발 몇 개와 술 몇 박스를 펼쳐 놓은 해태아줌마는 그 옛날 명성은 잃었지만 그 위용은 아직 살아 있어서, 시에서 불법이라며 몇 번이고 철거를 시도했지만 끝내 쫓아내지는 못했다. 돈이 목적이 아니라 어떤 특별한 사명감으로 앉았는 인간의 행위 앞에서 감히 공권력도 힘을 쓰지 못했던 것이다. 그런 어머니의 독특함 때문에 피해 아닌 피해를 본 사람은 청산이었다. 성장기에 어미로부터 관리를 받지 못한 청산은 그림에 남다른 재주가 있었지만 제대로 된 미술교육을 받을 수 없었다. 고등학교를 중동무이한 청산은 밥벌이를 위해 서울로 떠났고 종로에서 금세공을 배웠다. 하지만 저도 모르게 인사동에 발길을 하게 되었고 눈대중으로 그림을 배워 나갔다. 그렇게 배운 그림은 완성도가 높지 않았고 어딘지 한 곳이 빈 듯한 허전함이 느껴질 수밖에 없었다. 나중 청년기를 지나고 다시 어머니 곁으로 돌아왔지만 두 사람의 관계는 더 이상 좁혀지지 않은 채 평행선을 긋고 있었다. 허리가 굽어 고개도 제대로 들지 못하는 몸으로 아무 소득도 없는 노점을 지키고 있는 어머니를 청산은 이해하지 못했다. 청산은 술을 먹고 분노가 폭발하는 날이면 불처럼 달려가 노점을 걷어차 엎어 버리곤 했다. 하지만 그것은 서로의 상처를 덧내는 일에 불과할 뿐이었다. 청산의 억눌린 울분은 더욱 쌓일 뿐이고, 노점을 지키는 어머니의 굽은 허리는 한 치 더 굽어질 뿐이었다. 청산의 삶도 어머니의 삶도 어느 것 하나 멀쩡한 것이 없는 채로 그렇게 삽십 수년을 허우적거리고 있었다.

"난 언제 봐도 저 정문이 멋있더라. 매번 올 때마다 다른 느낌이거든."

우측으로 핸들을 꺾던 웅걸은 앞의 삼각형 대리석기둥 네 개를 보며 감탄했다.

"어마, 너그덜 시방 오일팔국립묘지 가는 것이냐?"

아무것도 모른 채 그냥 따라나섰던 홍구가 고개를 창밖으로 내밀었다.

"그럼, 어디 가는 줄 아셨어요? 꽃 살 때 눈치채셨어야죠."

서봉이 홍구의 뒷덜미를 잡아끌어 창밖으로 내빼진 머리를 안쪽으로 들여놓았다.

"여기 가믄, 김대중 선상님 볼 수 있지야이?"

"아이고 참, 내 어머니지만 너무 똑똑하신 것 같어."

웅걸이 오른손을 내밀어 제 어머니의 손을 꼭 잡았다. 웅걸에게 손이 잡힌 어머니는 아무런 근심걱정 없는 천진난만한 표정이었다. 차가 막 정문을 통과했다.

웅걸과 서봉은 마음이 공허하고 힘이 없을 때, 너무 막막해서 울고 싶을 때, 5·18국립묘지를 찾곤 했다. 소주 몇 병 사 들고 518번 시내버스를 타면 정문 입구까지 올 수 있었다. 캄캄한 밤, 술에 취해 무작정 택시를 타고 달려온 적도 여러 번이었다. 끝이 뾰족한 네 개의 삼각형 조형물은, 제 살을 깎아 세운 뾰족함으로 그 기상을 드러냈다. 갈수록 제 모난 것을 쳐내고 둥근 모습 속에 발톱을 숨기는 것이 미덕인 세상에, 뾰족하고 반듯한 모습을 그대로 드러낸다는 것은 미련한 짓임에 분명했다. 쉽사리 표적이 되고 쉽사리 내몰리는, 그러나 그렇게 서지 않으면 다 함께 표적이 되고 다 함께 내몰리는, 그래서 더 암울한 경우를 맞이할 수밖에 없는 세상 속에서 각을 세운다는 것은 그만큼 희생을 각오해야만 했다. 웅걸과 서봉은 삶의 기준이 흔들릴 때, 마치 저울의 눈금을 조절하고 악기의 음을 맞추듯 묘지를 찾았다.

"엄마, 일단 커피부터 한잔 드시고 천천히 둘러보시게요."

차에서 내린 웅걸은 제 어머니의 커피부터 챙겼다. 웅걸의 어머니는 커피를 유독 좋아했다. 웅걸 어머니가 커피를 홀짝일 때면 애기처럼 갖가지 표정을 지어 보였다. 커피 한 잔에 저렇게 행복할 수 있을까 싶을 정도였다. 웅걸은 매점 앞 자판기에서 커피 한 잔을 뽑아 어머니에게 건넸다. 웅걸 어머니가 커피를 홀짝이는 사이 셋은 등나무 아래서 담배 한 개비씩을 피워 물었다.

"내가 머시냐 나도 잘 하믄 여기 묻힐 수 있었시야. 임동사거리 안 있냐이 거기서 백골단하고 시민군하고 한판 붙어브렀냐이 근디 내가 멋헌다고 거기 구경가가꼬야이. 백골단이 와— 소리지름서 최루총을 쏘고 곤봉들고 막 쫓아 안 오냐이, 긍께 나도 막 도망 안 쳤것냐이. 근디 백골단이 멋헌다고 쨰깐한 나를 쫓아 올 것이냐이, 그란디 그때는 그냥 다 도망칭께로 나도 도망 안 쳤냐이, 그라다가 샛길로 들어갔는디 갑자기 한쪽 발이 푹 빠져블었냐이. 아따, 그 맨홀 안 있냐이 거 뚜껑이 어찌 잘못 닫혔던지 한쪽 발이 빠져가꼬 정강이 뼈 있는디가 이만침이나 찢어져 브렀것냐이. 피는 찍찍 나고 간신히 집에 강께로 아부지가 나를 업고 거기 김창수의원인가 어딘가 가가꼬 열 몇 바늘이나 안 꾸맸냐이. 카만히 걸어가도 됐을 걸 무담시 뛰어가꼬…… 그때가 아마 국민학교 오학년 땐가 그랬을 거이다이."

"크-크-, 홍구 형 유공자시네요. 보상신청 하시지 그랬어요?"

웅걸이 담배 연기에 사레가 들린 것처럼 킥킥댔다.

"봄날 소 하품하는 소리하고 계시네. 내 친구 놈도 그렇게 나가지 말고 집에 처박혀 있으라니까 몰래 구경갔다가 최루탄 파편 맞아서 이마가 패었는데 지금까지 훈장처럼 달고 삽디다. 어디 그런 놈들이 한둘인가. 보상은 무슨…… 그럼 나도 보상받아야겠네. 초등학교 때부터 해년마다 오월 달만 되면 학교도 못가고 최루탄 가스 때문에 콧물 찍찍 흘리면서 지나온 세월이 얼만데. 그

때 내가 공부만 제대로 했어도 서울대는 문제없이 갔을 거구만. 그것도 한번 보상신청 해 볼까?”

“긍께, 널보고 누가 여그서 살어라고 했겄냐이? 무담시 여그서 살아가꼬 그란다이, 아니믄 딴 동네로 일찌감치 이사를 가든가 했으믄 될 것 아니겄냐. 아닌 말로 민주시민은 아무나 된다냐. 족보가 여기에 있다는 것은 역사에 남을 일이여야.”

홍구다운 언사였다. 도저히 대거리를 할 수 없게 만드는 언어 능력은 종종 멘붕을 불러왔다. 서봉은 시위하듯 길게 담배 연기를 뱉어 냈다. 답답한 기운이 가슴을 치받쳐 올라왔지만 더 이상 토를 달지 못했다. 홍구를 상대로 계속 논한다는 것은 제 손으로 제 뺨을 때리는 격이나 마찬가지였다. 웅걸은 달달한 엿이라도 입안에 넣은 모양으로 하늘을 향해 늙은이 웃음을 짓고 있었다. 나른한 봄볕이 무색할 정도의, 한갓진 긴장감이 셋 사이에서 아지랑이처럼 피어 올랐다. 떡 진 머리카락을 손바닥으로 착실하게 쓸어올리는 홍구의 폼에 거드름과 여유가 한껏 묻어났다.

“나 커피 다 묵었다. 젊으나 젊은 놈들이 늑장을 부리고 앉았네. 저것들을 전부 파붇어블고 가야쓰끄나 어쩌끄나.”

웅걸 어머니가 닭몰이 하듯 셋을 몰아댔다. 웅걸과 서봉 그리고 홍구는 굼뜨게 자리를 털고 일어섰다. 늑장 부리는 것이 습관처럼 굳어진 셋은 아직 장가도 들지 않아 영감 폼을 닮아 있었다. 웅걸 어머니가 먼저 앞장서 걸었고, 그 뒤를 셋이 어기적어기적 뒤따랐다. 어느 모로 보나 연령대가 뒤바뀐 걸음걸이였다. ‘민주의 문' 앞에서 웅걸의 어머니는 빤히 고개를 들어 올려다봤다.

"아따 잘 짓어놨다. 요것이라도 없었다믄 여그 사람들은 원통해서 어찌 살 수가 있었으까나이. 전두환이 안직 안 죽었지야? 전두환이도 죽으믄 욜로 왔으믄 좋겄다. 지가 죽인 사람들허고 항꾼에 있으믄 오직 성가시끄나이."

평일 오전이지만 어린아이들의 손을 잡은 부모들이 눈에 띄었다. 볼 것이라고는 묘지밖에 없는 곳을 먼 곳에서 일부러 찾아와 주니 누워 있는 주검들은 덜 허전할 것이었다. 1년 가 봐야 사람 구경 할까 못할까 버려진 무덤에 비하면 호사였다.

"혹시, 어머니도 오일팔 때 시민군 줄라고 주먹밥 싸셨어요? 나는 실지로는 못 봤는디 기록사진에 본께로 도청 앞에서 대광주리에 담은 주먹밥을 트럭에 탄 시민군한테 올려다주고 그라든디. 거 머시냐 칠성사이다도 있었던 것 같기도 허고."

홍구가 옆에 짊어지고 있는 검은색 가방 안에서 써니텐 캔 음료를 하나 꺼내들었다. 포도맛 써니텐을 따서 제 혼자 꿀꺽꿀꺽 마시는 폼이 아무 거리낌 없었다. 가방 속에는 또 다른 해태음료가 들어 있을 테지만 나눠 주지는 않았다.

"그때만 생각하믄 징글몸썰허다. 거 쌀집 옆이 두붓집 아들네미가 죽어가꼬 리어카에 안 실려 왔겄냐. 포대긴가 뭔가 덮은 것을 걷어 낸께로 워미- 뭣으로 머리통을 맞았는가 한쪽 눈알이 빠져나와가꼬 사람들이 비명을 지르고 한바탕 난리굿이 안 났겄냐. 그러고 본께 요 어디 있을랑가도 모리겄다. 갸 이름이 머이더라……"

"김병호요. 그 형 죽고 두붓집 아주머니가 미쳐서 한동안 맨발로 싸돌아 다녔었잖아요. 그러다가 가게도 정리하고 고향인 장흥으로 떴잖아요. 그 형도 장흥 선산에 묻혔을 걸요. 효자라고 소문났던 형이었는데."

"아 맞네, 그 여편네가 아들 죽고 춤바람 나갔고 맨발로 그렇게 춤을 췄었지야. 춤바람이 무섭다등만 낮이고 밤이고 그렇게 흔들어 댔었냐이. 보고잡네 그 여편네 안직 살았을랑가."

3년 전 겨울, 웅걸은 두붓집 아주머니의 부고를 전해 들었다. 바람이 몹시 불고 눈이 날리는 날이었음에도 불구하고 어머니는 기어이 가겠다고 떼를 썼다. 어쩔 수 없이 웅걸은 어머니를 태우고 장흥 읍내의 장례식장으로 향했다. 차를 타고 가는 내내 어머니는 정신이 아주 말짱한 사람처럼 옛날 일들을 또렷이 기억해 냈다. 두붓집 아들이 고등학교 때부터 새벽마다 리어카에다 두부를 싣고 배달을 다니더니 결국 그 배달 리어카에 죽은 채로 실려 왔으니 부모 된 입장에서 억장이 무너지지 않았겠냐며 눈물을 찍어냈다. 자랑거리 자식도 죽어 버리니 허망할 뿐이라며, 살아 있어줘서 고맙다고 웅걸의 운전대 잡은 손을 몇 번이고 쓰다듬었다. 장례식장은 한겨울 냉골처럼 싸늘했다. 죽기 전날도 두붓집 아주머니는 죽은 아들을 찾겠다며 맨발로 헤매고 다녔고, 결국 인근 국도변에서 차에 치인 채로 발견되었다고 했다. 아무도 보는 사람 없이 비명횡사한 것이었다. 두붓집 아주머니는 발이 부르트고 갈라져 피가 흐르는데도 매일같이 아들을 찾아 나섰다고 했다. 두붓집 아저씨는 웅걸 어머니의 손을 잡고 고름 같은 눈물을 찍어 냈다. 아들이 죽었을 때 이미 아내는 죽은 사람이나 마찬가지였다며 꺼이꺼이 목울음을 토해 냈다. 한참 동안 손이 잡혀 있던 어머니는 “누구신지 몰라도 고만 뚝 끊치쇼. 오늘같이 좋은 날 눈물바람 비치믄 복 달아는 법이여라.” 소리로 기어이 두붓집 아저씨의 곡소리를 토해 내게 만들었다.

“웅걸아! 근디 서울서 기사식당 허는 내 동생 놈 안 있냐이.”

난형을 감싼 당간지주 형태의 두 기둥으로 세워진 추모탑 앞에서 일행은 묵념을 했다. 향이 매캐하게 타오르는 가운데 홍구가 그새를 못 참고 또 말문을 열었다.

“예, 돈까스 맛있게 한다는……”

묵념을 끝낸 웅걸이 건성 대꾸를 했다. 뒤서거니 앞서거니 걷던 아이들 손에는 꽃다발이 들려 있었다. 특별히 꽃을 꽂아 둘 묘지가 있어서 가져온 것은 아닌 듯, 저만치 묘지 사이를 돌아다니며 이곳저곳 꽃을 옮겨다 놓았다.

“그래, 근디 그놈은 지 고향이 여그라 안 허고 서울이라고 헌다더라. 말투도 요상허게 바꿔가꼬 꼭 기생오랍씨 모냥 간지러와서 못 듣겄어야. 오살놈이 대갈통을 하이타이로 싹 빨아서 바꿔 달아 브렀으끄나.”

윤상원의 묘·정상용의 묘·김종배의 묘·이세종의 묘·박인배의 묘……. 흑백 얼굴사진이 부착된 묘비가 나란히 이어져 있었다.

아무런 구김살 없는 사진 속 얼굴들은 자신들의 죽음을 아직도 인식하지 못하는 표정이었다.

"왜요? 나도 가끔은 다른 지역이 고향이었으면 어땠을까 생각하는데요……"

"너는 무등산 막걸리를 너무 많이 묵어가꼬 골수까지 여그 사람이여야. 척 봐도 여그 사람이라고 이마빡에 안 써져 있냐."

웅걸은 기억의 잔해가 모여 한 사람이 된다는 사실을 믿었다. 어린 시절 시내버스를 타면 대학생들은 작은 종이상자를 들고 모금을 했다. 자신들은 어느 대학 무슨 과 누구이며 학생운동에 필요한 기금을 모금 중이라고 했다. 그들은 당당히 화염병과 선전물을 만드는데 필요한 기금이라고 했다. 사람들은 으레 그래야 하는 것처럼 모금함에 잔돈을 집어넣었고 격려까지 더했다. 초등학생이던 웅걸은 너무도 당당하게 돈을 거두어 가는 대학생들이 무서웠지만 어느 순간부터 투사처럼 보였고 동경하기까지 했다. 봄부터 가을까지 수시로 시위가 있었다. 도로가 통제된 가운데 여대생들은 보도블록을 깨고, 남학생들은 깨진 보도블록을 전투경찰을 향해 던졌다. 부옇게 최루가스가 난무했고, 곤봉을 든 전투경찰과 대학생들의 쫓고 쫓기는 혈투가 눈앞에서 펼쳐졌다. 대학생들은 아무 집이나 무작정 숨어들었고, 집주인들은 학생이라는 이유만으로 숨겨 줬다. 간혹 집까지 쳐들어간 전투경찰에 의해 머리채가 잡힌 채 질질 끌려 나오는 경우도 일상이었다. 웅걸이 고등학교를 졸업할 때까지 군사정권은 이어졌고, 그런 불편한 상황 또한 계속되었다.

웅걸은 서울 소재의 대학에 진학했고, 1학년을 마친 후 의경에 지원했다. 웅걸은 서울1기동대에 배속되었고 혹독한 진압훈련 과정을 거쳐 방패를 들고 시위현장에 서게 되었다. 소규모 산발적 시위 때와는 다르게 전국 단위 큰 시위가 서울에서 열릴 때면 웅걸은 매번 마음이 편치 않았다. 시위대의 선봉에는 항상 녹두대와 오월대가 있었다. 선전대에서 "녹두대가 오십니다.", "오월대가 오십니다." 멘트를 날리면 그야말로 시위현장에서는 우레와 같은 함성 소리가 울려 퍼졌다. 밤새 버스나 열차를 타고 왔을, 그리고 대학 체육관 바닥에 박스를 깔고 쪽잠을 잤을 그들은 피곤한 기색도 없이 장대를 추켜올리며 앞장서 나갔다. 열렬한 환영의 대가였을까, 녹두대와 오월대는 군대 못지않은 위용을 뽐내며 치열한 접전을 펼쳐 보였다. 페퍼포그에서 퍼부어 대는 최루탄을 그대로 맞고 선 그들은 콧물을 줄줄 흘리면서도 뒤돌아서지 않았다. 화염병과 벽돌 조각이 날아다니는 상황에서 진압작전이 펼쳐졌으며 개중에는 머리가 터지고 정강이가 깨졌다. 웅걸의 입장에서는 고향 선배이거나 후배일 그들과 혈투를 벌일 수밖에 없었다. 헬멧 철조망 사이로 건너다본 그들은 아무런 안전장구도 갖추지 않은 채 맨몸 그대로였다. 두려움을 날려 버린 그들은 무조건 달려들었기에 방패로 찍고 군화로 조인트를 깔 수밖에 없었다. 그러는 사이 곤봉대원들이 달려들어 두들겨 패서 진압 차에 밀어 넣었다. 웅걸은 매캐한 최루가스 때문에 눈물이 났다. 또 녹두대와 오월대가 안쓰러워서 눈물을 흘렸다. 그들은 선두에서 강렬하게 시위했지만 내부에서 그들의 위치는 너무도 초라했다. 정확히 말하자면 시위대들의 방패막이 그 이상도 이하도 아니었다. 시위대들의 참모진, 수뇌부에 그들의 모습은 없었다. 녹두대와 오월대는 경찰 병력에게 두려움의 대상이었지만 한편 조롱의 대상이기도 했다. 단순 무식하기만 했지 정치적 핸들링이 안 된다는 이유였다. 녹두대와 오월대에게 부대가 깨지는 날이면 웅걸을 비롯한 전라도 출신 대원들은 창고 뒤에서 줄빠따를 맞아야 했다. 체벌은 이겨 낼 수 있었지만 천민 빨갱이 새끼들이라는 소리는 정말로 견디기 어려웠다. 맞으면 맞을수록 머리는 복잡해지고 가슴에 울분이 쌓이는 불안전한 날들의 연속이었다.

"비극적이라고 해야 할지 희극적이라고 해야 할지 모르겠지만 진짜 오리지널 여기 사람은 나란 말입니다. 웅걸 형이야 대학사 년 하고 군대 삼 년 하고 칠 년 동안 서울에 있었지만, 나는 삼십팔 년 동안 죽 여기서 살았으니까. 내가 오리지날 여기 사람이다 이 말씀이에요."

"뻔데기 앞에서 주름잡지 말아라. 나는 자그만치 그 세월이 사십 년 하고 오십 년 가차이 꺾어졌응께로."

홍구가 턱주가리를 들어올리며 고개를 한 번 비틀었다. 서봉은 뭐라고 대꾸를 하려다 그만 침을 꿀꺽 삼키고 말았다. 홍구의 들려진 턱주가리가 너무도 당당했기 때문이었다. 1년 내내 해태 상표가 새겨진 조끼를 갑옷처럼 입고 다니는 홍구 앞에서 반쪽짜리 명함을 내민 것이 잘못이었다. 서봉은 입맛이 썼지만 수긍할 수밖에 없었다.

"요 양반 얼굴 본께로 담배 무지하게 좋아하시게 보잉마. 한 대 댕겨드려 보까."

마침 담배가 당겼던 홍구가 망자 핑계를 댔다. 비석에는 '조태일 시인의 묘' 라고 쓰여 있었고, 흑백사진 속 얼굴은 척 봐도 걸걸하고 범상치 않은 모습이었다. 담배 좋아하시게 보인다는 홍구의 말처럼 무덤 앞 담배는 빠르게 타들어 갔다.

"담배 가면 술도 따라가는 법인데 소주도 한잔 따라 드릴까요. 눈빛이 시원한 걸로 봐서는 맥주를 더 좋아하셨을 것 같기도 하고…… 여튼, 딱 봐도 말술이시네."

서봉이 종이컵에 소주를 가득 따랐다.

"시인님! 술친구 많아서 좋으시겠습니다. 가슴속 응어리를 돌려가며 털어놓자면 술 없이는 안 되시겠지요. 종종 찾아뵙고 싼 소주라도 올려드리겠습니다."

웅걸이 무덤 위 삐죽 솟은 잡풀 몇 포기를 뽑았다.

"술맛 참 다네, 살아서 사람 살리는 일을 많이 하셨을 테지. 당신도 한잔 올려드려."

무덤 앞에 올려졌던 소주를 훌쩍 털어 마신 서봉이 빈 잔을 웅걸에게 건넸다.

"나도 죽으면 이분들 옆에 묻히고 싶다. 사람은 자고로 큰 사람들하고 함께 있어야 커지는 법이거든."

"당신 묘 자리는 동문다리 막걸리 골목 입구로 결정됐으니 걱정 마셔. 모르긴 몰라도 주조장에서 비석도 하나 세워 주지 않을까. 비석 문구는 내가 친필로 새겨 드릴께. '죽는 날까지 세계 평화와 인간 사랑을 오직 막걸리로 승화시킨 소웅걸, 그가 마시고 토했던 이곳에 잠들다' 어때 맘에 드셔?"

서봉의 장난질에 웅걸은 배시시 먼 하늘을 쳐다봤다. 거기 토끼엉덩이 구름이 빠르게 도망치고 있었다.

"아따, 꽃들이 쓰나미처럼 밀려들어 와븐다."

새로이 담배를 피워 문 홍구가 턱짓을 해 보였다. '민주의 문'을 지나 한 무더기의 개나리들이 노란 풍경으로 수놓아졌다. 유치원생들이 단체로 견학을 온 모양이었다.

"정말 보기 좋네. 활짝 피었는걸."

웅걸이 바람에 날리는 성긴 머리카락을 한 손으로 쓸어 올렸다. 손가락 사이에서 감춰진 흰머리가 훤히 드러나 보였다. 세월보다 빠르게 시들어 가고 있는 웅걸은 젊음을 불태워 볼 시련도 없이 그렇게 내리막길 어디쯤 서 있었다.

"또 선거철이 돌아오면 개들도 떼로 몰려와서 기념사진 찍고 난리부르스 한바탕 하겠죠?"

꽃들을 좇던 서봉의 시선이 먼 곳을 두리번거렸다. 시야에서 웅걸 어머니가 벗어난 지 오래였다. 웅걸 어머니는 더듬이를 잃어버린 메뚜기와 같았다. 어디로 튈지 무슨 짓을 할지, 예측할 수 없었다.

"참말로 내가 입 더러와진께로 말을 안 해야쓴디. 그 연놈들 보믄 꼭 여그를 목욕허로 오는 것 같어야. 속에는 음흉한 속셈이 까뜩 차가꼬는 무슨 대단한 의식이나 있는 것 멘치로 역사와 민주주의 어쩌고 험스로 짓까부는 것을 볼라치면 속에서 에욱질이 안 올라오냐. 허는 짓거리는 도둑놈 강도보다 더헌 연놈들이 거룩한 척 온갖 폼은 잡고……, 참말로, 그것들은 동네 이장보다 못헌 종자들이여."

"그러게요. 다들 이곳을 유니폼처럼 껴입고 자신을 팔아먹을 생각만 하니…… 따지고 보면 야당 것들이 더 나쁜 것 같아요. 당선만 되면 나 몰라라 입 싹 씻고 당파질만 앞장서니 이짝 저짝으로 죽어나는 것은 여기 사람들만 아니라고요. 대의니 민주주의니 깃발만 치켜들 것이 아니라 집안 단속부터 잘 하는 게 맞을지도 모르겠어요. 매번 속아 넘어가면서도 또 똥구멍 닦아 주는 짓거리를 반복하니 놈들이 우리를 한 장짜리 표로밖에 더 보냐구요. 지들끼리 만나면 그런다잖아요. 남쪽 것들은 민주주의로 포장하면 똥도 삼킨다구요."

웅걸은 1992년 겨울, 그동안 몰랐던 자신의 실체를 발견하고 큰 충격을 받았다. 그동안 버둥거렸던 모든 행위들이 늪 속에 빠진 채였다는 사실을 깨닫는 순간, 간유리를 걷어 낸 것처럼 눈앞의 현실이 바로 보였던 것이다. 때는, 두 김씨가 대선에서 맞붙어 나라 전체가 흥분되어 있었다. 웅걸이 속한 기동대는 서울시 전체 경찰부대가 치른 진압대회에서 우승했고, 그 기념으로 3박 4

일 특박을 받았다. 광천터미널에 내린 웅걸은 택시를 탔다. 택시에서는 대선관련 뉴스가 라디오를 통해 흘러나오고 있었다. 택시기사는 행선지가 어디냐고 물었고 웅걸은 대인동 진주가구 사거리로 가자고 했다. 하지만 택시는 출발하지 않고 "이번에 김대중 선생을 찍을 거지요? 다른 사람 찍을 거면 다른 택시 타시구요" 택시기사가 룸미러를 통해 웅걸을 쳐다봤다. 웅걸은 장난인가 싶어 싱겁게 웃어보였다. 하지만 택시기사는 장난이 아니었다. 웅걸의 입에서 원하는 답을 듣지 않으면 정말로 출발하지 않을 요량인 듯 버팅기는 모습이었다. 웅걸은 얼떨결에 룸미러를 들여다보며 고개를 끄덕였다. 택시기사는 그제서야 차를 출발시키며 주절주절 너스레를 떨었다. 내내 시선을 창밖에 둔 웅걸은 옥죄는 가슴을 진정시키느라 진땀을 흘렸다. 택시기사의 잘못된 행티를 바로잡고자 소리를 내지르고 싶었지만 그럴 수 없는 상황이 더 감정을 치솟게 했다. 택시기사의 내면에 쌓인 감정의 잔해를 모르지 않기에, 그렇게 흘러가는 시류의 편승을 모르지 않기에, 웅걸은 입을 꾹 다문 채 그 시간을 견뎠다. 간신히 택시에서 내린 웅걸은 '아 고향은 아직도 80년 5월이구나' 생각이 칼날처럼 심장을 파고들었다.

"가 봐야겠는 걸. 당신 어머니 관리자한테 혼나시는 중이야. 들키셨어, 큭-큭-"

서봉이 가리키는 곳으로 웅걸의 시선이 옮겨 갔고, 동시에 웅걸의 표정이 찬물을 맞은 듯 경직되었다. 웅걸의 어머니는 치마를 걷어 올린 채 쭈그려 앉아 있고, 그 옆에는 어쩌지 못하는 관리인 한 사람이 무전기에 대고 연신 종알거리고 있었다. 웅걸이 먼저 뛰었고, 그 뒤를 서봉과 홍구가 뒤따랐다. 셋이 도착했을 때 직원은 황당하다는 듯 '어허 참–' 을 연발하며 씩씩거렸다. 현장은 참혹했다. 작은 것이 아니고 큰 것이었다. 무덤 사이에 굵은 똥 한 줄기가 똬리를 틀고 앉아 있었다. 그리고 그 옆에 뒤처리를 했던 것으로 보이는 하얀 면 손수건이 버려져 있었다. 웅걸은 직원에게 어머니의 상태를 설명하며 몇 번이고 머리를 조아렸다. 웅걸의 어머니는 혼난 것이 억울한지 뽀로통하게 직원을 올려다보고 있었다. 곧이어 여직원 하나가 삽과 빗자루를 들고 뛰어왔다. 웅걸은 여직원의 손에서 삽을 빼앗아 흙을 파고 묻었다. 간신히 용서를 구한 웅걸은 어머니의 손을 잡고 서둘러 현장을 벗어났다. 웅걸 어머니는 "시원허다. 참말로 속을 깨깟이 비워브렀어. 똥 눈 자리가 편허믄 거그가 명당이라는디 여가 존자리는 존자린갑다." 웅걸에게 끌려가면서도 알아듣지 못할 소리를 중얼거렸다. 웅걸은 어머니를 데리고 화장실로 향했고, 홍구와 서봉은 매점 앞 등나무 아래서 담배를 피워 물었다. 홍구는 집 안에 누워 있는 아버지를 떠올렸고, 서봉은 인근의 요양병원에 의탁하고 있는 아버지를 떠올렸다. 봄날 피우는 담배치고는 입맛이 썼다.

"아버님은 좀 괜찮으셔요?"

분명 홍구에게 건네는 말이었지만 서봉은 혼잣말처럼 먼 곳을 쳐다봤다.

"응, 아직까지는…… 노인들이야 내일 일을 모르잖냐."

홍구의 대꾸도 맥없이 먼 곳을 향하기는 마찬가지였다. 모시고 있다지만 대책 없이 세월만 지나고 있는 것이 현실이었다. 홍구의 아버지는 팔순이 넘은 나이에도 자신의 몸을 스스로 추스르려 애썼다. 하지만 겨우 혼자 화장실을 다니고 의사를 표현할 수 있을 정도였다. 사남매 중 유일하게 결혼을 하지 않은 홍구는 가족들 사이에서 아버지를 모시는 것이 당연하게 받아들여졌다. 모시고 사는 것인지 그냥 함께 사는 것인지, 정확히 판단하기는 어렵겠지만 형식상으로 홍구가 아버지의 보호자임은 분명했다. 홍구의 직업은 수도검침이었다. 한 달에 한번 자신이 거주하는 아파트 7개 동 수도계량기를 점검하는 일이었다. 관리소장의 지시로 하는 것이었기에 급여도 용돈 정도에 불과했다. 날마다 일을 하는 것도 아니어서 시간이 남아도는 홍구는 무등산을 오르거나 막걸리를 마시는 것이 하루 일과였다. 물론 무등산도 오르고 막걸리도 마시는 1타 2피의 날도 많았다. 홍구의 막걸리 값과 담뱃값 그리고 기타 잡비는 함께 사는 아버지로부터 나왔다. 홍구의 아버지는 40년 이상 초등학교 교사로 재직하다 정년퇴직했다. 그런 아버지는 홍구에게 든든한 후원자요 화수분일 수밖에 없었다. 홍구는 아버지의 병원 진료와 잔심부름 등 불편한 문제를 해결해 주는 대가로 생활비를 얻어 쓰고 있었다. 사정이 그러다 보니 삼남매는 홍구를 빨대에 비유하며 대놓고 무시했다. 하지만 그 어떤 자식도 아버지를 모시려 하지는 않았다. 삼남매가 한 번씩 찾아와 싫은 소리를 할 때면 홍구 아버지는 '굽은 소나무가 선산 지키는 법이다' 는 말로 풍파를 차단했다. 홍구 아버지는 당뇨와 심근경색을 앓고 있지만 정신은 좋은 편이었다. 홍구 아버지가 꺼져 가는 촛불임에도 불구하고 지금껏 심지를 세우고 있는 이유의 전부는 홍구 때문이었다. 어렸을 때부터 홍구는 어딘지 모르게 겉돌았고 부족한 구석이 있었다. 자신의 목숨이 다하는 날 홍구는 세상 속에서 버려지게 될 것이라는 강박 때문에 억지로 음식을 삼키고 억지로 움직이고 억지로 신문을 보며 총기를 이어 가고 있었다. 각자 방 안에 들어앉아 천장을 쳐다볼 때면 어쩔 수 없이 긴 한숨이 새어 나오기 마련이었다.

"엄마! 배 안고프세요? 점심 땐데 식사하셔야죠."

웅걸이 화장실에서 어머니를 모시고 나왔다. 웅걸의 어머니는 다시 밝아져서 환한 얼굴로 돌아와 있었다. 웅걸의 손에는 조금 전 어머니가 밑을 닦았던 손수건이 깨끗이 빨아진 채 들려 있었다.

"이, 먹고자와. 고기가 맛나."

"서봉아 점심 먹고 가도 되겠지? 엄마가 고기가 드시고 싶단다."

"그럽시다. 어머니 덕에 모처럼 고기 좀 먹겠네. 사 줄 꺼죠?"

정작 흔쾌히 대답했지만 서봉의 마음은 무겁기만 했다. 서봉은 점심시간에 맞춰 아버지를 찾아볼 계획이었다. 비록 제 손으로 밥상을 차려 드릴 수 있는 것은 아니었지만 요양병원에서 제

공하는 식사나마 챙겨 드리고 싶었다. 하지만 그럴 수 없음이 아쉬웠다. 서봉은 크게 숨을 들이마셨다가 후- 불어냈다. 달리는 차안으로 상쾌한 바람이 밀려들었다. 따스하고 풋풋한 바람이었다. 답답한 속이 잠시나마 시원해지는 느낌이었다.

"나는 이빨이 시원찮아서 찔긴 것은 못 묵는디 괜찮을끄나 모르겄다."

홍구가 앞니를 손으로 잡아 흔들어 보였다. 늘 닦지 않아 누렇게 똥이 낀 홍구의 이빨이 적나라하게 드러나 보였다. 담배까지 피우는 덕에 냄새까지 더한 홍구의 입은 거의 쓰레기통이나 마찬가지였다. 홍구는 담배를 사랑했고, 그중에서도 특별히 긴 한라산을 고집했다. 외로움을 담배로 승화시키는 홍구의 잇몸은 이미 30대부터 내려앉아 있었다. 뿌리가 훤히 드러나 보이는 홍구의 이빨은 태풍이 훑고 간 해송과 같았다. 하지만 홍구는 담배를 끊을 생각은 전혀 하지 않았다. 그에게 담배는 외로움을 달래는 여인이었고 시간을 견디는 동반자였다.

"형님, 곧 틀니 끼시겠어요. 틀니 끼면 할아버지 되는 거 아시죠?"

웅걸이 농지거리를 던졌지만 제 이빨도 그다지 형편이 좋은 것은 아니었다. 웃을 때마다 시커멓게 빈자리가 드러나 보이는 어금니는 밑동만 남은 지 오래였다. 치과에 들러 남은 밑동을 뽑아내든지 임플란트를 쑤셔박든지 처리를 해야 했지만 삶이 복잡한 관계로 이빨까지 신경 쓸 겨를이 없었다. 홍구는 딱히 틀니가 아니어도 진작부터 할아버지 모드로 전환 중이었다. 몸에서는 냄새가 나고, 행동은 굼뜨며, 말투 또한 늙은이를 닮아 있었다. 노상 세상을 느리게 걷다 보니 어느 순간 자연스럽게 할아버지로 변해 버린 것이었다. 하지만 홍구가 마음까지 늙은 것은 아니었다. 홍구는 신념처럼 지키는 것이 딱 두 가지 있었다. 하나는 조끼에 관한 것이었고, 또 하나는 수첩에 관한 것이었다.

홍구는 '해태' 라는 글씨가 등판에 크게 새겨진 조끼를 늘 입고 다녔다. 해태 영업사원들이 입고 다녔을 법한, 빨간색과 파란색 나일론 조끼는 홍구의 분신과도 같았다. 더울 때면 반팔 윗옷 위에 조끼를 걸쳐 입었고, 추울 때면 잠바 같은 웃옷 안에 받쳐 입었다. 홍구는 해태를 너무 사랑한 나머지 음료도 아이스크림도 제과도 모두 해태 것만 고집했다. 너무 오래돼서 빛이 바랜 해태 조끼는 홍구와 함께 과거의 무게로 삭아 가고 있었다. 헐거운 홍구의 등판이 가끔은 석양빛에 빛나 보이는 이유이기도 했다.

홍구의 검은색 가방 속에는 낡은 수첩이 하나 있었다. 그 수첩은 고등학교 동창회에서 만든 동창회수첩이었다. 홍구는 동창회 애경사반장이었다. 동창 중 애경사가 발생하면 동창회에서 홍구에게 연락을 했고 홍구는 연락받은 즉시 수첩을 뒤져 누군지 확인하고 현장으로 달려갔다. 지금은 동창들의 나이가 나이인지라 부모님 상이 대부분이었다. 홍구는 말끔하게 단장한 채 단 한 벌뿐인 춘추복 검은 양복에 검은 넥타이를 매고 대한민국 어디든 출발해서 탈상하는 순간까지 상가를 지켰다. 아무도 말을 걸어 주지 않아도, 동창들이 왔다가 전부 사라지고 없어도, 홍구는 꾸벅꾸벅 졸면서 상가 귀퉁이를 지켰다. 아무도 홍구에게 그렇게 하라고 강요하는 사람은 없었다. 하지만 홍구는 늘 그렇게 했다. 홍구의 상가 지킴은 오랜 시간 반복하는 동안 소신이 되었고 신념이 되었으며 홍구를 무시할 수 없게 하는 그 무엇이 되었다.

"한창 물이 올랐네. 언제 봐도 멋있어. 가을은 또 가을대로 운치가 있고……"

차는 창평으로 향했고, 메타세쿼이아 가로수 길로 접어들었다. 부러 속도를 줄이고 천천히 경치 속으로 잠입하는 웅걸의 지혜가 경치와 비견할 만했다. 담양 곳곳에 메타세쿼이아 길이 있었다. 영화 속 장면으로도 많이 등장한 가로수 길은 이국적인 멋을 풍겼다. 꼿꼿한 대나무와 함께 곧게 뻗은 메타세쿼이아는 담양의 선비정신과 어울려 절개를 상징하는 또 다른 품격이었다.

"세월 가는 것이 흰머리 삐져나오는 것만큼이나 무서운데 가을은 또 왜 갖다 붙이고 그러슈. 그냥 지금 봄이나 만끽합시다."

"참 잘들 논다. 시방 느그들이 세월타령 할 군번이냐. 요새는 뭐든지 꺼꾸로 가는 것이 유행인가, 어머니하고 나는 완전히 허수아비 취급허고 느그들 맘대로 끌고 다녀븐다이. 도대체 시방 밥 묵으로 어디로 가는 것이냐?"

홍구가 새된 소리로 틈새를 파고들었다. 일정에 대한 어떤 정보도 얻어듣지 못한 채 무작정 이끌리고 있는 섭섭함에 대한 반사작용이었다. 웅걸과 서봉은 갑자기 미안한 마음이 들었다. 둘은 늘 다니던 패턴을 따르고 있기에 이렇다 저렇다 의논이 없었지만 홍구와 어머니는 초행길이라는 점에서 정보가 필요했을 수 있었다.

"곧 있으면 창평시장에 도착하는데요. 형은 소고기 구이를 드시고 싶으세요? 아니면 돼지 내장국밥을 드시고 싶으세요?"

서봉이 홍구에게 물었다. 물었다기보다 능치는 것에 가까웠다.

"아니 뭐, 소고기가 좋다고는 하는디 잘 안 묵어본 것이 돼나서 그냥 국밥이 좋을 것도 같고⋯⋯ 아따 정신 사나운께로 다시 니들이 알아서들 해라. 나는 그냥 하잔 대로 할랑께."

창평시장에는 소고기와 돼지 내장국밥이 유명했다. 하지만 선택의 여지없이 돼지 내장국밥을 먹을 수밖에 없었다. 아무리 먹고 싶어도 형편상 먹을 수 없다는 것을 잘 아는 서봉이 홍구를 상대로 장난질을 친 것이었다. 웅걸은 룸미러를 통해 뾰로통한 홍구의 얼굴을 쳐다보며 키득거렸다.

"오늘은 줄이 짧네. 금방 들어갈 수 있겠는데요."

'창평국밥집' 에는 어느 때와 다름없이 줄이 늘어서 있었다. 점심때면 국밥을 먹겠다고 먼 지역에서도 사람들이 몰려들었다. 창평국밥은 평일에도 줄을 서야 먹을 정도로 인기가 있었다. 토렴으로 뜨겁게 내오는 국밥은 국물이 깔끔하고 내장 고기가 부드러웠다. 서봉은 웅걸 어머니를 제 앞에 세웠다. 웅걸은 차에서 내리자마자 화장실로 달려가고 없었다. 뒤에 선 홍구는 헐거운 이빨 걱정을 하는지, 먹을 수 없는 소고기 생각을 하는지 끙- 된숨을 내쉬었다.

"맛난내가 나. 집이 영감이 있을텐디 혼자 묵기가 송구스럽네."

웅걸 어머니는 진작에 죽고 없는 남편 걱정을 했다. 살뜰하게 살았으니 그나마 떠올릴 수 있는 기억일 것이었다. 웅걸이 볼일을 마치고 줄에 합류하자 곧이어 빈자리가 났고 식당 안으로 들어설 수 있었다. 물어보나 마나 국밥 네 그릇이었다. 묵은지와 깍두기 그리고 양파와 매운 고추가 된장과 함께 나왔다. 새우젓은 주먹만 한 플라스틱 통에 담아져 상에 있었다. 국밥이 나오자 웅걸은 제 어머니의 뚝배기에 내장 고기를 절반이나 덜어 주었다. 웅걸의 어머니는 사양도 않고 잘근잘근 씹어 삼켰다. 역할이 바뀌어, 웅걸은 아버지의 모습이었고 웅걸의 어머니는 어린 딸의 모습이었다.

"어머니, 웅걸 형이 옆에 있으니 좋으세요? 지금까지 장가도 못 가고 허구한 날 술만 퍼먹어 대는데 속이 썩어 문드러지시죠?"

"아서 그런 말 마. 그래도 야가 젤로 낫낫해. 아덜이 셋인디 야허고 있을 때가 맘이 젤로 편혀. 아이고 다른 자석덜 들으까 무섭네."

"내참, 나도 모르는 아들 둘은 또 어디 가서 보셨데. 진짜 고기는 거기 가서 사 달라고 하셔야겠네."

위로 네 살 터울의 누나 하나만 있는 웅걸은 호기롭게 웃어보였다. 웅걸 어머니는 콧잔등에 땀이 송글송글 삐져나올 정도로 맛나게 국물을 들이켰고, 옆에 앉은 웅걸은 어머니의 콧잔등에 맺힌 땀을, 빨아 말린 면 손수건으로 여러 번 닦아 주었다. 다른 사람들이 국밥을 거지반 다 비울 때까지 홍구는 내장과 사투를 벌이고 있었다. 헐거운 이빨 탓에 미끄러운 내장을 씹어내자니 귀밑머리에서 진땀이 나오는 지경이었다. 마음은 굴뚝같지만 홍구는 절반만 먹는 것으로 국밥을 포기하고 말았다. 잘못하다가는 정말로 굴러 빠진 이빨을 삼킬 수도 있는 노릇이었다. 국밥집을 나온 일행은 마침 창평장날인지라 장을 구경했다. 자그마한 시골장이었지만 그래도 없는 것은 없었다. 장을 둘러보던 홍구는 창평 특산품인 콩엿을 사서 웅걸 어머니에게 안겼다. 이빨이 좋은 웅걸 어머니는 와사삭 와사삭 콩엿을 바수어 먹으며 "꼬숩다, 참 꼬솨"를 연발했다. 웅걸 어머니의 말처럼 시장 여기저기서 고소한 향기가 봄바람을 타고 날렸다.

"뭘 좀 안 사 가도 되겠나? 빈손으로 가는 건 내 맘이 편치 않아서 안되겠다."

뭔가를 사려는 눈빛으로, 그러나 뭘 사야 할지 모르겠다는 표정으로 웅걸이 말했다.

"글쎄…… 다른 건 몰라도 떡은 좀 드셨는데."

"무슨 떡?"

"화순 기정떡이나 영광 모싯잎 송편 둘 다 잘 드셔."

"근데, 왜 그렇게 미련을 떨고 있나? 너도 낼모레 사십이다,

제발 나 닮지 말고 나잇값 좀 하고 살아라. 그게 백만 원을 하냐 천만 원을 하냐? 여기 나 말고 못난 놈 또 하나 있었네."

웅걸이 제 어머니와 홍구를 이끌고 떡집으로 향했다. 그러거나 말거나 서봉은 차를 세워 둔 쪽으로 걸었다. 마음이 갈팡질팡 싱숭생숭했다. 차 옆 주차난간의 블록에 앉아 담배를 피워 물었다. 사실, 서봉은 시장을 둘러보면서 떡을 보았고 아버지를 떠올렸다. 하지만 어쩐지 선뜻 손이 가지 않았다. 떡을 사서 들고 간다는 것이 새삼스럽게 느껴졌다. 스스로 돌보지도 않으면서 적선하듯 떡이나 한 봉지 사 들고 간다는 것이 스스로 위안을 삼자는 것 같아 부끄럽기도 하고 낯설기도 했다. 부모를 요양병원에 처박아 두고 떡 몇 덩이 들고 가서 자식 된 도리를 해 보이겠다는 것인가, 스스로 자책이 되었다. 그 모든 근원에는 죄가 도사리고 있었고, 더불어 그 죄를 알면서도 어쩔 수 없이 지속한다는 비애가 있었다.

"우리 먹을 건 덤으로 하나씩 얻어 왔네. 우리 엄마도 모싯잎 송편 좋아하셔. 옛다, 이 나쁜 놈아. 사기는 내가 샀지만 효도는 니가 해라."

웅걸은 기정떡 한 상자와 모싯잎 송편 한 상자를 서봉에게 내밀고 차를 출발시켰다. 따로 건넨 검은 봉지에는 기정떡과 모싯잎 송편 몇 개가 담아져 있었다. 서봉은 떡 상자를 안은 채 검은 봉지에 담아진 기정떡과 모싯잎 송편을 각자 하나씩 나눴다.

"아따, 요건 부드런께 좋다. 요것 묵으믄 소화도 잘 되것지야이. 요것이 그 술떡 아니냐이."

웅걸 어머니가 한 입 베어 문 채 흡족한 듯 웃었다. 웅걸 어머니의 말처럼 기정떡은 카스테라처럼 부드러우면서도 술 향기가 은은했다. 때문에 어린아이부터 노인까지 누구나 좋아했다.

"원래 모싯대 껍질로 모시옷을 만드는 것 아니냐? 잎사귀로는 요 송편을 해묵고. 내가 쪼까 많이 알지야. 요것을 묵고나믄, 똥도 잘 나오고 혈액순환도 잘되고 칼슘도 많아서 이빨도 튼튼해지고 오만 가지가 다 좋다더라. 근디 요 속에 든 돈부 고물이 참말로 오지다. 오늘 화순 기정떡에 영광 모싯잎 송편에 창평 콩엿에 국밥까지, 〈6시 내고향〉 지대로 찍어브렀다이."

떡을 입에 문 홍구가 돌연 〈6시 내고향〉 리포터로 돌변했다. 홍구는 기분만 좋으면 뭐든지 할 수 있었다. 슬그머니 송편 몇 개를 가방 속에 집어넣는 것도 잊지 않았다.

"길 찾기가 쉽지 않던데 네비를 찍고 가자구. 담양군 대덕면 '효사랑 요양병원' 맞지?"

"지난 가을에 당신이랑 들렀었잖아. 섬진강 낚시 가면서……"

"글쎄, 그렇긴 한데. 헤매는 것보다는 낫잖아."

"도착하면 당신은 어머니하고 밖에서 산책이나 좀 하고 있어. 어머니가 들여다보시면 맘이 좋지 않으실 수도 있으니까. 거기 누워 있는 사람들 반 송장들이잖아."

"오늘은 나도 좀 들어가서 두루 살펴볼 참이야. 어머니도 구경시켜 드리고……"

그 말을 끝으로 웅걸은 침묵했고, 잠시 차 안은 정적이 감돌았다. 본능적으로 상황을 감지한 듯 웅걸 어머니의 낯빛도 어두워졌다. 도덕적 정답이야 있겠지만 현실적 정답은 될 수 없는 답안 앞에서 아무도 입을 열지 못했다. 창평 읍내를 벗어나는 길 옆으로 철쭉이 화사하게 피어나 있었다. 붉은색으로 한껏 피어오른 철쭉은 오히려 절규처럼 느껴지기도 했다.

"가까워 오니 어쩐지 긴장되네. 아까 점심 먹을 때 소주라도 한잔 마셔 둘 걸 그랬나. 죄 많은 인간들은 사는 게 늘 조마조마해."

"너도 그냐? 나도 근디. 매번 볼 때마다 뭐라고 해싼께 주눅들어가꼬 인자는 '예, 아버지 알았습니다' 대답만 허제 다른 말은 일체 안 해븐다."

홍구의 아버지는 홍구가 걱정되어 잔소리를 하는 것일 테지만 서봉의 아버지는 입을 닫아 버린 지 오래였다. 서봉 아버지의 말수가 줄어들기 시작한 것은 어머니가 죽고 난 후부터였다. 시내버스 회사 정비공이었던 서봉의 아버지는 회사에서도 말이 없어져서 직원들과도 점점 거리가 멀어졌다. 그나마 다행인 것은, 말은 없어졌지만 자신의 일은 빈틈없이 해냈기에 그나마 쫓겨나지는 않았다. 서봉은 그런 아버지와의 대면이 무척이나 견디기 힘들었다. 퇴근한 서봉의 아버지는 멍하니 벽에 기대 앉아 있거나, 누운 채로 천장을 쳐다보고 있을 뿐이었다. 졸지에 딸과 아내를 잃어버린 서봉의 아버지는 세상과 소통을 차단하는 것으로 자신의 상심을 드러냈다. 아무런 감정을 드러내 보이지 않는 서봉의 아버지는 점점 기계처럼 변해 갔고, 급기야 영원히 입을 닫아 버렸다. 현실에서의 생을 스스로 마감한 것이나 마찬가지였다.

“저기 맞지? 다 왔네. 엄마! 유치원 구경이나 합시다. 노인들이 다니는 유치원인데 서봉이 아버님도 계시고 엄마 또래 친구들도 많다나 봐요.”

웅걸이 부러 달뜬 목소리를 냈다. 하지만 표정까지 밝아진 것은 아니었다. 제 어머니를 향해 눈을 맞추지 못하는 웅걸의 낯이 햇볕에 일그러졌다.

“아덜 땜시 다 늙어가꼬 유치원도 구경허고 호강이 만강이다. 참말로 좋아.”

일행은 주차장에 차를 세워 두고 주변을 둘러봤다. 뒤쪽으로 야트막한 산이 있었고 앞쪽으로 훤히 트인 논밭이 드러나 보였다. 서봉의 아버지는 이곳으로 오기 전 운암동의 일명 닭장으로 불리는 요양병원에 입원해 있었다. 단순히 콘크리트 입원시설만 갖춘 그곳은 출입구에 들어서면서부터 퀴퀴한 냄새로 머리가 지근거렸다. 병실마다 배어 있는 대소변 냄새와 노인들의 썩어 가는 냄새까지, 멀쩡한 사람도 서너 달이면 환자로 변하고 말 지경이었다. 하지만 이곳은 주변이 숲과 들이어서 자연 정화능력도 갖추었고 산책로도 있어 육체적으로 정신적으로 안정감이 있었다. 하지만 시내권이 아니어서 가족들이 쉽게 찾아볼 수 없다는 단점도 있었다. 사실 서봉은 아버지가 운암동 요양병원에 있을 때에도 자주 찾아보지 못했다. 찾아본다고 해서 서봉이 딱히 해줄 수 있는 것도 없었고, 마음만 괴로워 차비를 하고 나섰다가도 그냥 주저앉은 적이 여러 번이었다.

"얼른 안 들어가고 뭐해?"

웅걸이 떡 상자를 서봉에게 디밀었다.

"어, 마저 피우고 들어가지 뭐."

떡 상자를 받아든 서봉은 알았다며 고개를 끄덕였다. 하지만 쉬 발이 떨어지지 않아 타들어 가는 담배를 아쉽게 내려다봤다. 어머니의 지갑에 손을 댄 후, 선뜻 대문 안으로 들어서지 못하던 석양녘 유년의 모습과 닮아 있었다. 꼬박 석 달 만이었다. 작년 크리스마스쯤 찾아보고 처음이었다. 사이에 괜찮은지 병원에 전화를 걸어 안부를 물었던 것이 전부였다. 미안함과 죄스러움은 쌓여 갈수록 더욱 사이를 멀어지게 하는 법이었다.

"아버님 좀 뵈러 왔습니다."

"아, 예. 천갑수 씨 보호자 분 맞으시죠. 아버님이…… 일주일 전에 이백오 호로 옮기셨네요."

서봉이 안내데스크에 얼굴을 디밀자 직원이 알은체를 했다. 작년 크리스마스 때, 직원들 먹으라고 케이크를 사 들고 온 덕분이었다. 서봉은 직원에게 고맙다는 눈길로 고개를 끄덕였고 2층으로 올라갔다. 그동안 아버지는 줄곧 3층에 있었다. 상태가 나빠질수록 아래층으로 한 층씩 내려가는 수순이었다. 거동을 못하거나, 기저귀를 찰 정도가 되면 1층으로 내려가게 될 것이었다.

거기서 더 나빠지면 땅속으로 들어가는 것이었다. 서봉의 아버지는 방의 맨 안쪽 창가에 누워 있었다. 서봉은 아버지의 모습을 본 순간 이빨을 꽉 깨물었다. 마음을 독하게 먹어야 했다. 오랜만에 찾아와서 눈물을 보이고 싶지는 않았다. 서봉과 아버지는 시합하듯 서로에게 아픈 감정을 숨겼다. 방에는 총 6개의 침상이 있었다. 서봉은 깨어 있는 노인들을 향해 일일이 목례를 했다. 다들 낯선 사람 대하듯 무표정하게 인사를 받았다. 오랜 병치레 끝에 감정과 감각을 동시에 잃어버린 결과였다. 서봉의 아버지도 무표정하게 서봉을 바라봤다.

"아버지 저……"

서봉은 더 이상 말을 잇지 못했다. 한 번 더 "아버지……" 하고 말문을 열었지만 또다시 입이 다물어지고 말았다. 서봉의 아버지는 알 듯 모를 듯 애매한 눈빛을 해 보였다. 세상사에 초월한 눈빛 같기도 했고, 더 이상 미련이 없는 눈빛 같기도 했다. 뒤쪽에 서 있던 웅걸과 홍구가 인사말과 함께 고개를 숙여 보였지만 마찬가지로 눈을 맞추지 않은 채 눈꺼풀만 끔벅거릴 뿐이었다. 서봉은 스르르 다리가 풀려서 자신도 모르게 침대 모서리에 걸터앉았다. 어떤 말이든 해야 했지만, 무표정한 아버지를 상대로 어떤 말을 해야 할지 가슴만 먹먹할 따름이었다.

"가져온 떡 좀 드리지 그래……"

웅걸이 대신 떡 상자를 펼쳤다. 서봉은 상자 속에서 기정떡 두 개와 다섯 개로 포장된 모싯잎 송편 한 줄을 덜어 냈다. 그런 후 웅걸에게 다른 침상의 노인들께 나누어 주라고 상자를 건넸다. 서봉은 기정떡에 싸인 비닐을 벗겨 아버지께 드렸다. 떡을 받아 든 서봉의 아버지는 떡을 한 입 베어 물고 천천히 씹었다. 웅걸과 홍구가 각각 떡 상자를 들고 병실의 할아버지에게 나누어 주었다. 웅걸의 어머니는 웅걸의 뒤에 바짝 붙어 선 채 아무 말 없이 따라다녔다. 부모를 따라 남의 집에 다니러 온 아이처럼 새초롬하게 긴장한 얼굴이었다. 할아버지들의 침대 앞에는 성명·나이·혈액형·병명 등이 적힌 팻말이 부착되어 있었다. 웅걸은 넉살좋게 할아버지들에게 말을 붙이며 이런저런 얘기들을 나눴다. 주로 어디서 오셨느냐, 직원들은 친절하냐, 식사는 맛있느냐, 불편한 점은 없느냐 등이었다. 서봉은 아버지가 기정떡을 다 먹기를 기다려 모싯잎 송편 하나를 건넸다. 서봉의 아버지는 그것도 천천히 씹어 먹었다. 맛을 음미한다기보다 먹는 의식을 치르는 행위처럼 보였다.

"여섯 분 중에서 네 분은 삼 년 넘게 계신 고참이시고, 나머지 두 분은 이제 몇 개월 안 된 신참이시라네. 저기 문 앞에 할아버지는 경찰서장까지 지내셨다는데. 그래서 그런지 낯이 익기도 해."

노인들은 하나같이 표정이 없었다. 이미 죽은 사람이나 마찬가지로 아무런 의욕이나 바람이 없는 사람들의 표정과 눈빛이었다. 마치 죽은 자에게 산소 호흡기를 꽂아 놓은 것처럼 숨만 쉬고 있을 뿐이었다. 처음 서봉이 아버지를 입원시킬 때 직원은 스스로 거동할 수 있는지, 대소변을 가릴 수 있는지를 중요하게 물었다. 스스로 거동하지 못하면서 삶을 정리하게 되고, 기저귀를 차는 순간부터 죽음을 받아들이게 된다고 했다.

"시내버스 타믄 맨 노인들백이 안 없디야. 그러니 누가 노인들을 모실 꺼이냐, 노인들이 노인들을 모실 수도 없고. 긍께 요양병원이 요로코 잘되는 거이제. 우리 아버지도 지금은 혼자서 움직이신께 괜찮다마는 까딱잘못 해가꼬 누우셔블믄 나도 별수 있겄냐."

홍구가 나오는 대로 지껄였고 웅걸은 제 어머니의 눈치를 살폈다. 웅걸의 어머니는 시종 우울한 낯빛이었다. 머잖아 자신에게 닥칠 위기를 감지한 모습이었다. 서봉은 웅걸에게 주변 경치나 구경하라며 밖으로 나가기를 권했다. 제풀에 겁먹은 듯 움츠러든 웅걸 어머니의 모습이 서봉의 맘까지 우울하게 만들었다. 일행이 나가고 나자 서봉은 아버지와 더 가까이 대면한 느낌이었다. 여전히 아버지는 서봉에게 눈을 맞추지 않은 채 천장을 바라보고 있었다. 서봉은 아버지의 다리를 천천히 주무르기 시작했다.

"집이 헐린다네요. 어디로든 가야 할 것 같은데, 집에 오래된 짐들도 많고 그것들을 다 어떻게 처리해야 할지…… 어머니 아버지 손때가 묻은 것들을 다 버린다는 것도 그렇고 어떻게 해야 좋을지 모르겠어요."

서봉 아버지의 다리는 근육이란 없는 간신히 뼈에 살가죽이 붙은 정도였다. 전체적으로 마른 형상이었지만 양쪽 다리는 유독 더했다. 화장실 갈 때 외에는 전혀 움직이지를 않아 근육이 빠르게 굳어 가고 있다는 말을 직원으로부터 전해 들은 적이 있었다. 서봉은 뼈만 남은 아버지의 다리에 통증이라도 갈까 주무르기를 그치고 위아래로 쓸어내렸다. 서봉에게 다리를 맡긴 아버지는 자신의 죽음을 확신하는 것처럼 초연한 모습이었다.

"혹시, 짐 중에 뭐 남겨 두실 거라도 있어요. 버리지 말고 따로 챙겨 두려구요."

서봉의 아버지는 눈을 감았다. 뭐라고 할 말이 없는 것 같기도 했고, 회상에 잠긴 것 같기도 했다. 서봉은 그런 아버지를 대면하기가 답답했다. 강처럼 가로놓여 흐르고 있는 그 깊은 거리의 형체가 무엇인지 알듯 모를 듯 가슴을 옥죄었다.

"그만 가 볼게요. 그리고 아버지…… 저 멀리 떠날지도 모르겠어요."

서봉은 왈칵 눈물이 쏟아지려는 것을 애써 참아 냈다. 아버지에 대한 원망과 어디론가 떠나야 한다는 허탈감이 한꺼번에 북받쳐 올랐다. 서봉은 목 안에 고인 물을 삼키며 일어섰다. 명치끝을 치받는 답답함에 더 이상 앉아 있을 수가 없었다.

4
청산이 가라사대

"병문안에 막걸리를 사 들고 가기는 또 처음이네. 그 인간 진짜 아픈 거 맞수?"

오전 10시였지만 서봉에게는 식전 댓바람이나 마찬가지였다. 그렇게 일찍, 그것도 막걸리까지 사들고 나선 것이 서봉은 못내 불편했다. 이제 겨우 일어나서 담배를 한 대 피워 물고 굴러다니는 만화책이나 소설 나부랭이를 펼쳤을 시각이었다.

"그러면 어떻고 아니면 또 어떻겠냐. 너무 까탈스럽게 굴지 마라. 따지고 보면 안 아픈 사람이 없고, 찾아보는 것이 다 부조 아니겠냐."

서봉은 웅걸의 뒤통수를 향해 눈을 째렸다. 희떠운 소리만 나불대는 꼴이 못마땅해서였다. 막걸리를 주식으로 퍼먹더니 스스로 도사가 되어 가는 모양이었다. 칠이 벗겨진 파란 철대문을 밀치고 웅걸이 한 발을 들여놓았다. 머리를 숙인 웅걸의 뒤태로 불쌍한 엉치뼈가 적나라하게 드러나 보였다. 툭, 걷어차는 것만으로도 조각조각 부서져 내릴 것 같은 골반이 측은한 맘을 불러일으켰다. 서봉의 입에서 에이- 씨, 소리가 저절로 튀어나왔다. 불쌍한 맘에 미워할 수도 없다는 복잡한 심사가 욕지거리로 내뱉어진 것이었다.

"어, 오냐. 역시 막걸리는 물보다 진하다. 너그덜 아니믄 누가 날 찾아봐주겄냐."

현관문을 환하게 열어 둔 채 청산이 거실에서 가부좌를 틀고 있었다. 입으로는 웅걸과 서봉을 반갑게 맞으면서도 눈은 서봉의 손에 들린 비닐봉지에 꽂혀 있는 것이 분명 사람보다 막걸리를 더 기다린 모양이었다. 눈은 쑥 들어가고 낯빛은 파리했으며 어깨는 늘어진 채 목을 빼고 있는 청산도 불쌍해 보이기는 마찬가지였다. 빗자루로 쓸어 낸 듯 초라한 체구에 헐렁한 군용 야상점퍼란 영락없는 거지를 떠올리게 했다. 만나는 족속들이 다 거지반 그런 류여서 놀라울 것도 없는 서봉이었지만 휴- 터져 나오는 긴 한숨은 어쩌지 못했다. 사람들을 불러들여 '나는 거지입니다' 확인시키는 심사가 못마땅한 까닭이었다. 한편 서봉은 갑자기 그 모든 것들이 설정일 수 있다는 생각에 심사가 뒤틀렸다. 가까이 다가간 서봉은 쥐가 냄새를 맡듯 청산의 이모저모를 꼼꼼히 살폈다. 진짜로 아픈 것인지 살펴볼 요량이었다.

"아픈 사람이 죽이라도 드셔야지 막걸리를 사 오라고 하고, 더 탈나면 어쩌려고 그러셔요."

슬쩍 청산의 옆구리를 깨물어 보았다. 어떤 반응이든지 짐작할 수 있는 단서가 필요했다.

"아따 새끼 선수끼리 촌스럽게 왜 그러냐. 잔말 말고 얼른 한 병 까 봐라 목구멍이 근질근질 꼴려 죽겄다."

서봉은 단박에 맥이 탁 풀렸다. 뻔뻔함을 넘어 초연함의 경지에 올라선 청산의 일갈이 단칼에 서봉의 의심을 회 쳐 버린 것이었다. 나 그런 놈이다 어쩔래, 그 비슷한 방법이었지만 화보다는 실소가 삐져나오는 것을 어쩌지 못했다. 막걸리 몇 통 얻어 마시자고 초등학생 같은 뻔한 술수를 부리는 것도 재주라면 재주였다. 외려 매번 속아 넘어가 주는 쪽이 더 문제라면 문제였다. 누가 봐도 사기인 줄 알면서 넘어가는 쪽이 더 모자란 축에 들 것이었다. 여튼, 서봉은 막걸리를 따면서 실없이 웃고 말았다.

"새우깡이라도 한 봉지 사 올 걸 그랬나. 코딱지를 파먹을 수도 없고."

웅걸이 하나마나한 소리를 지껄였다. 서봉이 슈퍼에서 막걸리와 함께 통북어 한 마리를 집어 들었을 때, 사람 사는 집안에 안줏거리 없겠냐며 굳이 내려놓게 했던 이가 웅걸이었다. 미안한 마음의 결과는 텁텁할 입안과 쓰릴 창자로 책임져야 할 것이었다.

거실 가운데는 빨래판만 한 다탁이 놓여 있고 그 위에 막사발 세 개가 엎어져 있었다. 딱 그것밖에 다른 것은 없었다. 소금이라도 한 줌 있었다면 위로가 될 형국이었다. 옛날 집 마룻장을 뜯어내 만든 다탁은 은은한 풍미를 자아냈지만 그 위에 너덜너덜 말라비틀어진 음식물 찌꺼기는 비위가 싹 가질 정도로 꺼림칙했다. 사발 세 개를 바로 앉혀 운두까지 막걸리를 채우자 엉덩이에서 한기가 차올랐다. 겨우내 불을 넣지 않았는지 거실은 퀴퀴했고, 바닥은 꽁꽁 얼어 있었다.

"아야, 웅걸아 거 식탁 위에서 김치보시기 좀 내려오니라."

청산이 호기롭게 식탁 위를 가리켰다. 웅걸은 찬 엉덩이를 일으켜 거실 벽 쪽으로 세워진 식탁에서 김치사발을 내려왔다. 태곳적부터 그렇게 식탁 위에 올려져 있었을 것 같은 부추 무청 김치가 구덕구덕 마른 고춧가루와 함께 미라 상태로 보존되어 있었다. 하지만 이것저것 따져볼 겨를 없는 웅걸과 서봉은 서둘러 잔을 입으로 가져갔다. 속이라도 뜨거워져야 바닥의 냉기를 이겨낼 수 있을 것 같았다. 먼저 잔을 비운 서봉은 서둘러 젓가락으로 부추 한 줌을 집어 들었다. 뭐로든 침을 나오게 해 입안의 텁텁함을 씻어내야 할 것 같았다. 집어 들었던 부추가 눈높이와 딱 맞아 들었을 때 서봉은 순간 욱— 하고 구역질이 치밀어 올랐다. 불어터진 밥알이 부추 사이에서 큐빅처럼 반짝이고 있었기 때문이었다. 눈을 내리깔고 김치보시기를 살펴본 서봉은 기겁을 하고 말았다. 무청과 부추 사이에서 불어 터진 밥알들이 구더기처럼 꿈틀거렸다. 서봉은 들고 있는 젓가락이 입으로부터 빛의 속도로 멀어지는 기이한 경험을 하였다. 도저히 극복할 수 없는 식욕의 장벽이 더불어 벌어졌던 서봉의 주둥이까지 찰싹 오므라들게 만들었다. 울렁거리는 속을 겨우 진정시킨 서봉은 슬그머니 젓가락을 내려놓은 채 마른 침을 그러모아 꿀꺽 삼켰다.

"안 죽는다."

서봉을 곁눈질 하던 웅걸이 조용히 뇌까렸다. 웅걸은 젓가락으로 밥알 하나를 추려 다탁에 탁-탁- 털어놓더니 무청 한 가닥을 입속에 넣고 잘근잘근 씹었다. 서봉은 낯이 확 붉어졌다. 도저히 따라갈 수 없는 웅걸의 내공이 쓰나미로 밀려왔기 때문이었다. 서봉은 웅걸과의 삶의 거리가 감히 따라잡을 수 없을 만큼 먼 정도임을 실감하지 않을 수 없었다. 흐리멀건한 눈동자 너머로 들여다보이는 웅걸의 나이테가 새삼 웅숭깊게 보이는 순간이기도 했다. 서봉은 상한 비위를 억누른 채 부추 한 줄기를 젓가락으로 집어 들었다. 그리고 고행을 하듯 입속으로 그것을 집어넣었다. 숨을 꾹 눌러 참고 잘근잘근 부추를 씹는 서봉은 억지로 키가 자라나는 기분이었다.

서둘러 막걸리로 입안을 헹군 서봉은 비로소 주변이 눈에 들어왔다. 집안 꼴도 밥알이 튄 김치보시기와 별반 다를 것 없었다. 너덜너덜 찢어진 벽지가 장식이라면, 온갖 잡동사니들로 꽉 들어찬 방 안은 폐품 인테리어라고 할 수 있었다. 방은 총 세 개 있었지만 제대로 발을 디딜 수 있는 방은 그나마 한 개뿐이었다. 방 두 개는 문짝이 아예 뜯어져 있고 온갖 잡동사니들로 가득 차 있어서 창고라고 부르는 편이 더 옳을 성싶었다. 서봉은 한숨과 함께 백화점 점원이라는 청산의 아내를 상상했다. 말끔한 정장을 차려 입고 손님을 대하고 있을 그녀의 집안이 정작 이 모양일 것이라고는 아무도 상상할 수 없을 것이었다. 순간 욕지기가 튀어 나오려 했지만, 이 모든 상황이 그녀 탓만은 아닐 것이라는 생각에 이르자 이빨을 꽉 깨물 수밖에 없었다. 쥐가 오줌 싸 놓은 것처럼 모양 없는 그림을 한답시고 아침부터 저녁까지 막걸리에 취해 사는 청산을 생각하니 차라리 여편네가 더 안쓰러운 지경이었다. 오히려 도망치지 않고 지금껏 살아 주는 것만으로도 고마운 마음이 들 정도였다.

"또 언놈이 전화질인지. 공중전화 같은데 병구겠지."

웅걸이 진동하는 전화기를 들었다 그냥 내려놓았다. 신경 쓰지 않아도 전화는 또 울릴 것이었다.

"병구 그놈은 내가 언제 지대로 한 번 봐 블라그란다. 그래도 내가 명세기 해병대 나온 놈인디 가오가 있제 쪽당하고 살겄냐."

서봉이 청산을 향해 입맛 떨어지는 표정을 지어 보였다. 몸피로 보나 행동거지로 보나, 방위 아니면 면제 100%지만 시종일관 해병대라니 어이가 어처구니를 만난 꼴이었다. 오죽하면 해병대를 갖다 붙이겠냐, 측은지심에 그 엇비슷한 폼이라도 있으면 속아줄 만도 하겠지만 눈곱만큼도 그 일면이 없는 바에야 한숨밖에 나올 것이 없었다. 한 가지, 허리를 꼿꼿이 세운 채 막걸리를 죽- 똥창까지 흘려 넣는 폼으로 본다면 아쉬운 대로 그럴 것 같기도 했다.

"병구는 만나면 그때 알아서 처리하시구요. 국장님은 좀 어떻데요? 지난번에 서봉이하고 병문안 가려다가 어머니가 사라지시는 바람에 못 갔는데."

"어, 그렇잖아도 어제 전화왔드라. 담배 두 까치만 갖다 달라고 애원을 허는디 욕을 한바가지 퍼 붓고 끊어브렀다."

웅걸과 서봉이 김국장을 마지막으로 병문안 한 것은 세 달 전 세모, 그러니까 한 해의 마지막 달력이 뜯겨나가기 며칠 전이었다. 점심나절부터 웅걸과 서봉은 단둘이 금정식당에 앉아있었다. 신김치에 막걸리는 술꾼의 바람직한 자세였지만 속은 쓰리고 구색은 처량했다. 한낮인데도 밖은 눈이 펑펑 쏟아졌다. 머리에 하얀 눈을 이고 가는 사람들이 엿보이는 창밖 풍경도 안주라면 고급 안주였다. 시린 막걸리가 헐거운 가슴마저 허물어 내리던 차 불현듯 김국장이 생각났다. 그대로 금정식당을 빠져나온 웅걸과 서봉은 화순 전대병원으로 향하는 버스에 몸을 실었다. 은근한 취기와 감상에 젖은 둘은 눈밭을 기어가는 버스 안에서 자다 깨다를 반복하며 병원까지 실려 갔다.

암병동에 누워 있는 김국장은 해부대 위에 놓인 개구리처럼 축 늘어져 있었다. 웅걸과 서봉은 입에서 풍기는 달큼한 술내와 어쩔 수 없는 빈손이 미안하고 부끄러워 굽실거리듯 알은체를 했다. 겨우 눈을 뜬 김국장은 예의 심란한 웃음을 지어 보였다. 늘 봐 왔던 모습이라 특별할 것은 없었다. 김국장은 떨거지들을 대할 때면 반가움과 측은함이 뒤섞인 아련한 웃음을 짓곤 했다. 김국장은 때와 장소를 가리지 않고 떨거지들을 만날 때면 주머니를 털어 막걸리 한 통씩을 사 먹이곤 했다. 허름한 대포집이나 슈퍼

앞 평상에서 김국장이 따라 주는 막걸리를 마시다 보면 썩은 이빨의 뿌리가 흔들리듯 가슴속 옹이의 뿌리가 흔들리곤 했다. 그런 날일수록 취기는 쉬 밀려들기 마련이었다.

"담배 있지야? 한 개비만 도라."

바람이나 쐬자며 밖으로 데리고 나온 김국장은 담배부터 찾았다. 폐암 환자에게 차마 담배를 줄 수 없어 웅걸과 서봉은 멍하니 서로를 쳐다봤다. 더군다나 등을 열어 한쪽 폐를 떼어 낸 상처가 아직 아물지도 않은 처지였기에, 담배라니 답답할 노릇이었다. 그러던 차 김국장은 웅걸의 셔츠 앞주머니에 손을 불쑥 집어넣어 손수 담배를 꺼내 물었다.

"상관없어야. 이미 아작난 목숨, 담배 한 까치 더 핀다고 죽고, 안 핀다고 산다냐. 내 목숨 길이는 내가 잘 알아야."

"그러다가 진짜로 돌아가시믄 어쩌려고……"

"서봉이 너! 참, 말 뽄새 없이 헌다이. 이왕에 갈 길 멋한다고 돌아서 간다냐 빤드시 직진해서 가야제."

김국장은 길게 연기를 빨아 당겼다. 하지만 길게 내뱉을 힘까지는 없는지 입 주위에서 번지듯 연기는 힘없이 흩어져 나왔다. 그런 김국장의 옆에서 웅걸과 서봉도 나란히 담배 한 개비씩을 피워 물었다.

"참 쓰고도 달다야. 똑 내 살아온 인생 같아서 참말로 영 거시기허다."

김국장은 고집 때문에 병을 얻은 사람이었다. 목포가 고향인 그는 머리가 좋아 공부를 잘 했지만 집안은 가난했다. 고등학교를 진학하고 싶었지만 딱히 길이 없던 그는 담임선생으로부터 광주에 가면 고등학교를 다닐 수 있는 길이 있다는 소식을 들었다. 당시 광주일보사에서는 학비와 숙소를 제공해 주고 고등학교를 보내 주는 장학생선발제가 있었다. 물론 야간고등학교였고 주간에는 광주일보사 신문을 배달하는 조건이었다. 광주상고에 진학한 그는 주간에는 신문을 돌리고 야간에 공부를 하는 주경야독을 실천했다. 고등학교 졸업 후 김국장은 시중 은행에 취업했고 10년 가까이 근무했다. 하지만 멀쩡히 다니던 은행을 그만둔 김국장은 〈광주일보〉 지국을 사들여 신문배달업을 시작했다. 주위 사람들은 그런 김국장을 이해하지 못했다. 시쳇말로 번듯한 사무실에 앉아서 양복 입고 점잖을 떨다가, 땡볕에 오토바이를 타고 신문을 돌리는 꼴이니 다들 제정신이 아니라며 혀를 찼다. 하지만 김국장은 사람들의 시선에는 아랑곳하지 않고 시내 곳곳을 누볐다. 마치 물 만난 고기처럼 휘파람을 불었으며, 다람쥐처럼 건물을 오르내려 신문을 배달했다. 게다가 신문이 호시절이었다. 당연히 수입도 괜찮았다. 신문 사이에 끼어 돌리는 광고지 수입만으로도 사무실 운영비와 직원 월급이 해결되었고 구독료는 온전히 수입으로 떨어졌다. 하지만 영원할 줄 알았던 신문도 인터넷이 대중화 되면서 빠르게 사양길로 접어들었다. 구독을 끊겠다는 전화가 하루에 십여 통씩 이어졌다. 나중에는 전화벨 소리만 울려도 덩달아 가슴이 옥죄는 지경에까지 이르렀다. 어쩔 수 없이 적자를 만회하려고 다른 신문 영업권까지 사들여야 했다. 하지만 그것이 또 함정이었다. 신문은 7~8종으로 늘었지만 수입은 날마다 줄어들어 적자폭은 더욱 커져만 갔다. 다시 사들였던 신문영업권을 되팔았다. 배달 직원들도 내보낸 김국장은 딱 한 가지 〈광주일보〉만을 혼자서 배달했다. 전체 다 돌려도 채 500부가 될까 말까 한 신문을 끝까지 부여잡고 있는 김국장에게 예고된 것처럼 폐암이 찾아왔다. 재떨이가 수북하게 쌓일 만큼 담배를 피워 댔기 때문이었다. 그동안 부인은 동네 미용실을 차렸고 할머니들 파마로 생계를 이어 가고 있었다. 일찍 폐업하면 할수록 현명한 처사였지만 김국장은 끝까지 〈광주일보〉를 포기하지 않았다. 찬바람을 쐬면 안 되는 와중에도 김국장은 혼자서 마스크를 쓰고 〈광주일보〉를 돌렸다. 급기야 아침 도로변에서 김국장은 〈광주일보〉를 실은 오토바이와 함께 쓰러졌고 응급실로 실려 갔다. 도리 없이 사형선고를 받은 김국장은 그렇게 죽을 날을 기다리는 중이었다.

"아야, 웅걸아! 남은 것은 나 주고 가그라."

인사를 하고 떠나려는 웅걸에게 김국장은 남은 담배를 달라며 손을 내밀었다. 웅걸이 어찌할 바를 몰라 셔츠 주머니 속 담배를 만지작거렸다. 김국장은 웅걸의 떨리는 눈을 가만히 쳐다보며 손수 담배를 꺼내들었다. 희미하게 웃음을 머금은 표정이 아주 먼 거리의 사람처럼 보였다. 꺼내 든 담배는 병원 화단석 아래 틈바구니 속에 쑤셔 넣었다.

"괜찮어 임마, 내가 쪼까 빨리 간다 뿐이제 누군들 안 죽고 천

년만년 산다냐. 얼마 안 있어 또 보꺼신께 그때는 거하게 막걸리 한잔 찌끄러블자."

뒤돌아서는 웅걸은 눈물을 찌걱거렸고, 서봉은 눈밭에 젖은 발을 말굽처럼 옮겨 디뎠다. 돌아오는 버스 안에서 웅걸은 차라리 가지 말았어야할 병문안이었다고 자책했다. 위로가 되었어야 할 병문안이 도리어 죽음을 재촉하는 꼴이었다. 서봉도 버스 안에서 내내 눈을 감고 있었다. 창밖은 여전히 눈발이 날렸고, 궂은 날씨처럼 서봉의 마음도 그렇게 심란했다.

"청산 형! 천천히 드세요. 우리 한 잔씩 먹을 때 한 병을 드시네. 식사나 하시고 드시는 거예요?"

술 줄어드는 것이 아까운 웅걸이 난데없는 식사 타령을 했다.

"니미, 술꾼이 언제 끼니 때 챙기는 것 봤냐. 낼모레 초상 치를 사람도 있는디 끼니를 챙긴다는 것도 호사가 아니겄냐."

"병원에서 국장님한테 마음의 준비를 하라고 했다면서요?"

"마음의 준비를 해야 할 사람이 어디 김국장 뿐이것냐. 우리들 전부 마음의 준비를 해야겄제. 막말로 이렇게 살다가는 언제 어느 때 갈지 누가 알것냐. 먼저 간 놈을 들먹거려 뭣허다만은 옥수 그놈 못 봤냐? 이렇게 살다가는 다 그 꼴 되기 십상이여."

옥수는 청산의 조카로 짧은 시간 나타났다 짧은 나이에 생을 마감했다. 딱 1년, 막걸리 골목에 발길을 했고 석양이 지는 가을 어느 날 동문다리 앞 도로에서 차에 치여 비명횡사했다. 때문에 한동안 일행은 막걸리 골목을 찾는 발길이 조심스러웠다. 옥수는 막걸리 골목에 나타날 때부터 죽으려고 작정한 사람처럼 보였다. 어려서부터 글재주가 있었던 옥수는 문예창작과를 졸업 후 희곡을 쓰고 있었다. 어떻게든 생활을 해야 했던 옥수는 예술인협회 사무처에 들어갔다. 협회에서 근 10년을 근무한 옥수는 선배들 뒤치다꺼리를 도맡아 했지만 돌아온 것은 배신감뿐이었다. 협회에서 서류를 기획해 돈이 될 만한 사업을 따내면 사업비를 횡령하는 선배가 나타났고 때로는 저희들끼리 소리 소문 없이 분배해 버리곤 했다. 그런가 하면 정부산하기관 예술관련 부서에 별정직 자리가 나오면 느닷없는 사람이 나타나 선배랍시고 낯짝을 보이다 물밑작업을 벌여 자리를 꿰차곤 했다. 그럴 때마다 옥수는 심한 배신감과 함께 예술가들에 대한 환멸을 느꼈다. 예술가로서의 자존심은커녕 거지 근성을 앞세워 파렴치한 짓을 일삼는 그들이 벌레만도 못하게 느껴졌던 것이다. 하지만 선배 예술인들은 위로랍시고 "모다 다 어려워서 안 그냐. 그 사람들도 한때는 정의를 부르짖었던 사람들이다. 근디 당장 새끼들이 배곯고 오갈 데가 없는디 눈에 뵈는 것이 있겄냐. 너도 언젠가는 좋을 날이 있을 것인께 꾹 참고 기다려 봐라." 지껄이는 것이 전부였다. 예술가라는 거죽을 뒤집어쓴 채 어처구니없는 짓을 일삼는 그들을 더는 가까이할 자신이 없었고, 더 무서운 것은 언젠가 자신도 그들처럼 파렴치한으로 변할 것이라는 생각이었다. 때문에 옥수는 사표를 내던졌다. 그리고 나서 찾아든 곳이 막걸리 골목이었다. 한때는 예술인으로서 자존감도 있었고, 예술인단체를 활성화시켜 보겠다는 진취적 열망도 있었지만, 그 모든 것들이 진흙탕 속 생존 문제로 귀결되면서 가슴에 구멍이 뚫려 버린 것이었다. 그 뚫린 구멍을 메우기 위해 옥수는 미친 듯 막걸리를 퍼부었다. 술에 몸을 내맡긴 옥수는 죽기 두어 달 전부터 모든 것을 초탈한 사람처럼 실실 헛웃음을 흘리기 시작했다. 그런가 하면 정신과 육신이 분리된 것처럼 말과 행동이 두서없었고, 눈은 현실 너머 막연한 공간을 향해 있었다. 사람이 혹여 누군가의 죽음에 관한 징후를 감지할 수 있다면 바로 그런 것이 아니겠는가 싶을 정도로 이상 징후를 보였다. 술은 참으로 달고도 무서운 것이어서, 한 번 발목이 걸리면 누구든 빠져나오기 힘들었다. 더군다나 심리적인 괴로움이나 불안을 안고 있는 상태라면 더더욱 늪처럼 빨려들기 마련이었다. 결국 옥수는 스스로를 모질게도 괴롭히다가 동문다리 앞 도로에서 참변을 당하고 말았다. 옥수가 죽고 난 후, 옥수가 스스로 달리는 차에 뛰어들었다는 풍문이 돌았지만 정확한 사실은 밝혀지지 않았다. 병원에 실려 간 후, 한동안 숨이 붙어 있었지만 옥수는 스스로 치료를 거부하면서 죽음의 길을 택했다.

"나도 생각나네요. 그 사람 손가락이 여자처럼 가느다랗고 곱상했었죠. 말이 좀 없어서 그렇지 사람 참 좋아 보였는데."

서봉이 담배에 불을 붙였다. 다탁에는 큼지막한 놋쇠밥그릇 재떨이가 그럴듯하게 놓여 있었다. 밥을 퍼 담아야 할 그릇에 꽁초가 수북하니 집안이 잘 될 리 없었다.

"도대체 예술 하는 사람들이 왜 그런데요? 돈이나 밝히고 의리도 없고 어린 후배들 죽도록 부려 먹고 나 몰라라 하고…… 그판이 원래 그렇게 개판이에요?"

웅걸이 다 마신 술잔을 탁- 소리가 나게 다탁에 내려놓았다. 죽은 옥수를 생각하니 괜히 감정이 북받쳐 오른 까닭이었다. 옥수가 웅걸을 꽤나 따랐던 이유이기도 했다.

"그건 니가 몰라서 허는 소리다. 사실 우리나라 문학판이건 미술판이건 연극판이건 소리판이건 죄다 좀 헌다는 사람들은 전라도 사람들 아니냐? 좀 심허게 지껄이자믄 전라도 사람들 아니믄 대한민국 예술판이 돌아가덜 안 헌다고 해도 과언은 아닐 것이다. 근디 왜 이렇게 망조가 들어브렀냐? 비단 예술판만 그런 것은 아닐 테지만 지난 정권과 이번 정권에서 이짝을 비틀어도 너무 비틀어 버린 것 아니겄냐. 옛날에는 여그도 선후배끼리 사이 좋았어야. 너는 모르겄지만 예술 허는 인간들치고 선배들 술 한잔 용돈 한 줌 안 얻어 묵고 안 받아본 놈 씨가 없을 것이다. 근디 씨를 몰릴 작정으로다 싹다 비틀어 븐께 도리없이 다들 강팍해져 븐 것이 아니겄냐. 참말로 얘기 들어 보믄 피눈물 난다고 허드라. 여가 '예향'이라고는 허지만, 머잖아 예향 간판 내리게 생겼다고 안 허냐."

"그러게요. 정말 이렇게 몰락해 버릴 것이라고 누가 상상이나 했겠습니까? 젊은 사람들은 다 떠나가고 노인들만 남아서 간신히 명맥을 유지하는 꼴이니."

서봉이 후- 한숨처럼 길게 담배 연기를 뿜어냈다. 아득하게 번지는 담배 연기가 먼지 낀 천장을 더 어두컴컴하게 만들었다.

"씨벌 놈, 그래서 너도 이 바닥 뜰라고 그라냐?"

청산이 그동안 참아왔던 속내를 드러내듯 서봉을 향해 눈알을 부라리며 새된 소리를 질렀다. 입안의 막걸리와 침이 분무기처럼 뿜어져 서봉의 얼굴을 뒤덮은 것은 덤이었다. 졸지에 봉변을 당한 서봉은 뭐라고 대꾸도 못하고 흘러내리는 얼굴의 그것을 손으로 쓸어내렸다.

"……."

"그나마 심지가 좀 있는가 싶어서 곁을 내줬더니만 내 눈깔이 단단히 곯아 터졌던 모양이다. 그려, 빗잔치 허듯 이놈 저놈 다 떠나보내고 우렁이 껍데기마냥 한꺼번에 둥둥 떠내려가 블자 세상이 모다 미쳐 날뛰는디 뭐라고 탓헐 것이나 있겄냐."

청산의 왼쪽 관자놀이에 굵은 핏대가 도드라졌다. 게다가 아직 매조지 하지 못한 말이라도 남았는지 입술까지 파르르 떨었다.

"……그럼 나보고 어쩌라는 겁니까? 이대로 눌러앉아 있다가는 죽지 한 번 펴 보지도 못하고 오그라들 것만 같은데. 나도 한 번 쯤 족쇄 같은 이곳을 벗어나서 어디든 다른 곳에서 사는 것처럼 살아 봐야 할 꺼 아니냐구요."

가만히 당하고 있던 서봉이 대거리를 했다. 뭔지 모를 억울함과 분노가 잔뜩 배어 있는 한탄 같은 소리였다.

"아무도 니 발에 족쇄 채운 사람 없다. 그라고 널랑은 하늘에서 뚝 떨어져서 그만큼 컸냐. 우물에 침 뱉어 봐라 목마르믄 또 그 물 찾을 것잉께. 그려, 간다는 놈을 누가 말리겄냐. 미련 둘 것 없이 갈테믄 하루라도 빨리 가거라, 그라고 되도록 멀리 가거라 정 띠기 좋게. 사람 속은 모른다고 몸띵이는 여가 있어도 애진작에 맘 속에서는 짐보따리를 쌌던 것이제."

거칠게 몰아치는 청산의 날선 파편들이 서봉에게는 차라리 소낙비처럼 시원했다. 울고 싶은 아이에게 회초리를 치는 격이나 다름없었다. 서봉은 부르튼 밥알이 박혀 있는 김치 한 줌을 큼직하게 집어 입안으로 밀어 넣었다. 더 이상 입을 벌려 누추한 변명을 늘어놓고 싶지 않았다. 입을 틀어막은 서봉은 가슴에 돌이라도 박힌 듯 먹먹했다. 울고 싶어도 울 수 없는 배반감이 감정의 틈바구니에서 스멀스멀 피어올랐다. 그동안 너무 비겁하게 산 것 같기도 했고, 책임의 중심에서 늘 비껴서 있었던 것 같기도 했다. 그런가 하면 뜻 모를 억울함이 북받쳐 오르기도 했다. 껍데기로 남은 현실을 따져 물을 어느 순간이 있다면 그곳에 멈춰서고 싶었다. 뒤죽박죽으로 감정이 소용돌이쳤다. 목이 메인 서봉은 입안의 물컹한 것들을 찬찬히 곱씹었다. 부르튼 밥알도 쉰내 나는 김치도 부정할 수 없는 현실이었다. 늘 한 발 떨어져 관망자의 모습으로 현실과 동행했던 서봉은 가슴속에서 파도 한 번 친 적이 없었다. 뜨거운 불길에 당당히 데어 본 적 없는 서봉의 가슴은 흐드러진 장식품이나 다름없었다. 서봉은 물컹한 입안의 것을 꿀꺽 삼켜서 목구멍 속으로 밀어 넣었다. 도망은 결국 쫓김의 연속이고, 비겁함은 자기부정의 또 다른 분열이었다. 묵직한 덩어리의 창자를 훑고 지나가는 느낌은 지난한 과거를 되짚는 참담함의 확인이었다.

"청산 형, 그만하세요. 애 울겠네. 서봉이도 오죽 답답하면 그러겠어요. 그러지 말고 그림이나 구경시켜 주세요. 작업실은 이층이지요? 언제 한번 보고 싶었는데 오늘이 그날인가 보네요."

"뭔 꼴같잖은 그림은 구경헌다고 그라냐. 남우세스럽게스리."

뒷말을 흐렸지만 청산은 엉덩이를 일으켜 이층으로 안내했다. 현관 밖으로 나가 계단을 타고 2층으로 들어선 웅걸과 서봉은 아래층과는 확연히 다른 분위기에 압도당하고 말았다. 그도 그럴 것이 2층 작업실은 1층의 더러운 것과는 차원이 다른 정갈하면서 은은한 기품을 갖추고 있었다. 서봉을 한층 놀라게 한 것은 온통 벽을 차지하고 있는 그림들이었다. 일전에 인천집에서 보았던 누추한 그림과는 차원이 다른 그림들이 표구된 채로 걸려 있었다. 그림들은 하나같이 무등산을 대상으로 하고 있었다. 기본적으로 봄·여름·가을·겨울, 사경을 그리고 있었지만, 세인봉·서석대·입석대·상고대·중머리·장불재·천왕봉·증심사·원효사·규봉암 등 곳곳의 경치가 실제보다 더 풍미 있게 담아져 있었다. 웅걸과 서봉은 내심 놀랄 수밖에 없었다. 막걸리나 얻어 마시면서 그림을 그린답시고 허투루 살아가는 인간이려니 짐작하고 있다가, 직접 그림들을 대면하고 보니 청산의 진짜 모습을 대면한 느낌이었다. 유독 무등산만 고집하는 청산의 그림은, 피는 못 속인다는 속담과 맞닿아 있었다. 청산의 어머니가 해태타이거즈 응원에 젊음을 바친 것이나, 청산이 무등산 그림에 예술혼을 불태우는 것이나 비슷한 인생 행로였기 때문이었다.

"택배 왔습니다. 박준표 씨 계셔요?"

마당에서 인기척이 들렸고 청산이 서둘러 내려갔다. 그 뒤를 웅걸과 서봉이 따랐다.

"택배 올 때가 없는디……"

마당에는 20kg짜리 쌀 두 포대를 짊어진 택배기사가 서 있었다.

"황금자 씨가 쌀을 보내셨네요."

"아따, 울엄니 손자새끼 굶어 죽을까미 쌀을 보내셨는가 보네. 본인은 걱정 돼서 보낸다지만 정작 나는 피눈물 쏟는다는 사실을 알랑가모르겄어."

택배기사는 몹시 바쁜 듯 현관 앞에 포대를 부려 놓고 금방 사라졌다. 청산이 현관에 부려진 쌀 포대를 보면서 푸- 한숨을 내쉬었다.

"그렇잖아도 얼마 전에 망월동 가다가 어머니 뵀어요. 어머니가 형님 걱정을 많이 하시더라구요. 술도 좀 줄이고 꼭 좋은 그림 그려야 할 텐데 하시면서 잘 부탁한다고 몇 번이고 말씀하시더라구요."

웅걸이 입에서 나오는 대로 주절댔다. 청산을 상대로 욕을 한 바가지나 퍼부었다는 말을 차마 전달할 수 없었던 것이다. 서봉이 그런 웅걸을 힐긋 쳐다봤지만 웅걸은 슬그머니 서봉의 눈길을 피했다.

"어디서부터 꼬여 브렀는지 모자간에 배를 띄워도 될 만큼 큰 강이 흐른다."

청산은 마음을 진정시키려는 듯 눈을 감고 한참을 그렇게 있었다. 청산은 중학생 때부터 아버지를 도와 농산물 공판장에서 리어카를 밀었다. 아버지는 소매상들이 사가는 농산물을 밖에 세워둔 트럭까지 운반해 주는 일을 하고 얼마간 이문을 남겼다. 청산은 아버지의 리어카를 미는 것이 죽도록 싫었지만 달리 도리가 없었다. 그러다 갑자기 아버지가 공판장 내에서 후진하는 지게차에 치어 돌아가시면서 청산은 들판 한가운데 덩그러니 버려지게 되었다. 그림을 제대로 배우고 싶었지만 어머니는 여전히 제정신이 아닌 채로 야구장을 떠돌았고 청산은 그런 어머니를 한없이 원망했다.

"형님, 힘드시겠지만 과거는 그만 털어 버리세요. 해태타이거즈를 응원했던 사람들이라면 어머니를 다들 기억할 텐데 달리 생각하면 그렇게 훌륭한 분도 없잖아요."

웅걸이 청산의 손을 끌어 다시 술상 앞에 앉혔다. 웅걸이 술잔을 청산에게 건넸고, 청산은 이렇다 저렇다 말도 없이 술을 목구멍으로 죽– 흘려 부었다. 비워진 술잔에 다시 웅걸이 술을 채웠다. 청산의 눈에 눈물이 그렁그렁 맺혔다. 복잡한 심사가 눈물을 찌걱거리게 했던 것이다.

"무등산이 어머니 산이라잖아요. 그림 그리면서 가슴에 맺힌 것 다 풀어 버리세요."

서봉이 바지 뒷주머니에서 손수건을 꺼내 청산의 눈물을 닦아 주었다. 청산이 취하면 종종 눈물을 보이기도 했지만, 지금의 눈물바람은 분명 취기 때문만은 아닌 듯 보였다. 콧물까지 꾹 짜서 닦아 낸 청산은 막힌 숨통을 열어 내듯 후- 크게 숨을 쉬었다.

"고등학교 이학년 중퇴하고 열일곱에 종로 하꼬방으로 밥 벌로 갔잖냐. 친척 중에 누가 그짝 일을 하는 사람이 있어서 금세공을 배우기 시작했는디, 통 맘은 콩밭에 있고 그러다가 소문 듣고 인사동으로 발길을 시작했제. 어뜧게나 그림이 좋던지 한 달에 두 번 쉬는 날만 기다려지고 맘이 근질거려서 일이 힘든 줄도 모르겄더라. 그러다 스무 살 되던 해 거지발싸개 같은 땡중 하나하고 딴따라 하나를 만나브렀제. 수도약국 옆 귀퉁이에서 신문지를 깔고 팥빵에 막걸리를 마시고 있기에 무턱대고 나도 막걸리 한 병을 사 들고 자리에 앉덜 안았겄냐. 둘 다 베묵고 뱉어 놓은 감자처럼 생겼고 거렁뱅이 형상이라 쉽게 다가설 수 있었겄지. 나도 내동 그 모양이었응께. 어찌케 짝짜궁이 될라고 그랬는지 땡중이 나한테 지 가방을 던짐스로, '오늘부터 니가 내 가방모찌다' 안 그러겄냐. 그날부로 내 인생이 묘하게 바껴 브렀제. 그 땡중이 그림쟁이 중광이고 그 옆에 안경잡이 붕어가 가수 이남이였던 거여. 그날부로 하꼬방을 나온 나는 중광이 가방모찌로 이 술집 저 술집 드나들면서 딴 세상을 보고 다녔제. 중광 그림 한 장이믄 술집을 통째로 빌릴 수도 있었응께. 그때 그림 배우겄다고 따라다니던 이대생도 따묵고 언감생심 내가 어디서 이대생하고 배꼽을 맞출 거라고…… 아다라시라 핏물 베인 모포를 오려서 한동안 품고 다니기도 했었는디 크-크-. 중광 어깨 넘어로 붓질 도둑질허는 재미도 쏠쏠했었제. 워낙 그림이 맑고 단순해서 그냥 좋등만. 그렇게 한 삼 년 어울리다 군대를 끌려갔는디 어느 날 중광이 죽었다고 뉴스에 나오더라. 슬프다는 생각보다는 나도 인자 끝났구나, 이 생각이 먼저 들더라고. 제대하고 본께 이남이도 춘천으로 갔다 하고, 하꼬방 생활을 다시 할 수도 없을 것 같고 한 십여 년 전국 안 가 본 곳 없이 떠돌덜 안 했겄냐. 어설픈 중광 흉내로 뒤꿈치가 썩어나는 줄도 모르고 광대짓거리를 했던 것이제. 결국 만신창이가 되어서 다시 여그로 내려오덜 않았겄냐. 그래도 고향 품이라고 굽었던 사지가 풀어지고 가슴에 훈기가 차오르더라.”

청산은 사극 한 편을 방영하듯 자신의 인생극을 막힘없이 늘어놓았다. 하지만 웅걸과 서봉은 입맛을 쩝쩝 다셨을 뿐 별 반응을 보이지 않았다. 부분부분 더하고 빼고를 해서 수십 번도 더 들었던 내용이었다. 청산은 술만 들어가면 인사동의 추억을 되풀이하는 것으로 자신의 존재를 증명하려 했다. 당연히 청산은 아직도 그때의 기억으로 살고 있으며 그 시절에서 벗어나지 못하고 있었다. 하지만 과거는 지나간 허상일 뿐이어서 당장의 현실 앞에서는 비굴해질 수밖에 없었다. 아내와 어머니 없이는 온전히 연명할 수 없는 청산은 아직도 보호 받아야 할 어린아이에 불과할 뿐이었다. 캥거루 주머니 속에 들어앉은 청산은 아직도 과거를 이불삼아 꿈을 꾸고 있는 중이었다.

"학교 다녀왔습니다."

책가방을 한쪽 어깨에만 걸친 꼬막껍질이 대문 안으로 들어섰다. 신발장 위에 걸린 시계의 바늘은 점심때를 한참 지나 있었다. 꼬막껍질은 가방을 한쪽 구석에 내던지다시피 하더니 다탁 위를 힐끔거렸다. 뭐 주워 먹을 것이 있을까 살피는 눈치였다.

"준표야! 혹시 담임선생님 여자 선생님이시냐?"

웅걸이 능글맞은 웃음을 지어보였다.

"그런데요? 왜요?"

"아니, 너네 담임선생님 예쁘면 삼촌이 한번 찾아가 볼까 싶어서."

"헐, 뭐래. 우리 담임선생님 결혼하셨거든요. 그리고 우리 담임선생님은 웅걸 삼촌 같은 술꾼 안 좋아하시거든요."

웅걸은 표정을 일그러트린 채 입맛을 쩝쩝 다셨다. 꼬막껍질은 어릴 때부터 술집을 전전한 가락으로 제법 암팡진 구석이 있었다. 웅걸이 괜히 체면만 깎인 꼴이었다.

"아버지 나 짜장면…… 오늘 사 준다고 했잖아."

"……."

"엄마가 아빠한테 돈 맡겨 놨다고 했단 말이야. 엄마한테 전화해서 꼰지른다."

"없어 이놈아. 우리끼리 할 얘기를 뭐 엄마까지 끼워 넣고 그래쌌냐 사내자식이 감푸기는. 삼춘들도 있는디 체면 떨어지게시리…… 라면이나 끓여 먹어 이놈아."

꼬막껍질이 청산에게 짜장면을 사 내라고 닦달했다. 하지만 청산은 모르쇠로 일관하며 꼬막껍질을 밀어냈다. 하지만 꼬막껍질도 쉽게 포기하지 않았다. 급기야 술상을 흔들어 대며 야료를 부리기 시작했다. 청산은 난처한 표정으로 서봉을 힐끗거렸다. 때맞춰 꼬막껍질은 남은 술병을 들고 일어서 식탁 밑으로 기어들어 가 버렸다. 이쯤 되면 손님이 나서지 않을 수 없었다. 서봉은 마지못해 주머니에서 오천 원 짜리 한 장을 꺼내 꼬막껍질에게 내밀었다. 꼬막껍질과 청산의 승강이는 일종의 모의훈련과 같았다. 일단 공략대상이 정해지면 손발을 맞춰 짜인 각본대로 쇼를 하는 것이었다. 애초부터 승강이 대상인 짜장면 값은 존재하지 않았을 수 있었다. 둘 중 누군가 바람을 잡으면 급박하게 각본이 짜여지고 누군가의 주머니를 털어낼 때까지 집요하게 연극은 진행되는 것이었다. 그 모든 것이 청산과 꼬막껍질의 노련한 연기와 주도면밀한 작전 덕분이었다.

"배달시키면 식어서 맛없으니 중국집에 가서 먹어라."

서봉이 오천 원짜리 한 장을 주머니에서 꺼내 들자마자 꼬막껍질은 냉큼 식탁 아래서 기어 나왔다. 물론 쥐고 있던 술병도 함께였다. 낚아채듯 오천 원을 잡아낸 꼬막껍질은 우사인 볼트처럼 밖으로 튀어 나갔다. 서봉은 꼬막껍질이 밖으로 나간 것이 그나마 다행이라는 듯 싱겁게 웃었다.

"아따 멋허로 쓸데없는 짓은 허고 그러냐, 애새끼 버릇 나빠지게시리."

마지막으로 청산이 쇼가 끝났음을 알리는 종을 쳤다.

5
포차

포장마차에서는 벌써 한 시간 전부터 병구가 기다리고 있었다. 예의 보푸라기가 이는 영자신문을 펼쳐 들고 가물가물 오수와 사투를 벌이는 중이었다. 병구가 둥그런 스테인리스 테이블에 대가리박기를 하고 있다면, 주인장 덕자 씨는 벽에 엉덩이를 붙인 채 두 다리를 의자에 나란히 올려놓고 허리 굽히기를 하고 있었다.

삐그럭- 쿵-.

출입문이 열리고 닫히자 병구와 덕자 씨가 동시에 고개를 쳐들었다. 아귀가 맞지 않은 앵글문은 손님보다 먼저 출현을 알렸다.

"왔소?"

덕자 씨가 하품으로 벌어진 입 틈새로 알은체를 했다. 웅걸과 서봉은 싱겁게 웃어 보이는 것으로 인사를 대신했다. 며칠에 한 번씩 간혹 들른다면 서로 간에 손님이라는 개념이 존재하겠지만 날마다 들르다 보면 그런 형식적 개념 따위는 사라지기 마련이었다. 웅걸과 서봉은 병구의 테이블에 나란히 앉았다.

"병구야! 웬만하면 그 침이나 좀 닦자. 술 마시기 전에 입맛부터 버려서야 되겠냐."

병구의 입 언저리에 눅진한 침이 흘러내려 있었다. 여름날 늘어진 도사견 아니면 셰퍼드 꼴이었다. 그냥 손등으로 쓱 닦으려는 병구의 팔을 잡은 웅걸은 휴지통에서 휴지를 뽑아 건넸다.

"청산은 안 왔냐?"

병구는 출입문을 흘끔거리며 청산의 유무부터 확인했다. 둘 사이가 긴장관계인 것만은 확실했다.

"청산 형이 아무리 술을 좋아한다지만 너 있는 자리는 가리더라."

웅걸이 배시시 웃어 보였다. 땅콩·도토리묵·파래무침·숙주나물·맨김이 테이블 위에 깔렸다. 기본 메뉴였다. 서봉은 덕자 씨를 향해 손가락 두개를 들어 보였다. 주전자에 두 통 부으라는 소리였다.

"그란데 웅걸이 너는 뭔 일로 일주일이나 잠수를 탔냐? 니 소식을 아무도 모르더라이 서봉이도 모른다 하고."

"남자도 가끔 맨쓰를 하잖냐? 잠시 마법에 걸렸다 깨어났다고나 할까. 넘 깊이 알라고 하지 마라 너 살기도 복잡스러울 텐데."

웅걸이 사라진 1주일 동안 막걸리 골목은 쥐 죽은 듯 조용했다. 반면 웅걸을 찾기 위한 수소문은 물속을 휘젓는 오리발처럼 급박했다. 그중에서도 집중 공격을 당한 사람은 서봉이었다. 막걸리골목을 드나드는 인사들의 전화부터 막걸리 집 사장들 전화까지 수시로 울려 댔다. 하지만 서봉도 아는 것이 없었다. 집으로 찾아가 봤지만 어머니를 누나 집에 맡겨 놓고 사라졌는지 흔적이 없었다. 가장 열성적으로 웅걸을 찾은 사람은 홍구였다. 홍구는 가출한 엄마를 찾듯 부지런히 웅걸을 찾아댔다. 아침 점심 저녁, 꼬박 세 번씩 서봉에게 전화를 걸어 취조하듯 웅걸의 행방을 물었다. 서봉은 답답하고 귀찮은 맘에 "나도 정말로 모른다고요" 소리를 질렀지만 "그래도 너는 알 꺼 아니냐" 똑같은 말을 되풀이 했다.

"혹시 너, 니 뒷자리 알아보러 다니냐?"

"하긴, 앞날을 누가 알겠냐. 것도 좀 생각해 보마."

웅걸의 잠적은 예상보다 길어지면서 서봉의 레이더망에 걸렸다. 웅걸은 어머니를 누나에게 맡기며 여수에 사는 대학 후배의 집에 2~3일 머물다 오겠다고 했다. 하지만 날수가 길어지고 연락이 닿지 않자 궁금해진 누나가 서봉에게 전화를 했다. 서봉은 몇 번 광주에 온 적 있는 여수의 웅걸 후배에게 전화를 했다. 하지만 웅걸의 후배는 되레 웅걸이 잘 살고 있냐고 되물었다. 서봉은 웅걸이 여수에 가지 않았다고 누나에게 전했다. 누나는 웅걸에게서 걸려 온 낯선 핸드폰 번호가 있는데 혹시 아는 번호냐고 다시 물었다. 필경, 핸드폰 충전도 잊을 만큼 주구장창 퍼마셨거나, 어디다 처박아 뒀는지 모를 만큼 복잡한 사정이 있을 것이었다. 누나로부터 건네받은 핸드폰 번호를 확인한 서봉은 자신도 모르는 번호라고 답했다.

"당신 국회의원 나가도 되겠던데. 당신 찾는 사람들이 어찌나 많던지, 말 나온 김에 다음 총선에 후보등록 하고 선거사무소 차립시다. 혹시 또 알우? 진짜로 당선이 될지 큭-큭-"

서봉은 웅걸의 누나에게 거짓말을 했다. 그 전화번호는 사실 서봉도 알고 있는 사람의 것이었다. 하지만 잘 통화도 되지 않고 매번 꺼져 있어서 잊혀진 번호나 다름없었다. 서봉은 전화번호의 주인이 누구인지 알게 되면서 차라리 웅걸이 영영 돌아오지 않아도 좋겠다고 생각했다. 하지만 웅걸은 1주일 후 돌아왔고 예전처럼 막걸리 골목으로 출근하기 시작했다.

"그래? 진짜 한번 저질러 볼까 훗-훗-. 사람이 말처럼 그렇게 훅 결단할 수 있다면 얼마나 좋겠냐. 진짜 그러고 싶다."

웅걸은 수진을 찾아서 후포에 갔었다. 서봉이 누나에게 받은 전화번호는 바로 수진의 것이었다. 웅걸은 후포에서 수진과 1주일을 보내고 왔고, 그 사실에 관해서 일체 말이 없었다. 서봉도 웅걸의 후포 행에 대해서 캐묻지 않았다. 후포를 다녀온 웅걸은 생각이 많아진 듯, 한 뼘쯤 더 성장한 듯, 알 수 없는 비밀을 간직한 모습이었다.

"오늘은 병구 형이 사는 거죠? 어제 월급날이었잖아요."

"……."

"어! 어제가 병구 월급날이라구? 오늘이 이십일 일이니까……

맞네. 그래서 오전부터 전화를 했었구나 하이 기특한 녀석 같으니라구. 오늘 한번 맘껏 마셔 보자. 국가 공무원이 좋기는 좋다 날짜 되면 꼬박꼬박 통장에 돈 들어오고……"

"멋이라고, 어제가 병구씨 월급날이었다고 그람 홍어라도 한 접시 썰어 보까?"

막걸리 주전자를 가져온 덕자 씨까지 거들고 나서자 병구 얼굴이 볼썽사납게 달아올랐다. 웅걸은 썩어 떨어진 어금니가 보일 만치 키득거렸고, 서봉은 목줄을 쥐듯 바짝 병구의 눈을 마주 보았다.

"아따 거참, 독수리새끼들이 따로 없네이. 외상값 다 갚고 머 있다냐 새끼들아…… 거 홍어회무침 만 원짜리로 하나 해 주쇼. 안 시켜도 된디 무담시 껴들어가꼬 그래쌌네이, 정신사납게."

서봉은 병구가 홍어를 시키고 나서야 단단했던 표정을 풀었다. 지난달 오늘, 서봉은 특별한 광경을 목격했다. 대학 동기 녀석이 모처럼 점심을 사겠다며 충장로 왕자관에서 보자고 했다. 녀석은 박사까지 밟은 후 모교에서 시간당 3만5천 원짜리 수업을 몇 시간 하고 있었다. 차라리 학원강사가 더 나은 편이었지만 그래도 나중에 전임자리 하나 나올까 카드빚으로 연명하는 중이었다. 만나자마자 녀석은 죽겠다는 얘기부터 꺼냈다. 인문학부는 고사 직전이라 점점 학과도 학생 수도 줄어드는 판국에 설거지만 하고 있다는 둥, 교수들은 제 정년퇴직 때까지만 버티면 된다는 식으로 전혀 뒤를 봐주지 않는다는 둥, 볼멘소리를 늘어놓았다.

그런 녀석이 사는 점심이라야 육천 원짜리 짬뽕이었지만 그것도 눈물 찌걱거릴 정도였다. 서봉은 누가 많이 배워서 그 지랄 하라 더냐고 쏘아 주려던 맘을 꾹 눌러 참았다. 하나마나 들으나마나 입만 아프고 마음만 상할 것이었다. 한참 동안 코 푸는 소리를 징징거린 녀석은 아버지 안부를 묻더니 상조가입 서류를 내밀었다. 도저히 살기가 힘들어서 부업을 하고 있다는 말과 함께였다. 서봉은 넘겼던 짬뽕 국물이 다시 넘어오려 했지만 군말 없이 서류에 사인을 했다. 정말로 그거라도 안 해 주면 자살할지도 모르겠다는 생각이 들었기 때문이었다. 서류작업을 끝내고 출입구 쪽으로 걸어 나오던 순간 서봉은 제 눈을 의심했다. 저쪽 한 귀퉁이에서 느긋하게 만찬을 즐기고 있는 병구의 뒷모습을 확인했기 때문이었다. 놀랍게도 식탁에는 팔보채와 칠리새우 그리고 잡채밥이 놓여 있었다. 병구는 마치 황제가 식사를 하듯 아주 느긋하게 젓가락질을 하며 죽엽주까지 걸치고 있었다. 서봉은 망치로 대가리를 크게 한방 얻어맞은 기분이었다. 서봉은 가서 알은체를 할까 하다가 하도 어이가 없어서 그냥 밖으로 나왔다. 늘 외상이나 긋고 술값 얘기가 나올라치면 모르쇠로 일관하는 병구가 요리에 죽엽주라니 기절이 초풍할 노릇이었다. 서봉은 집에 돌아오면서 도저히 풀리지 않을 수수께끼를 하나 등에 업은 기분이었다.

"근데 요즘은 어디서 지내냐? 여관에서도 쫓겨났다며."

병구는 얼마 전까지 충금동 허름한 여관에서 달에 20만 원을 내고 살았다. 하지만 술만 마셨다 하면 소리를 지르고 혼잣말을 해 대는 통에 그나마 쫓겨나고 말았다. 그곳에서 넉 달 정도 지냈으니 많이 봐준 거나 다름없었다. 병구는 줄곧 그런 식으로 여관과 고시원을 전전했다.

"알 꺼 없어야. 태섭이 형이 말하지 말어라고 했어."

"태섭이 형? 한 달쯤 전에 서봉이랑 영흥식당에서 태섭이 형 봤는데. 너 혹시 태섭이 형이랑 같이 있는 거냐?"

"아따, 말이 새브렀네이."

웅걸은 잘 넘어가던 막걸리가 갑자기 목구멍에 걸리는 느낌이었다. 뭔가 좋지 않은 예감이 불현듯 떠올랐기 때문이었다. 병구는 뭔가 실수라도 한 사람처럼 낯이 붉어져서 다급하게 막걸리를 들이켰다.

"그 인간 불안불안하더니 사고치고 어디 숨어 있는 거 아녜요? 괜히 병구 형까지 그 인간하고 엮였다가 나중에 같이 잡혀가는 수가 있으니 조심해요."

서봉은 살짝 겁을 줬다. 병구가 제일 무서워하는 것이 병원하고 경찰서였다.

"그런 거 아녀야. 교회에 있어, 두암동 성산교회 컨테이너 박스에 있다니까. 나는 그냥 덤으로 얹혀 있는 거고 태섭이 형이 주인이나 마찬가지여."

"아니 그 인간이 왜 교회 컨테이너에 있어요? 형수님이랑 애들도 있고 멀쩡히 가정이 있는 양반이."

"아따 새끼 거 일본 놈 순사같이 쪼사쌌네. 몰라 임마. 자기가 나왔다는디 내가 보기에는 쫓겨난 것 같드라. 거 교회도 형수랑 결혼해가꼬 처음으로 다녔던 곳인디 어치케 목사님한테 사정사정해서 형수 몰래 지내고 있는 갑더라고. 형수 알믄 그런 챙피가 없는디 가만히 놔두겄냐."

태섭은 한밤중 가족들에게 내쳐졌다. 쫓겨나기 삼 일 전, 태섭은 정말로 마지막 기회라 생각하고 그림에 전념해 보겠다며 물감 값과 붓 값을 아내에게 얻어 갔다. 그 돈은 두 아이의 급식비를 내기 위해 태섭의 아내가 마련해 놓은 것이었다. 하지만 태섭은 그날부로 사라져서 3일 후 고주망태가 되어 돌아와 거실에 쓰러져 코를 골았다. 태섭의 아내는 널브러진 채로 코를 골고 있는 태섭을 상대로 무릎 꿇고 기도를 했다. 두 아이들도 무릎을 꿇린 채 그동안 고통 당한 세월과 앞으로의 고통을 생각하며 목 놓아 하나님을 찾았다. 그러다 한순간 태섭의 아내는 무언가 응답이라도 받은 사람처럼 벌떡 일어나 태섭을 후려치기 시작했다. 잠결 취중에 간신히 눈을 뜬 태섭은 그대로 두 아이와 아내에게 떠밀려 대문 밖으로 쫓겨났고, 뒤이어 옷가지가 담긴 가방이 딸려 나왔다. 아쉽게도 태섭에게 허락된 하나님의 자비는 딱 거기까지였다. 술꾼 태섭을 향한 하나님의 사랑은 그날부로 심판으로 바뀌어 가시밭길 고난으로 이끄신 것이었다.

"근데 병구형은 왜 컨테이너로 들어갔어요?"

"너 석사 맞냐? 갈 데가 없응께 간 거 아니냐 임마. 태섭이 형이 일주일에 소주 여섯 병, 그러니까 주일은 빼고 하루에 한 병씩

사 주믄 같이 지내게 해 준다고 해서 들어갔다."

"흐~흐-, 모자란 인간들끼리 한 계약치고는 괜찮다. 그래 지낼 만은 하냐?"

웅걸이 키득거리며 끼어들었다.

"말도 마라 그 인간 술 한 잔 들어가면 한 소리 또 하고 한 소리 또 하고 진짜 사람 돌아블겄다. 자기가 대학 다닐 때, 대자보하고 현수막 글씨로 유명했고 걸개그림은 전국대학교에서 모셔갈 정도로 독보적이었다나 어쨌다나. 나중에는 그것도 예술이다 싶어서 자기만 아는 싸인을 집어넣었다는 둥, 전국단위 시위현장에 자기 글씨나 그림이 안 걸리면 시위가 되지를 않을 정도였다는 둥, 대가리가 어떻게 돼 버린 건지 맨 그 얘기만 밤새 떠들어대니 내가 정신 사나워서 잘 수가 있겄냐고."

"그건 사실인 모양이더라. 아는 형님이 운동권 출신인데 태섭이 형 얘기를 하더라. 전대협 선전부에서 콜 했을 정도로 재주가 특출했었다고."

"그러믄 뭐하겄냐. 요즘 대자보 붙이는 대학도 없지만 현수막에 손글씨 쓰는 데가 있느냐 이 말이여. 글고 요즘 시위현장에 걸개그림 거는 데 있던? 자기가 무슨 현수막 글씨나 걸개그림 인간문화재도 아니고 밤새껏 그렇게 떠들어 대니 정신병자 아니고 뭐겄냐. 밤에 자면서도 뭐라고 씨부렁거리면서 글씨를 쓰는 건지 그림을 그리는 건지 막 헛손질을 해 대잖어. 그 인간 그거 껍데기만 현재형이지 알맹이는 완전히 팔십년대 과거형이더라고. 그러니 삶이 제대로 되겄냐? 형수한테 쫓겨나는 것이 당연하지."

웅걸은 태섭이 그렸다는 걸개그림을 꼭 한 번 본 적이 있었다. 술에 취할 때면 태섭은 병구가 했던 말과 흡사한 말들을 늘어놓았다. 하지만 여럿이 있을 때는 아니고 꼭 단 둘이 있을 때만 자신의 화려했던 과거를 늘어놓았다. 그날은 몹시 흥분했던지 떨리는 손으로 자신의 지갑 안쪽에서 사진 한 장을 꺼내 보였다. 사진 속에는 걸개그림 한 장이 들어 있었다. 탱크와 총칼로 무장한 군인들을 향해 남녀노소 시민들이 피를 흘리며 저항하는 모습이었다. 6월 항쟁 때 전남도청 옆 전일빌딩 벽면에 걸었던 것으로, 자신이 혼자서 십 일 동안 작업한 것이라고 했다. 웅걸은 저도 모르게 사진 속 걸개그림을 보면서 가슴이 활활 타오르는 느낌을 받았다. 정말로 혼신을 다해 그렸다는 말이 맞을 정도로 그림 속 시민들이 죽어 가며 절규하고 있었던 것이다. 그림은 섬뜩할 만치 사실적이었고 그 현장의 함성이 고대로 전달되어 있었다. 웅걸은 취중에도 감탄하지 않을 수 없었다. 거대한 용 한마리가 꿈틀대고 있지 않는 한 절대로 그려 낼 수 없는 웅장함을 엿보았기 때문이었다. 이후로 술 취할 때면 웅걸은 걸개그림을 다시 보여 달라며 태섭을 졸랐지만 두 번 다시 지갑을 열지 않았다.

"잡사 봐! 병구 씨 월급날이라니께 특별히 내가 해 주는 거여. 요즘 만 원짜리 홍어무침이 어디 있당가. 참말로 나는 해 주고도 손해보네."

덕자 씨가 홍어회무침 접시를 내왔다. 무채와 미나리까지 들어가서 보는 것만으로도 시원했다. 더불어 알싸한 냄새까지 풍겨서 곧바로 입안에 침이 고였다. 웅걸과 서봉은 병구가 먼저 한 점 들기를 기다렸다. 유치한 질서긴 하지만 값을 치르는 자에 대한 예의 차원이었다. 병구가 거들먹거리는 폼으로 수염을 한번 쓸어내린 후 홍어 한 점을 집어들었다. 넙데데한 병구의 얼굴에는 구레나룻부터 턱수염까지 기세 좋게 수염발이 포진해 있었다. 관상학적으로 보자면 틀림없는 부호 상이었지만 현실은 잠자리까지 구걸해야 하는 참으로 비극적인 처지였다. 홍어 한 점을 입안에 넣은 병구는 음미하듯 찬찬히 씹었다.

"워매, 크– 크– …… 어따 매운그. 썩어도 너무 썩었네."

병구는 입만 닥치고 있어도 그럭저럭 품위 있어 보였지만 입을 열고 행동거지를 해 보이면 쉽게 값없는 인간으로 전락하고 말았다. 얼굴은 타고난다지만 말과 행동은 환경의 변화를 따르는 것이어서 누추하고 거칠 수밖에 없었다.

"야, 쎄다. 홍어 삭은 것도 삭은 거지만 막걸리 식초 제대로 익었네. 콧구멍을 전봇대로 뚫어버린 것 같다야."

웅걸이 입을 벌려 후– 후– 뜨거운 기운을 뿜어냈다. 한쪽 눈을 찡그린 채로였다.

"좋은데. 요즘은 이렇게 꼬린내 나는 홍어 맛보기 어렵잖수. 항아리 속에 지푸라기를 깔고 둬 달 넣어 둔 모양이야. 홍어는 포차가 좀 할 줄 안다니까 고향이 영산포라고 했던가."

서봉은 홍어의 톡 쏘는 암모니아 향을 느낄 줄 알았다. 홍어애를 넣고 끓인 홍어탕도 속풀이로는 그만이었다. 홍어를 먹고 난 다음 날은 속이 편안했다. 아무리 더부룩하게 음식을 먹었더라도 홍어 몇 점을 함께 먹으면 깨끗이 소화가 돼서 변이 좋게 나왔다. 가오리과인 간재미도 술안주로는 상급이었다. 간재미회에 술을 먹으면 술도 잘 들어가지만 다음 날 속 쓰림이 확연히 덜 느껴졌다. 서봉은 또 한 점 홍어를 입안으로 가져가서 음미하듯 천천히 씹었다. 코로는 계속해서 매운 연기가 뿜어져 나왔다. 묘하게 기분이 흥분되는 맛이었다.

"병구야! 다음 달 월급날에는 더 맛있는 걸로 부탁한다. 명색이 국가공무원인데 그 정도는 베풀어야지 체면이 서지 않겠냐."

"요놈이 오랜만에 홍어 한 점 묵드만 완전히 헤롱헤롱 한갑네. 부럽냐? 그람 너도 나처럼 정신병원 한번 갔다 오던가."

병구가 정신병원 다녀온 것을 무기로 거들먹거렸다. 비록 3개월이라는 짧은 기간이었지만 병구로서는 충분히 억울한 시간이었다. 병구는 친인척이 재단 이사장인 대학에서 영문학을 전공했다. 지방대학 영문과를 나온다고 별 특별할 것은 없어서 졸업 후 정문을 지키는 수위가 되었다. 수위나 청소관리자라고 다 똑같지는 않았다. 대부분이 용역이었고 몇 사람만 교직원 신분이었다. 다행히 병구는 교직원 신분이었다. 그러던 어느 날 채용비리가 폭로되었다. 그동안 교직원 채용에 있어 자격도 없는 친인척을 지속적으로 받아들였던 것이다. 때문에 학교는 경영의 후진성을 면치 못하고 이사장 눈치만 보면서 끌려갈 수밖에 없었다. 그 폐해는 고스란히 학생들 몫으로 돌아갔다. 학교 재산은 불어났지만 교육은 후진을 면치 못했다. 물론 병구도 그 친인척 중 한 명이기도 했다. 일부 강성 노조원들과 학생들이 이사장 사퇴를 요구하며 시위를 벌였다. 학교측에서는 용역깡패를 불러들여 시위대를 막았다. 시위대는 이사장실이 있는 본관건물 앞에서 진입을 시도했고, 모든 학교의 출입문 열쇠를 가지고 있던 병구는 본관 출입문 모두를 걸어 잠근 채 대치했다. 용역깡패와 병구는 본관 유리문을 사이에 두고 시위대와 얼굴을 마주했다. 시위대는 오 분씩 시간이 지날 때마다 한 발짝씩 앞으로 나가겠다고 선포했다. 시위대는 정말로 5분이 지날 때마다 한 발짝씩 앞으로 밀려들어 왔고, 맨 앞줄은 유리문이 깨질 때를 대비해 담요를 덮어썼다. 시위대가 점점 가까이 다가오면서 병구는 서서히 겁이 나기 시작했다. 유리문이 깨져서 시위대가 밀려들어 오는 때문이 아니라, 시위대 속에서 자신을 쳐다보고 있는 선후배들의 눈빛 때문이었다. 병구는 도저히 그들의 눈빛을 바로 쳐다볼 수 없었다. 부정한 편에 선 비루한 인간이라는 창날 같은 비난이 눈구멍을 찔러왔다. 병구는 두 눈 딱 감고 현관문을 열어 버렸다. 일순간 건물 안으로 밀려든 시위대는 맨 꼭대기 층의 이사장실로 쳐들어갔고 순식간에 아수라장으로 만들어 버렸다. 병구는 시위대 틈바구니에 낀 채 멀뚱히 서 있었다. 그 사건이 있은 지 일주일도 안 돼 병구는 해고되었다. 군말 없이 나온 병구는 그때부터 교정을 떠돌기 시작했다. 억울한 감정과 학교를 사랑하는 마음이 어우러진 일종의 저항이었다. 병구는 친분이 있는 학생회 간부들의 도움을 받아 동아리방이나 학생회 사무실 아니면 창고 같은 곳에서 생활했다. 예술대 앞에 터를 잡은 병구는 흰 고무신 한 짝을 놓아두었고 오며가며 학생들이 잔돈푼을 던져 넣었다. 그렇게 구걸한 돈으로 병구는 밤마다 술을 마셨다. 몰골은 말이 아니게 누추해졌고, 점점 학생회 간부들도 꺼리는 지경에 이르렀다. 시위하듯 교정 안에서 바지를 내리고 오줌을 싸는가 하면 대낮에도 벌겋게 취해 이사장을 욕하고 돌아다녔다. 사정을 모르는 사람이 본다면 누가 봐도 미친 사람이었다. 그러던 어느 날 이사장의 지시를 받은 교직원들이 강제로 정신병원에 입원시켜 버렸다. 병구는 딱 3개월 정신병원에 갇혀 있는 동안 정신병원이 얼마나 무서운 곳인지 뼈저리게 실감했다. 때문에 다시는 정신병원에 가고 싶지 않아서 학교에 발길을 하지 않았다. 대신 분노로 구멍 난 가슴에 날마다 술을 들이부었고 거리의 부랑자로 전락하고 말았다. 완전히 폐인이 된 채로 광주천 다리 밑을 전전하던 병구를 거둬 준 곳은 광주공원 쉼터였다. 시커멓게 거지꼴로 타들어 가는 병구를 데려온 쉼터는 제법 사람 꼴을 찾아줬고 기초생활수급자까지 만들어 줬다.

"신부님이 병구 너 잘 있냐고 묻더라. 가끔 찾아오지 왜 안 오냐고……"

"가믄 좋은디 또 막상 가믄 답답해야. 나 같은 인간들 보믄 괜히 우울해지다가 화가 치솟는디 갈 수가 있겄냐."

웅걸이 병구를 알게 된 것은 쉼터에서였다. 웅걸은 한 달에 두 번 쉼터에 굴비를 가져다 줬다. 굴비를 사다가 말리다 보면 상품성이 떨어지는 것들이 나오기 마련이었다. 배가 터지고 살이 찢어지는 등 온전히 팔 수 없는 것들을 모아서 쉼터에 제공했다. 신부님은 쉼터의 총 책임자로 웅걸과도 가까운 사이였다. 병구를 소개시켜 준 이도 신부님이었다. 같은 동갑이니 친하게 지내라는 말과 함께였다. 그 후 줄곧 병구가 웅걸을 찾아다니는 꼴이었지만 막역한 사이가 된 것은 사실이었다.

"형님! 그러지 말고 지금이라도 이사장 찾아가서 석고대죄하고 복직시켜 달라고 빌어 보면 어때요. 그래도 친인척인데 부모님 얼굴 봐서라도 거둬 주지 않겠어요."

삐그덕- 문이 열리더니 도사견 대가리 하나가 삐쭉 들어왔다. 손님이 얼마나 있는지 슥- 훑어본 인천집 황건달은 다시 대가리를 빼내고 출입문을 닫았다. 황건달은 수시로 다른 집들을 순찰했다. 인천집과 견주어 다른 집들이 얼마나 손님이 들어차 있는지 확인 차원이었다.

"서봉이 너 또 잘 나가다가 왜 삐딱선을 타고 그라냐. 임마! 어머니 아버지 돌아가신 지가 언젠디 그런 소리를 하고 있냐고. 설령 나를 복직시켜 준다고 해도 내가 다니겄냐. 내가 나를 자르고 나온 것이나 마찬가진디 다시 갈 수 있겄냐고."

"글쎄요. 나도 점점 눈이 흐려지는지 어떻게 사는 것이 옳게 사는 것인지 헷갈릴 때가 많아서요. 요즘 뉴스를 보다 보면 세상을 똑바로 사는 인간들 씨가 없는 것 같아서…… 저 윗대가리들부터 너나없이 도둑질에 비리 백화점이니 우리 같은 아랫것들이 무슨 희망이 있겠냐구요. 그러니까 덩달아 한눈을 팔고 딴 맘을 먹겠죠.”

한동안 침묵이 이어졌다. 막걸리 넘기는 소리만으로 온전히 서로의 감정을 전할 뿐이었다. 웅걸도 서봉도 옳다고 생각하는 그 어떤 것에 발이 걸려 있는 꼴이었다. 나름 신념을 갖고 살아왔다고 자부했지만 결과는 초라한 몰락이었다. 그러면서 삶은 피폐해졌고, 더불어 정신까지 망가져 갔다. 겨우 짜내면 한 주먹 나올까 말까 한 고집스러움으로 버티고 있지만, 그마저도 술의 힘을 빌리지 않으면 왈칵 허물어지고 말 것이었다.

삐그덕–

“……야이 호로상노무 새끼들아! ‘일일부작 일일부식’ 이라 했거늘 젊은 놈들이 뚫린 턱주가리로 술만 퍼붓고 있으면 밥알은 누가 떠먹여 주냐. ‘학이불사즉망 사이불학즉태’ 라고 했거늘, 배운 놈들이 생각이 없으면 망령되고 생각만 하고 배우지 않으면 위태롭다 했는데 앉아 있는 세 마리 꼴이 똑 그 꼬라지다.”

일진광풍, 강렬한 카리스마를 휘저으며 천재소년이 등장했다. 웅걸을 비롯한 서봉과 병구는 꼬리를 말아 감은 똥개처럼 바싹 엎드릴 수밖에 없었다. 언제 어느 때 부지불식간에 돌발상황이 벌어질 지 짐작할 수 없었다. 천재소년은 이미 취한 채로 빈 테이블의 의자에 털썩 주저앉았다. 벌겋게 달아오른 얼굴에 희끗한 턱수염이 쇠락한 도시를 연상시켰다. 오줌을 싸다 흘렸는지 바지 지퍼 아래로 물기가 젖어 있고, 풀어헤쳐진 상의는 마른 가슴팍을 드러내 보였다. 의자에 널브러진 천재소년은 숨 고르기라도 하듯 눈을 끔벅거렸다. 시원하고 맵시 있게 벌어진 눈이었지만 오랜 술 탓에 절반쯤 짜부라져 있었다. 태풍의 눈처럼 고요한 정적이 감돌았다. 심상찮은 기운이 스멀스멀 피어오르는 가운데, 벽걸이 달력 속 비키니 아가씨만이 현실적인 듯 관능미를 뽐내고 있었다.

"일송 선생님! 막걸리 한잔 드릴까요?"

천재소년은 느리게 고개를 틀어 웅걸을 쳐다봤다. 어떤 의사도 곁들이지 않은 투명한 눈빛이었다. 용기를 내 말을 건넸던 웅걸이 민망한 듯 실없이 눈을 끔벅거렸다.

"두 자로 묶어. 따라."

"예?"

"뭘 봐. 술 쳐."

"무슨 말씀인지…… 아…… 받아."

천재소년의 장난이 시작되었다. 두 자 화법을 알아챈 웅걸이 얼른 받아쳤다. 술을 따르는 웅걸을 불안한 눈빛으로 서봉과 병구가 바라봤다. 괜한 짓을 하는 것 아닌가 걱정스러운 눈빛이었다. 천재소년의 행각은 종잡을 수 없어서 준비 없이 당하는 경우가 종종 있었다. 하지만 시각적 청각적 흥미는 충분했다.

"쌍놈. 좋냐?"

천재소년이 웅걸을 향해 씩 웃었다.

"오냐."

제법 대담하게 웅걸이 치받았다. 천재소년이 소리 내어 웃었다. 희끗한 반백의 머리카락이 웃음소리에 맞춰 하늘거렸다. 육십을 바라보는 천재소년의 독기도 흰머리처럼 탈색되어 빛이 바랬다. 온몸이 불덩어리이던 시절의 천재소년도 어느새 잔불 정도만 남은 채 꺼져 가는 중이었다. 천재소년은 유년 시절부터 총명하기로 소문이 자자했다. 나주 태생인 천재소년은 중학교까지 고향에서 다녔고, 고등학교부터 광주에서 다녔다. 위로 형과 누나가 각각 한 명씩 있었지만 이들은 서울로 대학을 진학하였고 천재소년은 광주일고를 거쳐 전남대학에 입학했다. 형과 누나도 수재소리를 듣는 정도라 모두 서울대를 입학했지만 천재소년은 전남대 농대를 택했다. 고향을 지키겠다는 순수함의 발로였다. 하지만 천재소년은 농대 2년을 끝내지 못하고 자퇴했다. 환경 부적응이라고 해야 할지 아니면 욕망의 기대치 미달이라고 해야 할지 어쨌든 그때부터 천재소년의 방황은 시작되었다. 당시 그가 갈 수 있는 곳도, 받아 줄 수 있는 곳도 신문사밖에 없었다. 신문사에 들어간 그는 날카로운 필력과 해박함으로 큰 기사를 써냈고 단숨에 능력을 인정받았다. 하지만 그는 데스크와 타협하지 않음으로써 종종 불협화음을 만들어 냈다. 6월 항쟁으로 인한 언론탄압 가속화 속에서 천재소년의 고집은 사측으로서 부담일 수밖에 없었다. 비교적 문제가 발생하지 않을 문화부와 잡지부로 밀려난 천재소년은 지역 예술가와 스님들을 가까이 하게 되었고 그때부터 선문답과 기행을 하기 시작했다. 신문사의 규칙과 원칙을 무시한 채 기사만 송고하거나 신문사를 등에 업고 이런저런 말썽을 일으키는가 하면 절에 들어가 종족이 묘연해지곤 했다. 후배 기자들에게는 존경받는 선배 기자였지만 어쩔 수 없이 천재소년은 신문사에서 쫓겨나게 되었다. 하지만 그의 필력을 익히 알고 있는 문화단체나 언론에서 종종 큰 이슈의 글을 부탁하기도 했지만 지금은 그마저도 끊긴 상태였다.

"유어 더 니어레스 씽 투 헤븐 댓 아브 신 암 온더 탐 옵 더 월 룩킨 다운 온 크리에션 앤 디 온니 엑스필레이네이션 아 캔 파인드……"

천재소년이 손바닥으로 테이블을 두드리기 시작했다. 종종 있는 일이었다. 생각나는 대로 어떤 노래든지 부르면서 박자를 두들겨대는 것이었다. 덕자 씨가 앉았던 의자에서 천천히 몸을 일으켰다. 천재소년의 탁자 두들김은 술 달라는 신호였고, 그에 맞춰 덕자 씨도 움직일 때가 된 것이었다. 술상은 아주 단출했다. 굵은 멸치 열댓 마리와 김치 둬 젓가락, 그리고 막걸리 한 주전자였다. 다른 손님들에 비해 천재소년을 차별해서 그렇게 단출한 상을 내오는 것은 아니었다. 천재소년은 좀처럼 안주에 손을 대지 않았다. 멸치와 김치도 거의 손을 대지 않는 경우가 많았다. 천재소년의 안주는 중얼거림이었다. 술 한 잔 마시고 혼자서 뭐든 주절대는 것으로 안주를 대신했다.

"일송 씨! 오늘은 바닥에 침 뱉지 마시요이. 나 바닥에 침 뱉는 것 아조 비위가 상해서 더는 못 치우겄으니까 부탁 좀 합시다이."

"나쁜 년, 퉤- 퉤-"

"아따 정말로 이럴 꺼시요? 그럴꺼믄 가시요 얼른 가."

"정구업진언 수리수리 마하수리 수수리 사바하 안 주면 못가지 한 번 주면 정 없어 나무관세음보살마하살 먹고 잡다 보고 잡다 자고 잡다 안 주면 못 가지 줄 때까지 가나 봐라 옴살바 못자모지 사다야 사바하 줄 것 같음 언능 주지……"

이번에는 염불이었다. 천재소년이 과부인 덕자 씨를 상대로 천수경에 야한 음담을 섞어 암송하자 덕자 씨는 더 이상 대거리를 포기한 채 방으로 들어가 버렸다. 때 아니게 염불 소리가 울려 퍼지는 포차는 절간이 따로 없었다. 웅걸과 서봉 그리고 병구는 천재소년의 염불 소리를 들으며 막걸리를 마셨고 길게 트림을 해댔다. 절간이라 생각하면 절간이고 술집이라 생각하면 술집이고 쓰다 생각하면 쓰고 달다 생각하면 달디 단 게 삶이었다.

"우린 왜 사는 걸까? 갑자기 그런 생각이 드네."

"미친놈! 뭔 소리냐 또. 봄이라 똥구멍이 간질간질 허냐. 무담시 헷갈리게 허네이."

갑자기 웅걸이 센티해졌고 그런 웅걸을 향해 병구가 낯을 붉혔다. 술잔을 들던 서봉의 가슴 한쪽도 따끔했다.

"사는 게 별거 없다는 생각이 들기도 하고. 오늘 기분 참 묘하네."

"누가 글더라 인생 첫발이 중허다고. 근디 우리는 그 첫발을 잘못 디뎌 버린 것이여. 폼나게는 아니더라도 평범하게라도 살아볼짝으로다가 발을 디뎠어야 했는디 그러덜 못했던 것이제. 그것이 어디 우리 탓만 있겄냐 똑바로 걸어야 맞는디 전부 갈지자로 걸으니께 그 속에서 가랑이가 찢어져 버린 꼴이지. 자 술 마셔라, 니 발모가지 썰어 블 생각 아니믄 계속 걸어야 헐 것잉께."

애써 뭔가를 잊어버리려는 것처럼 아니면 떠올리지 않으려는 것처럼, 강건한 표정인 병구가 막걸리를 벌컥벌컥 들이켰다. 하지만 홍어 한 점을 우물거리는 서봉의 심정은 취한 듯 울렁거렸다. 발모가지 썰어 블 생각 아니믄 계속 걸어라……. 서봉은 겨드랑이에서 축축하게 땀이 배어 나왔다. 어쩌면 이미 발모가지를 썰어 버릴 계획을 세우고 있는 것인 줄도 몰랐다. 그 썰린 발모가지로 절뚝거리며 남은 생을 살아간다는 것도 아득하기만 했다. 생각은 많아지고 말수가 없어지는 요즘이었다. 웬일인지 입이 바작바작 말라 들어가는 통에 침을 삼킬 때마다 목구멍이 따끔거렸다. 도저히 결단을 내리지 못할 결정의 순간이 천천히 엄습해오고 있었다.

"야이 씨발놈들아! 너그덜도 내가 홍어 좆으로 보이냐?"

웅걸이 막 술잔을 입에 가져가려는 찰나, 정확히 술잔으로 날아든 것이 있었으니 천재소년의 흰 고무신 한 짝이었다. 술잔은 떨어져 술상에 나뒹굴었고 쏟아진 막걸리는 사방으로 튀었다.

"오메 오메 못 살것네. 이것이 또 뭔 일이랑가. 일송 씨! 아 진짜로 이럴 것이요? 세상이 변했다아니요 인자 그만 정신 좀 차려야지. 가슴속에 한 없는 사람이 어디 있답디여. 나도 요짓거리로 오빠 셋을 갈쳤소만은 그 인간들이 일 년 가야 전화 한 통 헐까 말까고 아직도 나는 요모양 요꼴이요. 생각허믄 헐수록 내 청춘이 아깝고 억울해서 세 놈 다 포를 뜨고 싶소만은 아직 요래 사요. 사나가 어찌 그리 강단이 없고 이녁 아픈 것만 생각허시요? 인자 참말로 오지 마시요. 억만금을 준다 해도 싫응께 다른 데 가서 잡수란 말이요."

천재소년을 향해 한참을 쏟아붓던 덕자 씨는 급기야 화가 치솟는지 그의 등짝을 사정없이 내리쳤다. 그러기를 몇 번, 마침내 천재소년의 뒷덜미와 허리춤을 잡아 출입구로 끌고 갔다. 헐거운 몸피의 취한 일송은 개 끌려가듯 질질 끌려가서 그대로 문밖에 내버려졌다. 마지막으로 덕자 씨는 천재소년의 흰 고무신 한 짝을 밖으로 내던지는 것으로 마무리를 지었다. 냉장고 문을 열어 콜라 한 병을 따서 벌컥벌컥 마셔 대는 덕자 씨의 턱 끝이 파르르 떨렸다.

"저희도 그만 가 볼께요. 술도 다 마신 것 같고……"

끅- 트림을 토해 내는 덕자 씨를 향해 웅걸이 조심스럽게 말을 건넸다. 마땅히 갈 곳도 없었지만 일어서야 할 분위기였던 것이다.

"가긴 어딜 간다고 그러요. 내 집에 들어온 이상 그 꼴로는 못

나가요. 새로 술상 봐 올 텡께 한 잔씩들 자시고 가시요. 내가 낼 것잉께. 그동안 요 수건으로 얼굴에 튄 술이나 좀 닦고 있으쇼. 오늘 꼬막 들어온 것 있는디 그것이나 쪼매 삶을랑께."

마지못해 붙잡힌 일행은 덕자 씨가 삶아 낸 꼬막에 막걸리 한 주전자를 거하게 마셨다. 딱히 공짜 술이어서가 아니라 그냥 흥이 나는 술맛이었다. 쓴맛 단맛이 함께 배인 술은 모처럼 달달하게 창자를 달랬다. 웅걸 일행이 술을 다 마시고 포차에서 나왔을 때 저만치 전봇대 아래서 앉은 채로 꾸벅꾸벅 졸고 있는 이가 있었으니 덕자 씨에게 패대기 쳐진 천재소년이었다. 옷가지는 풀어헤쳐지고 사지는 흐물거리는 모습이 천상 민물에 씻긴 해삼이었다. 가슴속에는 한 마리 용이 자라고 있었지만, 결국 날지 못하고 이무기로 전락한 그 한을 물어뜯고 있는 천재소년의 희끗한 머리 위에서 봄 노을이 아스라이 사그라지고 있었다.

6
굿바이, 목포의 눈물

장례식장은 한가하다 못해 썰렁했다. 상갓집과 잔칫집의 구별이 모호한 작금의 세태에 비하자면 너무나 엄숙한 분위기였다. 그에 비해 영정사진 속 김국장은 편안한 얼굴이었다. 폐암을 앓다가 죽었을 것이라고는 생각지 못할 정도로 단정하고 깨끗한 모습이었다. 웅걸과 서봉은 김국장의 영정에 나란히 절을 했다. 죽은 자 앞에 서면 뭐든 잘못한 것에 대한 용서부터 구하게 되는 것이 인간의 도리였다. 웅걸은 '장밋집'에 갖다 주라며 김국장이 건넨 외상값 10만 원을 술로 마셔 버린 잘못을 빌었고, 서봉은 김국장이 없는 자리에서 '분노통조림'이라며 비아냥거렸던 죄에 머리를 조아렸다. 고해성사를 받는 김국장의 표정은 시종 너그러웠으며, 찌질한 회개에 오히려 너털웃음이라도 짓는 형상이었다. 웅걸과 서봉은 상복을 입고 있는 중년의 부인과 20대의 아들에게 망자와의 관계를 전하고 우물쭈물 빈소에서 빠져나왔다.

아직 조문을 하기는 이른 시각인 때문인지 자리를 차지하고 앉은 사람은 몇 되지 않았다. 웅걸과 서봉은 담배나 한 대 피우고 다시 들어올까, 밖으로 나가려던 찰나 안쪽 귀퉁이에서 부르는 소리를 들었다.

"아야, 웅걸아 여그다 여그."

응원군이라도 만난 듯 홍구가 오른손을 크게 휘저었다. 홍구의 건너편에는 불만이 가득한 얼굴의 봉만이 마주하고 있었다. 보나마나 두 사람은 되지도 않는 입씨름을 했을 테고 급기야 서로를 외면한 채 술잔만 기울이고 있었을 것이 뻔했다. 밖으로 나가려던 웅걸과 서봉은 홍구가 앉았는 쪽으로 발길을 했다. 홍구의 간절한 손길과 봉만의 부르튼 얼굴을 외면한 채 밖으로 나가기에는 마음이 너무 여린 탓이었다.

"일찍도 오셨네. 봉만이 너는 오늘 공장 안 나갔냐?"

"공장 아니라 회사라니까."

"거시기 머냐, 열두 시 전부터 왔으니까 내가 1등 아니냐."

웅걸이 인사말을 건네자 봉만과 홍구가 차례로 답을 했다. 봉만과 홍구의 대화 수준은 겨우 중학생 정도가 될까 말까 했다. 각자의 대화능력도 그렇지만 둘이 만나면 그 수준이 현저히 떨어졌다. 어떻게 하면 서로를 물어뜯을 수 있을까 비열한 생각만 하다 보니 자연 대화 수준이 그렇게 형편없어지는 것이었다. 서로의 처지도 비슷하지만 굳이 우열을 가리자면 봉만이 조금 나은 편이었다. 그래도 봉만은 결혼까지 한 번 했었고 게다가 자식까지 있으니 홍구 앞에서 거드름을 피울 만했다. 봉만은 대학 때 단대 학생회장까지 했을 정도로 진취적이고 리더십이 있었다. 하지만 졸업 후 세상을 바꿔 보겠다며 대학 선배인 시의원을 따라다니면서부터 사리분별이 떨어졌다. 봉만은 시다바리인 제 신분을 망각한 채 제가 시의원인 척 설레발을 떨었고, 결국 다음 지방선거에서 선배가 낙선하자 그냥 오리알이 되고 말았다. 그쯤 봉만이 제 주제를 알고 정치를 접었더라면 괜찮았겠지만 보궐선거에 구의원으로 출마하면서 큰 빚을 지게 되었고 결국 아내와도 결별하고 말았다. 결혼 때 부모님이 무안 양파밭을 팔아 장만해 준 아파트도 결국 빚으로 넘어가고 현재는 간호사인 아내가 고등학생 아들을 건사하며 살고 있었다. 매달 양육비를 주겠다는 아내와의 약속을 지키기 위해 봉만은 특근에 야근까지 자청하며 세탁기 부품을 찍어 내는 하청 공장에서 일하고 있었다.

"오늘도 형님은 밤 새실 꺼죠?"

웅걸이 홍구의 복장을 점검하듯 쓱 훑어봤다.

"응, 김국장 가시는디 내가 있어줘야 안 하겄냐. 그것이 도리제."

홍구는 제대로 문상 복장을 갖추고 있었다. 모처럼 빛바랜 해태 조끼를 벗어 버린 홍구는 검은색 양복과 넥타이 그리고 흰 와이셔츠로 바꿔 입고 제 역할에 충실할 각오를 비쳤다. 홍구에게 문상 복장은 회사원들이 입는 유니폼과도 같았다. 홍구는 사원들이 업무에 충실하듯, 매번 문상객으로서 제 역할에 최선을 다했다. 홍구는 문상을 갈 때마다 검은색 어깨걸이 가방도 늘 함께 메고 다녔다. 홍구의 특별수당을 책임지는 가방은 늙은 여자의 뱃구레와 같아서 상상할 수 없을 정도로 많은 것들이 들어갔다.

"국장님 가시는 게 많이 섭섭했던 모양이에요. 벌써 한 병 까셨네."

웅걸이 테이블 위에 놓여 있는 빈 소주병 한 개를 아래로 내렸다. 다른 사람 보기에 좀 민망한 탓이었다. 시각은 오후 3시를 막 넘기고 있었지만, 홍구의 취기는 오후 9시 어디쯤 가리키고 있었다.

"아니, 그건 입가심으로 마신 것이고…… 느그들 왔응께 인자 시작해야제."

홍구의 직업은 수도 검침이었지만, 그보다 더 현실적인 직업은 상갓집 문상이었다. 홍구에게 타인의 장례는 꼭 참석해야 할 의무이자 업무의 일환이었다. 아무도 강요하지 않았지만, 홍구는 부고를 받은 그날부터 탈상까지 꼬박 상가를 지켰다. 일종의 신념으로 굳어진 그 일을 홍구는 맹목적으로 해냈고, 그런 모습이 일면 대단하게 비치기도 해서 사람들은 아무렇지 않게 대했다.

"입가심으로 마시기는…… 죽자 살자 마시더만."

봉만이 홍구의 엉덩이 옆에 감춰진 빈 소주병 두 개를 가리켰다. 소주병을 가리킨 봉만의 손에 붕대가 감아져 있었다. 기브스라도 한 것처럼 친친 감아진 붕대로 봐서 제법 크게 다친 모양이었다.

"나만 마신 것이 아니잖애. 너도 같이 안 묵었냐. 홍어랑 돼지 수육이랑 지가 싹 쓸어 묵어 놓고."

서로를 외면한 홍구와 봉만의 얼굴이 불콰하게 달아올랐다. 꼭 술 때문만은 아닌 듯 싶었다. 홍구와 봉만은 웅걸이 오기 전까지 티격태격 입씨름을 하다 결국 침묵의 술잔을 기울였다. 상황이 그 정도니, 취하지 않고 지금껏 버틴 것만으로도 다행이었다.

"형, 거 술만 마시지 말고 말 좀 하란 말이에요. 젠장, 팍팍해서 술이 목구멍으로 넘어가지를 않네."

"내가 멋을아. 안 넘어가믄 안 묵으믄 될 꺼 아니냐." 이런 식이었다.

둘은, 웅걸이 오기만을 기다리며 안간힘으로 버텼다. 웅걸이 나타나면 그 모든 상황이 정리될 것이기 때문이었다. 웅걸은 미끌미끌하고 끈적끈적한 습성이 있어서 불편한 상황을 바꾸기도 했고, 불편한 사람끼리 붙이기도 잘했다. 일종의 희석과 접착 두 가지 역할이 가능한 인간이었다.

"거 사람을 봤으면 알은체를 좀 하쇼. 나잇살이나 처드신 분들이 상갓집에서 눈깔질이나 하고. 도통 예의를 어디다 팔아잡숫고 다니는지……"

서봉이 제 잔에 소주를 따랐다. 거칠게 뇌까린 투의 반은 장난이고 반은 진심이었다. 웅걸을 우선시 여기는 반면 서봉을 투명인간 취급할 때가 있으니 한 번씩 내지르는 것이었다. 홍구가 뭔가 한마디 내뱉으려 입을 씰룩거렸지만 힐끗 곁눈질하고는 고개를 비틀었다. 늘 있는 일이고 괜히 붙어 봐야 체면만 깎일 뿐 득 될 것 없다는 판단 때문이었다.

"그러니까 아들내미가 어제 시합이 있어가지고 거기 갔다 왔거든. 이놈이 나를 안 닮아가지고 키가 백팔십에 몸무게가 구십이에요. 역도가 비인기 종목이기는 하지만 그래서 더 가능성이 있다 그 말이지. 이놈이 영어는 늘 백 점에다가 힙합을 어찌나 잘하는지……"

"형님! 상갓집 분위기에 집중 좀 합시다. 김국장이 그런 소리를 듣고 싶겠어요? 그리고 아들 얘기는 만날 때마다 하는 얘기잖아요. 형님 말대로라면 벌써 매달 땄고, 벌써 힙합가수 돼서 성공스토리 티브이에서 방영됐겠네요."

분위기를 좀 상쇄해 볼까 한마디 지껄였던 봉만의 얼굴이 순간 쏴― 하게 일그러졌다. 싸가지 없는 놈의 새끼, 소리가 목구멍으로 튀어나오려는 것을 용케 참아내고 있는 모습이 역력했다. 파르르 떨리는 눈썹이 자존심 상한 맘을 대변하고 있었다. 안전핀이 빠진 스릴 만점의 몇 초가 격하게 지나갔다.

"한잔 받으세요."

애프터서비스 차원에서 서봉은 봉만의 빈 잔에 술을 따랐다.

"시끄럽고, 술이나 마시자."

웅걸이 술잔 든 팔을 테이블 중앙으로 뻗었다.

"상갓집에서 건배는 안 하는 거인디."

우물쭈물 홍구도 팔을 뻗었다. 봉만과 서봉도 서로 시선을 비켜 술잔을 부딪쳤다. 장례식장에 달랑 두 테이블 문상객이 있는 것도 허수해 보이는 마당에, 노숙자와 버금갈 만큼 누추한 몰골 4명이 건배를 하며 술을 퍼마시는 꼴도 꽤나 볼만했다.

"근데 거 손은 왜 다치신 거요?"

붕대감은 손으로 어정쩡하게 술잔을 들고 있는 봉만을 향해 서봉이 물었다.

"이, 이거 밥해 먹다가 엄지손가락 살점이 쪼까 떨어져 나갔는디 산재신청을 해 볼까 해서 엄살을 부리고 있는 거여."

서봉은 들었던 술잔을 내려놓으며 휴- 긴 숨을 내쉬었다. 나이를 먹을수록 궁지에 몰릴수록, 자꾸 원칙을 저버리고 편법에 기대는 인간들을 많이 봐 왔던 터였다. 아무리 거룩한 목표와 비전을 갖는다 하더라도 그 과정에 얼룩이 진다면 비루한 그림자를 동반하기 마련이었다. 봉만이 남을 배려하고 봉사하려는 마음은 있지만 그 이상 한계를 뛰어넘을 수 없는 이유도 그와 같았다. 원칙과 소신 그리고 정직성이 바로 세워지지 않았기에 사람들로부터 쓰임 받지 못하는 것이었다.

"무등장례식장이라니까요. ……갑자기는 무슨, 폐암으로 오늘내일 한다는 사실을 본인이 더 잘 알고 있었으면서. ……병구요? 아직 안 왔어요. 아니 그럼 병구 있으면 안 오실 거에요? 막걸리요? 상갓집이 무슨 술집이에요. 막걸리를 찾게? ……아, 알았어요. 사다 놓으면 될 거 아네요."

웅걸은 걸려 온 전화를 끊고 휴- 한숨을 내질렀다. 고집불통

의사소통 능력이 철딱서니 수준이라지만 상갓집에서 막걸리는 좀 아니지 싶었다. 하긴, 상태로 봐서 여자를 불러 달라고 하지 않는 것만 해도 천만다행이었다.

"청산, 그 인간이 한 시간 후에 온다고 막걸리를 사다 놓으라네."

"굿-, 김국장도 막걸리 좋아했잖아 빈소에도 한잔 올리고 괜찮네. 살아서도 무등산 막걸리만 찾더니 죽어서도 무등장례식장 신세를 지고, 장지도 무등산 언저리라며."

홍어 한 점을 삼키고 난 봉만은 양치라도 하듯 혀로 앞니를 쓱- 훑어 냈다. 술만 들어갔다 하면 횡설수설 말이 비빔밥이었다. 상태가 이 정도인 인간이 지역을 대표하는 정치인으로 지역의 명예를 회복하겠다는 캐치플레이를 펼쳤다니 개가 하품할 지경이었다. 하지만 순진무구한 그 정신만은 알아줄 만했다. 지금도 봉만은, 바르게살기 운동본부·태극기 사랑 실천 협의회·학부모 참사랑 실천회·백운1동 주민자치위원회 등 갖가지 단체에서 맹활약을 하고 있었다. 보수도 없고 명예도 없는, 순전히 봉사활동이었지만 봉만은 그들 단체에서 활동하는 것에 큰 자부심을 가지고 있었다. 기본적으로 세상을 밝히고 남을 위해 희생할 수 있는 소양을 갖춘 인간이기는 했다. 하지만 그 쓰임의 정도를 간파하지 못한 것이 탈이라면 탈이었다. 궤도를 약간 수정해 통장을 목표로 삼았더라면 틀림없는 일이었다. 조금 더 바라본다면 동장까지도 가능할 수 있었다. 하지만 봉만의 눈높이가 잘못 설정된 결과로 된서리를 맞았으니 자업자득이라 할 수 있었다. 정치라는 것이 꼭 높은 자리에 앉는 것만은 아니라는 사실을 알게 되는 그날 비로소 봉만은 진정한 정치인이 될 수 있을 것이었다.

"청산이 갸는 아무래도 나이를 헛먹은 것 같더라. 지가 막걸리를 사다가 김국장한테 따라도 시원찮을 판에 막걸리를 사다 돌라고 해야? 사실로 말해서, 거지 중에 그런 상거지가 어디 있다냐. 꼬막껍질까지 데꼬다님서 늘 얻어먹기만 하디 안."

홍구는 청산 얘기가 나올라치면 고개부터 비틀었다. 합석했다가, 아니 정확히는, 청산이 홍구가 혼자 앉았는 테이블에 무작정 끼어 앉아 마시고는 그냥 내빼 버린 상황을 둬 번 당한 후부터 사람 취급을 하지 않았다.

"그러니까, 그 쪼그만 꼬막껍질 새끼가 나를 이렇게 똑바로 쳐다보면서 '돈도 없는 쫌팽이 자식, 퉤' 바닥에 침을 뱉는데 내가 혈압이 올라가지고 엊저녁에 먹은 막걸리가 확 올라오더라니까."

봉만의 입에서 방금 전 씹었던 홍어 몇 점이 표창처럼 튀었다. 붕대 감은 손에는 동태전이 들린 채로였다.

"에라이 인간아! 준표가 무슨 씹을거리가 된다고……. 나잇살이나 먹은 인간이 나잇값도 못하고."

"당신 말 참 막걸리처럼 하네. 봉만 형님이 어디로 봐서 나잇살을 먹은 것 같어요. 내 보기에는 준표보다 훨신 코 찔찔이 어린 애처럼 보이는구만. 술잔 대신 젖병이나 하나 물려 주면 딱이겠네."

웅걸과 서봉은 둘이서만 짠- 술잔을 부딪쳤다. 머쓱해진 봉만은 술잔을 들까 말까 망설이다 동태전을 입속으로 던져 넣었다. 홍구와 봉만의 불만은 익히 아는 사실이었다. 청산에게 그리고 꼬막껍질로 불리는 준표에게 한 번쯤 당하지 않은 사람은 없었다. 부자지간에 짜고 치는 기술이 어찌나 현란한지 당하는 줄도 모르고 당하는 것이 일상이었다. 정신 차려 보면 청산과 꼬막껍질은 이미 사라진 후고, 설사 아직 있다 손치더라도 들추기도 뭣한 애매한 상황이었다. 그러니 괘씸이 더할 수밖에 없었다.

"어따, 형님! 거 진수성찬에 비듬 나부랭이 떨어지는구만. 고만 좀 긁어 대쇼."

홍구가 떡진 머리를 나무젓가락 뒤끝으로 긁어 대자 봉만이 버럭 소리를 질렀다. 홍구의 검은 양복 어깨 위로 촘촘하게 싸락눈이 내려앉아 있었다. 직모인 이유로 하루만 감지 않아도 기름기가 번질거린다지만 비듬 나부랭이까지는 좀 과한 처사였다. 만날 때마다 봉만에게 싫은 소리를 얻어듣는 홍구는 그럼에도 불구하고 지조 있게 머리를 감지 않았다. 그저 매양 긁고만 있을 뿐이었다.

"어허, 참말로. 도토리묵에 깨소금 떨어져 버렸네……"

진짜 깨소금인지 홍구의 비듬인지 알 수 없지만 봉만이 집어 든 도토리묵에는 하얀 가루 몇 개가 들러붙어 있었다. 젓가락에 들린 도토리묵을 보면서 잠시 고민하던 봉만은 일회용접시 테두리에 그 정체 모를 하얀 가루를 슥-슥- 문질러 대더니 그대로 입 속으로 밀어 넣었다. 그 광경을 목격한 서봉은 속이 울렁거렸고 헛구역질을 했다. 그러거나 말거나 입안에 든 도토리묵을 찬찬히 씹어 삼킨 봉만은 또 뭘 먹어 볼까 젓가락의 행방을 가늠하는 중이었다.

"아이고- 아이고- 이리 가 버리면 허전해서 어쩐데."

난데없이 곡소리가 터져 나왔다. 상갓집에서 곡소리란 당연할 테지만 아주 먼 신화처럼 생경했다. 국화 한 송이를 영정사진 앞에 바친 장미는 그대로 풀썩 꼬꾸라진 채 곡소리를 이어 갔다.

"얼매나 가시는 길이 폭폭시러웠으믄 그렇게 깔끔시런 양반이 얼마 안 되는 잔돈푼도 처리를 못허도 가셨을까. 참말로 발걸음이 천근만근이었을 것인디 어찌 발길이 떨어지셨으까. 가시는 도중에라도 면목 없어 못 들리신단 말 말고 한잔 술로 목이나 축이고 가신단 말이제. 아이고, 보고자와 어짠다냐, 생전에 맛나게 잡수던 호박꼬지라도 조몰조몰 신경 써서 챙겨 드릴 것인디 인자는 그것도 못해 드리고 참말로 짠허고 섭섭허네."

장미의 곡소리가 이어지는 동안 웅걸은 목구멍이 따끔거렸다. 자신의 병세가 완전히 가망 없음을 판단한 김국장은 주변 정리를 하는 차원에서 웅걸을 불렀고, 장밋집에 외상값을 갖다 주라며 10만 원을 건넸다. 하지만 웅걸은 미처 장밋집에 당도하기도 전에 포장마차에서 술추렴을 하고 말았다. 그때 먹었던 막걸리가 벌건 숯덩이로 변해 목구멍을 확-확- 지져 댔다.

"하느님도 무심허시지. 하고많은 고자배기 늙다리들이 널렸는디, 왜 하필 아까운 청춘을 데려가는지. 창자에 똥 한 덩어리 빼내믄 말짱 보살인 양반을 무슨 연유로 호명해서 꽃각시를 과부로 만들고 어린 자식덜을……"

이쯤해서 웅걸은 봉만에게 눈짓을 해 보였다. 그냥 두었다가는 관 속에 누운 김국장이 일어설 수도 있을 것이었다.

"장사는 어쩌고 오셨데."

봉만의 손에 이끌려 온 장미에게 웅걸이 사이다 한 잔을 따랐다.

"이런 썩을-, 시방 장사가 문제냐. 손님이 골로 가셨다는디……"

장미는 잔을 들어 벌컥벌컥 마셔 댔다. 곡소리를 하느라 심히 목이 탓던 모양이었다.

"요즘 상갓집에서 누가 곡소리를 한다고 요란을 피우셨을까. 누가 보면 갑작스럽게 돌아가신 줄 알겠네."

웅걸이 비워진 잔에 사이다를 또 채워 넣었다.

"멋이여? 갑작스럽게 죽은 것이 더 서럽겄냐, 스스로 목숨을 끊어서 죽은 것이 더 서럽겄냐?"

"그건 또 무슨 말이래요?"

서봉이 얼른 끼어들었다.

"허-허-, 야덜 보소. 아직도 통행금지 등화관제 깜깜이구만. 김국장이 병원에서 스스로 곡기를 끊어 죽었다는 사실을 안직 모르는 모양이지."

김국장이 동문다리 막걸리 골목에 출현한 것은 대략 1년 전이었다. 스산한 가을이었고, 연한 고동색 양복에 목에는 땡땡이 무늬 스카프를 두른 채로였다. 격식과 체면을 차리는 형국이었지만 내상이 깊은 모양으로 겨우 숨구멍을 열어 놓은 정도였다. 끼-익-, 포장마차 앵글 문짝을 열고 들어설 때 이미 찐내가 배인 술꾼들은 그의 상처에서 풍겨 나오는 고름 냄새를 맡을 수 있었다. 이미 수없이 마셔 댄 막걸리로 고름을 희석해 낸 그들이었지만, 상처에 대한 기억만큼은 뇌리에서 지워질 수 없었다. 오히려 아직 곰삭지 않은 신선한 고름에서 풍겨져 나오는 패배의 냄새에 묘한 흥분까지 느꼈을 정도였다. 술이 몇 순배 돌기도 전에 김국장과 술꾼들은 어우러졌다. 그도 그럴 것이 테이블 몇 개 놓인 술집에 노상 아는 얼굴인데다 경계도 없는 지경이니 어우러지지 않는 것이 더 이상할 정도였다. 누군가 김국장에게 신고식 겸 노래를 하라고 했고 젓가락 장단이 이어졌다. 취했을까 울었을까, 축축하게 젖은 눈으로 엉거주춤 일어선 김국장은 "영산강 안개 속에 기적이 울고~ 삼학도 등대 아래 갈매기 우는~ 그리운 내 고향 목포는 항구다~ 목포는 항구다~" 「목포는 항구다」에 이어 앵콜송으로 "사공의 뱃노래 가물거리며~ ……부두에 새악씨 아롱 젖은 옷자락 이별의 눈물이냐~" 「목포의 눈물」을 불렀다.

"하긴, 옥수도 사고가 아니라 자살일 거라고 말들이 안 많앴었냐이."

홍구가 들었던 술잔을 내려놓으며 고개를 갸웃해 보였다. 옥수의 죽음이 사고인지 자살인지 확실히 아는 사람은 아무도 없었다. 오직 죽은 옥수만이 알고 있을 뿐이었다. 하지만 남은 자들은 옥수의 죽음을 자살로 추측하고 있었다. 어쩌면 그렇게 믿고 싶은 것일 수 있었다. 남겨진 모두에게 내일이란 죽음보다 못한 하루일 수 있었다. 모두들 아침에 눈뜨기가 무서운 내일을 맞고 있었다. 때문에 옥수의 죽음을 동경했고, 어쩔 수 없는 죽음으로까지 미화시키기도 했다. 불씨는 가물가물 꺼지기 직전이고, 누군가 기름을 빌려줄 사람도 없었으며, 불씨를 살릴 수 있을 것이라는 믿음도 말라 버린 지경이었다.

"맘 고생이 심하셨을 거예요. 발병하고 3개월도 안 돼서 돌아가셨으니 오죽했겠어요."

웅걸이 안경을 벗어 손수건으로 알을 닦았다. 괜히 시야가 부옇게 흐려진 때문이었다. 김국장이 막걸리 골목에 얼굴을 비추던 그쯤 지국은 최대의 위기를 맞고 있었다. 간신히 운영은 하고 있었지만 데리고 있던 배달원까지 고용할 수 없는 처지였고, 혼자서 떠안은 배달로 김국장도 지칠 대로 지쳐 있었다. 그렇게 술까지 마시면서 또 몇 달을 버텼으니 어떤 병이라도 생길 수밖에 없었다. 다행히 쓰러지기 전 뒤 달은 서봉이 배달을 나눠서 해 줬기 다행이었다. 그마저 없었더라면 더 일찍 죽었을 것이었다.

"그람, 지금 지국은 어떻게 되얏다냐?"

"예전에 배달했던 사람이 잠깐 봐주고 있는가 봐요. 거기도 이윤이 별로 맞지 않으니 빨리 손 떼고 싶어하는가 보던데요."

홍구와 웅걸의 문답을 듣고 있던 서봉은 가슴 한쪽이 묵직하게 내려앉았다. 사실 서봉은 김국장이 죽기 며칠 전 혼자서 병문안을 다녀왔었다. 김국장이 전화해 한번 다녀가라고 했던 것이다. 김국장은 간신히 걸음을 옮기면서도 병원 뒤편으로 서봉을 데려가 담배를 달라고 했다. 서봉은 이렇다저렇다 토를 달지 않고 담배를 건넸다. 평소 김국장이 즐겨 피우던 에쎄를 미리 준비해 간 터였다. 담배를 빨아들일 힘도 없는 김국장은 입안에서 연기를 머금었다 뱉어내기를 반복했다. 담배를 다 피운 김국장은 서봉의 손을 꽉 잡았다. 그리고 서봉에게 간절한 부탁을 했다. 인간이 마지막 가는 마당에 누군가를 불러 간절한 부탁을 한다는 것은 여간 거절하기 어려운 것이어서 그냥 고개를 끄덕일 수밖에 없었다. 그 이후로 서봉은 편히 잠을 이루지 못하고 있었다.

"근디, 왜 안 드시고 스스로 죽었을까나. 〈그것이 알고 싶다〉에 물어봐야 헐라나."

"봉만이 너 참 말 뽄새 있게 헌다이. 아 그 부인네가 동네 할머니들 파마 말아서 근근이 살아가는갑든디 이미 죽을 목숨 병원비는 하루하루 설거지통처럼 쌓여 가는디 방법이 있겄냐?"

"아하, 그런 슬픈 사연이 있었구만. 여튼, 죽은 사람은 죽은 사람이고 산 사람은 산 사람이니까 하던 일들 계속하자고, 우리가 먹어 주는 것도 부조하는 것이니까……"

순간 장미의 손바닥이 봉만의 뒤통수를 냅다 후려갈겼다.

"지랄하고 자빠졌다. 콱, 좆하고 샛바닥하고 칼로 쪼사서 육회를 만들어 버릴까 부다. 니 죽는 날 우리 단체로 회식 한번 헐꺼나?"

강하게 한 방 얻어걸린 봉만은 그제야 입맛이 사라진 듯 쩝-쓴 침을 삼켰다. 상대가 다른 사람이었다면 멱살이라도 틀어잡았겠지만, 상대가 상대인지라 봉만은 뒷머리를 한번 쓸어내렸을 뿐 별다른 저항을 하지 않았다. 속된 말로 봉만이 웃통 벗고 빤쓰까지 벗어 달려든다 해도 장미의 가시 앞에서는 맥을 못 출 것이기 때문이었다.

"아야, 저-기- 청산하고 병구 아니냐? 저것들은 뭔 일로 나란히 입장을 다 헐끄나. 그 뒤에 꼬막껍질까지 붙어서 누가 보믄 무지하게 사이좋은 줄 알겄다."

홍구가 젓가락으로 입구를 가리켰다.

"빨리도 오네. 막걸리도 안 사다놨는데. 어쩔 수 있냐 막내가 가야지."

"당신 말 또 이상하게 하네. 청산이 먹을 술을 내가 왜 사러 가요. 내가 이 나이에 막걸리나 사다 날려야……"

"썩을 놈, 빨랑 못 다녀오냐?"

장미의 손바닥이 또 한 번 서봉의 뒤통수를 갈겼다. 서봉의 입에서 에이씨-, 욕지거리가 튀어나왔지만 일어서지 않을 수 없었다. 웅걸의 말처럼 서봉은 억울하지만 막내였기 때문이었다.

"허-허-, 먹을 갈아 빈 종이에 쟁기질을 하다 보니 그만 발길이 늦어졌소. 그간 안녕들 하시었소?"

"염병, 그간은 무슨 날마다 보는 낯짝끼리. 청산이 너 입장권이나 내고 들어온 거냐? 입이 둘인디 설마 맨입으로 묵새길라는 것은 아니겄지?"

"허-허-, 누님도 참. 나하고 김국장은 사이 막역한 관계로 이런저런 자질구레한 것들까지 신경 쓰는 짜잔한 사이가 아니라서……"

"너, 내가 3만 원 꿔 줄 테니까. 부조통에 처박고 와. 안 그랬다가는 쥐방울까지 당장 쫓아낼 것잉께. 내 말이 뭔 말인지 알아들어?"

장미가 지갑에서 만 원짜리 세 장을 꺼내 청산에게 내던졌다.

"아따 누님도 참, 죽은 사람이 무슨 돈을 안답디여? 삼만 원이믄 막걸리가 삼십통 인디……"

말은 그렇게 했지만 청산은 삼만 원을 들고 일어섰다. 달리 도리가 없었다. 꼬막껍질까지 쫓아내겠다고 강공을 펴는 상황이니 제아무리 청산이라도 꼬리를 내리는 수밖에. 똥 싼 바지 걸음으로 어기적어기적 부조통으로 향하는 청산을 향해 장미가 길게 혀를 찼다.

"태섭이 형은 안 온다던? 전시회 한다고 그렇게 큰소리 쳐대더니 쫓겨나서 컨테이너 생활하는 게 창피한 모양이지."

왠지 허수해 보이는 병구에게 웅걸이 술을 따랐다. 그사이 편의점에 다녀온 서봉이 막걸리 두 통을 상 위에 내던지듯 올려놓았다. 투덜거림은 덤이었다.

"오고 싶어도 못 온다. 드러누웠거든. 하루 막노동을 나간 모양인데 벽돌을 지다가 계단에서 굴러떨어졌던가 봐. 허리를 어떻게 다쳤는지 꼼짝 못하고 있다. 내가 화장실도 데려가고 똥까지 닦아 주는 지경이여."

병구가 잔을 들어 홀짝 털어 마셨다. 꽤나 근심되는 얼굴이었다. 태섭이 드러누운 것에 대한 걱정이라기보다는 수발 들고 있는 제 형편에 대한 걱정으로 보였다.

"그 형 신세도 참 초라하게 막을 내리네. 집에서 쫓겨난데다 허리까지 다쳤으니 제대로 일어서기는 힘들겠어. 하긴, 누굴 탓할까 자신이 다 초래한 일인걸."

술기운에 귓불이 발갛게 달아오른 서봉이 자조적인 웃음을 지어 보였다. 지금은 태섭의 일이지만 머잖아 홍구의 일이 될 것이고 또 머잖아 웅걸의 일이 될 것이었다. 물론 서봉도 비켜 갈 수는 없을 것이었다. 비슷한 미래를 앞둔 비슷한 부류의 인간들이 비슷한 수순으로 순간을 살아가고 있었다.

"너 집 헐리면 갈 데 없다며? 내가 밥은 먹여 줄 테니까 내 밑에서 허드렛일 좀 해."

"나보고 술장사를 하라구요? 장미 아주머니 취하셨어요?"

"뭣이 어째, 이런 싸가지 없는 놈! 막걸리 장사가 어째서? 내가 막말로 도둑질하냐? 잔말 말고 시키는대로 해. 나 아침 장 보는 것 좀 거들고, 낮에는 옆에 내 딸년 반찬가게 일 좀 도와. 이래

저래 집안에 사내가 없으니 힘에 부치다. 내가 너 예뻐서 이러는 거 아냐, 순전히 오갈 데 없는 놈 하나 거둬 보자는 측은지심 때문에 그러는 거지. 알아들어 이 썩을 놈아."

"아니 그럼, 딸도 서봉이한테 주시겠다는 거예요?"

"웅걸아, 제발 앞서가지 좀 말자. 누가 당장 그렇데, 그건 차차 지들이 알아서 할 일이고."

"캬—, 대박. 서봉아 축하한다. 장미 아줌마 딸 달래 씨라면 진짜 복덩이 아니냐. 얼굴도 예뻐, 돈도 잘 벌어, 엉덩이도 커, 뭐 하나 빠진 게 없잖냐."

"뭐야 이놈아, 남의 딸 엉덩이는 또 언제 훔쳐본 거여. 꼴에 수컷이라고……"

"장미 아주머니! 죄송한데요. 저는 안 들은 걸로 할게요. 저 데리고 있어 봐야 괜히 짐만 될 거고, 지금 생각도 복잡해서……"

"아이고, 나도 몰라. 이미 딸년하고 얘기 다 끝냈으니까. 그런 줄이나 알어."

"아니, 그게 아니라……"

"야덜아, 나 간다. 김국장 잘 바래드리고, 상갓집 사정 봐서 작작 퍼먹어라. 장례식장 음식이 좀 비싸냐. 언제나 불알이 좀 여물꺼나 꺽정시럽다."

7
무궁화호

서봉은 아침부터 심란했다. 재개발 사무실에서 전화를 걸어왔기 때문이었다. 다음 달 15일까지는 꼭 집을 비워 달라는 말과 함께 못 쓰는 짐들은 버리고 가지 말고 구청에 신고해서 폐기처분하든지 아니면 가지고 가라고 당부했다. 다음 달 15일까지는 꼭 한 달이 남은 상태였다. 벌써 이사를 떠난 집들이 많았고 동네는 휑뎅그렁했다. 아직 이사를 떠나지 못한 집들은 드문드문 몇 채 남지 않은 상태였다. 이사를 떠난 집들은 고물업자들이 귀신처럼 찾아들어 곳곳의 고철과 장판들을 뜯어 갔다. 이층으로 이어진 계단이 있는 양옥은 계단 끝을 일일이 쇠망치로 까고 미끄럼방지용 구리선까지 주워 갔다. 그러고 나면 또 다른 누군가 나타나 배관이나 신문지 플라스틱류를 실어 갔다. 동물 사체가 파 먹히듯 구멍이 숭숭 뚫린 동네는 하루가 다르게 을씨년스러웠다. 캄캄한 밤에 인기척이 없는 골목으로 들어서면 저절로 심장이 쪼그라들었다. 아직 남은 노인들은 아예 바깥출입을 않는지 기척이 없었다.

"아무래도 당신 혼자서 다녀오는 게 좋겠어. 어쩐지 움직이기도 싫고 썩 맘이 내키지 않아서…… 차비는 넉넉히 빌려줄 테니 갚을 처지가 되면 갚고."

서봉은 웅걸에게 전화를 걸어 서울행에 대한 양해를 구했다. 웅걸은 며칠째 서봉에게 자신의 서울행에 동행해 줄 것을 조르고 있었다. 하지만 서봉은 딱히 확답을 하지 못했고, 문득 벽에 붙은 달력을 쳐다보고서야 오늘이 바로 당일 아침이라는 사실을 깨닫게 되었다.

"야! 그럴 수 없다. 내가 선배들한테 너랑 같이 간다고 이미 다 말 끝냈으니까. 그리고 승만이도 너가 온다니까 이번 기회에 빚 갚겠다고 잔뜩 벼르고 있더라. 너가 그때 승만이한테 그랬잖아 서울에서 모임 할 때 꼭 가겠다고."

서봉은 어떻게 해야 할지 몰라 담배를 한 대 피워 물었다. 지난 가을 웅걸의 친구 승만이 서울에서 내려왔을 때 서봉은 2박 3일 동안 같이 붙어 다니며 친분을 쌓았고 봄에 서울에서 모임 있을 때 꼭 가겠다고 약속을 했던 것이다.

"그렇긴 한데…… 승만이 형한테는 갑자기 몸이 아파서 못 왔다고 잘 말하면 안 될까? 내가 요즘 생각이 많아서 진짜 머리가 좀 아프거든."

"장난 그만치자. 아무렴 내 머리가 너 머리보다 덜 아프겠냐. 여튼 내가 케이티엑스 두 장 끊어 놨으니까 열한 시까지 송정역으로 나와."

"케이티엑스? 당신이 무슨 돈이 있어서?"

"내가 어제 하루 종일 조기 씻고 염장했잖냐. 그러니 누나 주머니에서 돈이 안 나오고 배기겠냐. 어머니도 잘 살펴주신다고 했으니까 문제없다. 그럼 가는 걸로 알고 이따 보자."

웅걸은 신이 난 모양으로 혼자서 말하고 전화를 뚝 끊었다. 서봉은 타다만 담배를 길게 빨아들였다. 거울에 비친 부연 얼굴이 푸석해 보였다. 해결되지 않을 걱정거리를 가슴에 담고 있는 얼굴이었다. 서봉은 빨아들였던 담배 연기를 길게 뱉어 냈다. 답답할 때면 흐름에 맡겨 보는 것도 삶의 한 방법일 수 있었다.

용산역에 도착한 서봉은 어리둥절했다. KTX를 탔더니 정말로 2시간여 만에 서울에 도착했기 때문이었다. 서봉은 일 년에 한두 차례 서울을 다녀오긴 했지만 매번 요금이 저렴한 무궁화호나 일반 고속버스를 탔었다. 막상 빠르게 도착하고 보니 지루하지 않고 피곤도 덜하여 살짝 입고리가 올라갔다.

"돈이 좋긴 좋지? 말로만 듣던 그 일일생활권이 현실적으로 와 닿는다야."

대단한 체험을 해낸 것처럼 웅걸이 어깨를 으쓱해 보였다. 평소 같았으면 그런 웅걸을 향해 핀잔으로 응수했을 서봉도 피식 웃어 주었다. 용산역 밖으로 나온 웅걸과 서봉은 흡연구역을 찾아 담배를 한 대씩 피워 물었다. 모임은 6시였지만 오후 1시를 막

넘긴 시각이었으니 너무 일찍 도착한 셈이었다.

"서울이 변하는 것도 케이티엑스급인 거 같어. 다녀갈 때마다 훅- 하니 변해 있으니 원. 삼 년 전만 해도 요 앞이 꽤 지저분했던 것 같은데 완전히 싹 쓸어버렸네."

서봉은 안에 내피가 들어 있는 봄 잠바가 조금 거추장스럽게 느껴졌다. 서울은 기온이 좀 낮으려니 생각하고 내피 있는 잠바를 입고 왔더니 기온 차는 별로 없어 보였다. 앞으로 보이는 전경에 괴물처럼 철근골조가 올라가고 있었다. 3년 전, 무궁화호를 타고 새벽에 내렸을 때 아직도 불빛을 밝힌 채 영업을 하던 매음굴이 생각났다. 흔적도 없이 사라진 매음굴 대신 거대한 철근뼈대는 왠지 낯설었다.

"뭐라구? 그럼 우리는 어떡하냐? 야, 우리가 갈 데가 어딨겠냐? 아 몰라 학교 앞으로 가서 전화할 테니까 나오든지 말든지 알아서 해. 우리 지금 점심도 안 먹었단말야. 뭐라구? 연신내역? 알았어. 가서 전화할게."

웅걸은 전화를 끊고 씩- 웃어 보였다. 6시까지 어떻게 시간을 보낼지 생각 끝에 승만에게 전화를 걸었던 것이다. 승만은 아직 업무가 끝나지 않았지만 일단 연신내역으로 오라고 했다. 승만은 연신내 부근의 중학교에서 국사를 가르치고 있었다.

"근처 싸우나에서 한숨 자도 되는데 굳이 바쁜 사람 나오라고 한 거 아니야?"

"시끄럽다. 일단 서울에 온 이상 내 말에 복종하고 최대한 즐겁게 놀아 보자."

웅걸은 담배꽁초를 휴지통에 버리더니 택시를 잡았다. 서울에서는 택시를 탔다 하면 돈 만 원은 기본이라는 소리를 들었던 서봉은 살짝 겁이 났지만 이미 잡은 택시를 어쩔 수도 없었다. 웅걸은 생글생글 눈빛을 빛내며 창밖을 두리번거렸다. 여기저기 훑어보면서 옛 기억을 더듬는 중이었다. 군 생활 3년에 대학 4년까지 도합 7년을 있었지만 서울 시내를 구석구석 다니기란 쉽지 않았다. 그저 다니는 곳만 듬성듬성 들렀을 뿐이었다. 택시는 웅걸의 기억을 재생시키는 데 도움이라도 주려는 듯 천천히 되도록 느린 걸음으로 진행했다. 의주로를 지나 서대문을 지나 독립문을 지나 무악재를 넘어가는 동안, 서봉은 한숨을 몇 번이나 쉬었지만 웅걸은 이쪽저쪽 창밖을 둘러보기 바빴다. 척 봐도 오랜만에 서울 구경 온 촌사람이었다.

"여기가 홍젠가…… 혹시, 홍구 형 동생이 홍제에서 기사식당 한다고 하지 않았수?"

택시가 홍제 전철역 출구를 지나치자 서봉이 얼른 홍구를 떠올렸다.

"맞네. 여기 어디 있다고 했는데. 기사님 혹시 이 근처에 돈까스로 유명한 기사식당 있어요? 호랑이 뭐라고 가게 이름을 들었었는데 잊어버렸네."

"'인왕산 호랑이 기사식당' 말씀하시는 거 아녜요?"

"아, 맞네. 이름이 재밌고 길더니 이제 생각나네. 그 집 돈까스가 맛있다고 소문나서 무지하게 손님 많다던데 정말 그렇게 맛있어요?"

"그 집 없어진 지 1년도 더 됐을 걸요. 들리는 소문에 그 집 사장이 서울 토박이로 2대째 가업을 이어왔다고 홍보했었는데 그게 아니었던 모양이에요. 원래 고향은 전라도라나 어쨌다나. 하여튼, 그 사장이 손님들한테 살살거리면서 아주 영업을 잘 했더랬어요. 나도 서울 사람이지만 그 양반 말하는 것만 들으면 나보다 더 서울 사람 같았으니까요. 그러다 누군가 손님 중에 얼굴을 알아본 모양인지 서울 토박이라는 사실이 말짱 거짓말이라는 소문이 삽시간에 퍼졌어요. 결국 문 닫고 다른 곳으로 이사 갔다는 얘기가 있던데 그 사장하고 아시는 사이세요?"

"……아니 뭐 꼭 그런 건 아니고 돈까스가 하도 맛있다고 소문이 나서."

웅걸은 갑자기 무슨 말을 해야 할지 몰라 얼버무렸다.

"사람이 근본을 속이는 것보다 나쁜 게 없어요. 나도 가끔 제 고향 속이고 서울 토박이인 것처럼 떠벌리고 다니는 인간들 봤는데 끝이 좋지 않더라구요. 괜히 무시당하지 않으려구 아니면 돈 좀 벌어 볼 욕심에 그러겠지만 사람 근본이라는 게 어디 가겠어요. 사실 말이지만 같이 택시 하는 사람 중에 첫 손님을 전라도 사람 태우면 하루 종일 재수가 없다는 둥 괜히 지역감정 내세워서 꼬장 부리는 기사들이 있는데 알고 보면 그 사람들도 다 어디 지역 출신인 경우가 많거든요. 괜한 피해의식이고 괜한 자격지심

인거죠. 어, 벌써 다 왔나 여기 내려 드리면 되겠어요?"

웅걸과 서봉은 차비를 계산하고 서둘러 내렸다. 둘은 택시 안에서 줄곧 꿀 먹은 벙어리모양 입을 닫고 듣기를 계속했다. 정작 택시에서 내렸지만 허탈한 감정이 쉬 가시지 않았다. 입맛이 썼다. 내리자마자 허기부터 채워야겠다는 마음까지 없어져 괜히 쓴 담배만 하나씩 피워 물었다. 택시기사에게 훈계를 들은 것 같기도 하고 욕을 얻어들은 것 같기도 했다.

"뭐, 벌써 도착했다구? 알았어, 거의 다 왔으니까 조금만 기다리고 있어."

승만과 통화를 끝낸 웅걸은 두리번거려 횡단보도를 찾았다. 대학 때 사귀던 여자가 불광동에 살았기에 연신내는 가끔 와 볼 일이 있었다. 페이스북에서 볼 수 있는 그때의 여자 친구는 애를 둘이나 키우고 있는 중년의 모습으로 변해 있었다. 마지막으로 헤어지던 날 웅걸과 여자 친구는 공원 벤치에 앉아서 김밥 한 줄씩을 먹으며 한없는 눈물을 쏟아냈다. 김밥 때문에 목이 메었던 것인지 슬픔이 목을 메이게 했던 것인지 자꾸만 꺽-꺽- 기침을 토했었다. 대학 졸업 후 웅걸은 고향으로 내려가겠다고 했고, 여자 친구는 서울에 있어 주기를 바랐다. 갈등의 골이 점점 깊어지면서 급기야 다툼이 잦아졌고 서로에게 생채기를 내기 시작했다. 웅걸이 고향으로 내려가고 나서도 한동안 만남은 지속되었다. 하지만 한 달에 둬 번 정도일 수밖에 없었고, 전화상으로 소소한 오해와 미묘한 감정의 골이 먼지처럼 쌓여 갔다. 서로 미워하지 않았지만, 미워할 것을 두려워한 나머지 헤어지는 쪽을 선택했다. 여자 친구의 바람은 같이 있고 싶다는 아주 간단한 것이었지만, 웅걸은 낙향을 선택했고 그 결과는 이별로 귀결되었다.

"야, 이놈아덜 고새 마이 늙었다이. 머리털도 쭈뼛쭈뼛 빠지고 폐닭이 따로 없다고마. 서봉이는 잘 있었나? 고마 웅걸이랑 다니믄 신세 조진다고 신신당부를 했디만 아직도 야랑 붙어다니나? 아이고야 답답시럽다."

승만의 입에서는 반가움 때문인지 유독 짙은 사투리가 튀어나왔다. 남은 일과를 동료 교사에게 맡기고, 교장에게 굽실거려 빠져나온 뒤끝이기도 했다. 어쨌든 감정이 흥분된 승만은 부러 사투리를 썼다.

"됐고, 뭐든 좀 순대를 채울 곳으로 가자. 오랜만에 서울 와서 긴장했더니 별일이다 싶게 배가 고프네."

웅걸이 승만의 말을 토막 내며 어디든 갈 것을 재촉했다. 앞장서 걸으면서도 승만은 계속 나불거렸고 웅걸은 그런 승만을 상대로 따박따박 대거리를 했다. 승만은 잠깐 걸어서 골목으로 접어들었고 '두꺼비집' 간판이 붙은 가게 안으로 들어갔다. 벽에는 오징어불고기 딱 한 가지 메뉴만 있을 뿐이었다.

"참 단순하게 사는 건 여전하구나. 서울에 살면 뭐하겠냐, 그 촌스러운 취향은 변하지 않는데. 그래도 다행이다. 서봉이하고 나는 오징어 싫어하지는 않으니까. 하긴 술 앞에서 안주가 뭔 문제겠냐."

"하이고야, 또 퍼묵을라꼬? 지금 낮 두 시다 일마야. 벌써부터 퍼묵어가꼬 저녁 모임 때는 우짤라고 그라노? 하긴 내가 말린다고 들을 니도 아니고…… 일마 이거 뒤바지마 서봉이 니가 책임지고 띠메라이 사회적 체면과 지위가 있어가 인자 내는 이런 알콜릭은 절대로 띠메지 못하이까네."

"버려 버리죠 뭐. 아마 다들 잘했다고 할 거예요."

"뭐라고 떠들어 대는지…… 두 놈이 죽이 척척 맞는구만. 시끄럽고 술부터 시켜라. 서울 공기가 안 좋기는 안 좋은지 목구멍에 먼지가 껴서 한잔 부어야 좀 씻어 내려갈 것 같다."

야채와 함께 양념된 오징어가 뒤집어진 솥뚜껑에 올려져 나왔다. 웅걸은 소주부터 따랐다. 오랜만에 만나는 선후배들에게 끅- 끅- 냄새나는 막걸리 트림을 토해 내고 싶지는 않았다. 세차게 잔을 부딪쳐 건배를 한 후, 죽- 들이켰다. 누구랄 것도 없이 머리끝에서 발끝까지 찌릿한 기운이 전해졌다. 빈속에 소주, 게다가 낮술은 그 나름 희열이 있었다. 다 익었을지 모를 오징어를 깻잎과 함께 입안으로 가져간 서봉은 고개를 끄덕였다. 그 모습을 지켜보던 웅걸도 한 젓가락 입안에 넣었다. 웅걸의 흐리멀건 한 눈알에 제법 땡글땡글 힘이 들어갔다. 승만의 입가와 볼에 만족스런 주름이 번졌다.

"촌놈들 입 벌어지는 거 보라이. 전라도 음식이 맛있다고들 하지만도 사실은 서울에 맛있는 음식은 다 있다아이가. 그렇지 않겠나? 돈 있겠다, 팔도 사람들 다 모였겠다, 일류 요리사도 서울에 다 있겠다, 맛있을 수밖에 없는 기라."

"지랄, 오징어 한판 사고 생색은……"

웅걸이 자신의 빈 잔을 승만 앞으로 내밀었다.

"예, 알아서 모시겠습니다. 선배님."

승만이 병을 들어 웅걸의 술잔을 채웠다.

"참, 내가 선배였지 깜박 잊고 있었네. 까마득히 보이지도 않던 게 요즘은 늙었다고 반말이나 찍찍거리고 아, 내가 그때 확실히 잡아 놨어야 하는 건데. 뺀질뺀질 말도 되게 안 들어 처먹어서 대충 후려쳤더니 말년에 내가 개고생이나 하고, 아 내가 술을 안 먹을래야 안 먹을 수가 없구만."

"하이고야, 일 년 선배가 선배가? 그라고 나이는 동갑이다 아이가 지가 먼저 둘이 있을 때는 말 노라케놓고는…… 니가 그때 씰데없이 민중가요만 내리 틀라고 시키지만 않았어도 뭐 부닥칠 일이나 있었겠나. 지는 시키기만 하고 욕은 내가 보이 받아칠 수밖에, 내 말이 틀리나."

"너는 만날 때마다 그 소리냐. 내가 뭐 다른 생각이 있어서 그랬던 건 아니고, 그냥 듣기 좋아서 민중가요를 틀라고 했던 거잖아. 난들 니가 그렇게 될 줄 알았겠냐고."

승만이 소주를 벌컥 들이켜더니 제 손으로 또 한잔 따라서 홀짝 털어마셨다. 지난가을, 휴가차 왔을 때도 승만은 똑같은 얘기를 꺼냈고 소주 두 잔을 연달아 부었었다. 웅걸은 테이블 위에 놓인 승만의 빈 잔에 술을 따랐다. 승만은 그러거나 말거나 오징어

볶음을 우걱우걱 씹을 뿐이었다. 서봉은 두 사람의 꼴이 어린애 같아서 웃음이 삐어져 나오려는 것을 애써 참았다.

"내가 말을 안 할라케도 니 낯바닥만 보믄 화가 치미는 걸 우짜겠노."

승만보다 한 학년 위였던 웅걸은 방송국 PD였고 승만은 아나운서였다. 방송국의 위계질서는 나이가 아니라 학번이었고 기율도 상당히 셌다. 웅걸은 PD였기에 노래 선곡 권한이 있었고 승만은 아나운서였기에 시키는 대로 할 수밖에 없었다. 웅걸은 자주 민중가요를 선곡했다. 학내에서 과격한 민중가요는 금기시되어 있었다. 학교 측에서도 자제를 당부할 수밖에 없는 것이, 교육부나 정부에서 상당히 민감하게 주시했기 때문이었다. 기껏 틀 수 있는 곡이라고 해 봐야, 냄새만 풍기는 '누구 없소·물 좀 주소·행복의 나라로·아침이슬' 정도였다. 하지만 웅걸은 '파랑새·솔아 솔아 푸르른 솔아·함께 가자 이 길을·동지·광주 출정가' 등을 선곡했다. 웅걸이 민중가요를 선곡했던 것은 특별히 의식이 있어서가 아니었다. 어렸을 때부터 늘 들어왔기에 귀에 너무 익숙했고, 듣고 있으면 온몸이 발기하는 듯한 묘한 흥분이 좋아서였다. 민중가요를 듣고 있노라면 잠자던 유년의 사라진 기억들이 하나하나 깨어나는 느낌이었다. 비로소 시원을 찾은 기분이랄까 뭐 그런 것이었다. 하지만 승만은 민중가요에 대한 남다른 감정도 없었고 오히려 선동적이어서 거부감이 들었으며 자꾸 학생처에서 불편한 전화가 걸려 오는 것도 싫었다. 그러던 어느 날 승만은 밤늦게 자취방으로 들어가던 중 낯선 두 남자에게 끌려갔다. 경찰 신분증을 눈앞에 들이민 두 사람은 다짜고짜 승만을 끌어다 경찰서 지하 유치장에 처박았다. 그리고 아침이 올 때까지 그 어떤 반응도 보이지 않았다. 승만의 입장에서는 답답할 노릇이었지만 별 수 없었다. 아침이 되자 노란 양은 도시락 하나가 들어왔다. 뚜껑을 열자 쌀이 한 줌 섞인 보리밥과 단무지 몇 조각이 놓여 있었다. 승만은 더럭 겁이 났다. 그 어떤 험악한 말이나 고문보다 사람을 위축되게 만드는 내용물에 그만 심장이 오그라들었던 것이다. 승만은 먹고 싶은 맘이 눈곱만큼도 생기지 않았지만 겁이 나서 먹을 수밖에 없었다. 뭐든 시키는 대로 해야 할 것 같은 강한 두려움이 억지로 보리밥과 단무지를 목구멍으로 넘기게 했다. 꾸역꾸역 도시락을 다 삼키고 물 한 모금을 마시려 고개를 들었을 때 벽면에 '한 끼에 372원' 이라고 적힌 글씨를 보게 되었다. 그것 또한 섬뜩하게 다가왔다. 얼마든지 인간취급 하지 않을 수 있다는 무서운 비웃음이 도사리고 있는 듯 했다. 오전 11시쯤 되자 승만을 잡아왔던 사복경찰이 찾아왔다. 유치장을 지키고 있던 의경에게 문을 따라고 지시하더니 나오라고 손짓을 했다. 그리고 1층 경찰서 현관으로 데리고 가서는 "그래, 밥은 묵을 만하더나? 씰데 없는 노랠랑 틀어쌋치말고 건전한 걸로 듣기 좋은 걸로 틀어라이. 또 볼일 없길 바란다이." 혼잣말처럼 지껄이더니 오른쪽 어깨를 한쪽 손으로 툭 치고는 들어가 버렸다. 승만은 한동안 멍하니 경찰서 현관에 서 있었다. 전혀 현실적이지 않은, 보이지 않는 칼이 자신의 신체를 쓱 훑고 지나간 것처럼 으스스한 기분이었다. 물론 학교로 돌아오자마자 웅걸의 멱살을 틀어쥔 것은 어쩔 수 없는 반사작용이었다.

종로4가 청계천 옆 '불판집'에는 방송국 기수대로 30여 명이 앉아 있었다. 이미 알딸딸하게 취한 웅걸은 자리를 잡고 앉아 너스레를 떨었다. 서봉은 그 옆에서 우두커니 앉아 이야기를 들었다. 서로들 헷갈리는지 누가 보도부였고 누가 제작부였고 누가 기술부였고 누가 아나운서부였는지 옥신각신했다. 그중에는 한참 어린 후배 몇 명도 끼어 있었다.

"자, 올해도 우리 방송국 선후배들이 한자리에 모여 우의를 다지는 시간을 갖게 되었습니다. 다들 안 죽고 살아 있음에 감사하고 멀리 외국으로 나간 인간들 빼고 나올 사람은 다 나오신 것 같습니다. 그러면 또 1년 동안 무슨 짓을 했는지, 뭘 먹고 살았는지, 대출은 얼마나 늘었는지, 차근차근 돌아가면서 한마디씩 하는 시간을 갖겠습니다."

회장이 일어서서 질서를 잡았다. 삼겹살로 어느 정도 배를 채우고 난 후였다. 각자 차례대로 일어서서 잡다한 얘기들을 했다. 어느 주식에 밀어 넣었다가 몽땅 털렸다느니, 마누라가 요새 바람이 났는지 곁에 잘 안 온다느니, 날 울린 첫사랑 그놈은 왜 안 나오느냐니, 살기 힘드니 회비를 좀 깎아 달라느니, 밤늦게 술 처먹고 전화질 좀 하지 말라느니……. 돌고 돌아 순번은 어느새 웅걸의 차례가 되었다.

"예, 저는요. 멀리 남쪽에서 케이티엑스 타고 왔구요. 십이기 제작부였구요. 여러분들을 너무너무 사랑해서 어제 하루 종일 조기를 씻고 말리고 염장해서 겨우 경비를 마련했구요……"

"야, 저거저거 왜 말투가 저러냐 원래 그쪽 말씨가 그러냐."

"머시라고라고라고라, 참말로 말 막 그렇게 씹어 끊었다가는 거시기 뿌리를 뽑아불팅게 단속 잘 하시고라고라고라…… 내가 너무 사랑하는 동생을 한 명 데리고 왔구요. 저는 올해 마흔둘인데 아직 뜨겁게 사랑할 수 있구요. 연락처 남길 테니까 암탉들 따로 연락 주시구요. 저 술 좀 많이 주세요."

웅걸은 알딸딸하게 취해서 혀 꼬부라진 소리로 재롱을 부렸다. 말끔히 차려입은 여자들이 많은 때문인지 한껏 들뜬 기분이었다. 평소 우울하던 모습을 벗어 버린 웅걸은 환하게 웃는 것만으로도 10년은 젊어 보였다. 서봉은 얘기를 들으며 술을 홀짝거렸다. 익숙하면서도 뭔가 색다른 분위기였다. 젊은 사람들이 이렇게 많이 모인 자리에 참석해 본 기억이 아주 오래전이었다. 퇴화된 기능이 다시 회복되는 것처럼 몸 구석구석이 스멀스멀 하품을 해 댔다. 서봉은 술잔을 들면서 취하지 말아야겠다 다짐했다. 취하게 되면 여러 가지 복잡한 감정이 어떻게 두서없이 튀어나올지 걱정되었던 것이다.

"야, 웅걸아! 나도 너처럼 다 던져 버리고 자유인으로 살고 싶다. 너 그거 아냐, 대기업 다니던 놈들 전부 명퇴하고 뭐하는 줄?

전부 방구석에 처박혀서 마누라 똥구멍 빨아먹고 산다. 처음에는 프랜차이즈니 편의점이니 닭집이니 이것저것 해 보지만 차근차근 털어먹고 집안에 갇혀 사는 거야. 완전 병신이 돼서 집밖을 못 나가요. 왜? 세상이 겁이 나서, 지가 호구라는 걸 알았거든 킥-킥-"

웅걸의 맞은편에 배불뚝이가 앉아 있었다. 빨간 넥타이 끝을 말아서 왼쪽 와이셔츠 주머니에 꽂은 배불뚝이는 실성한 놈처럼 실실 웃어 댔다. 열이 많은 체질인지 귀밑머리에서는 연신 땀이 뚝뚝 떨어져 내렸다. 다르게 보면 왠지 모를 두려움에 떨고 있는 것처럼 보이기도 했다.

"광수 형, 능력 좋다고 소문났더만. 튼튼한 라인 잡고 있어서 이사까지 문제없다던데."

웅걸은 주워들은 소리를 지껄였다. 소문이기는 했지만 가까운 이들에게서 나온 말이니 영 허튼 소리는 아닐 것이었다.

"그래, 임마! 형이 한 능력 하잖냐. 니가 고향으로 내려가지만 않았어도 이 형이 가만 있었겠냐? 하-하-하- 농담이다 농담. 한 잔 하자 기분도 꿀꿀한데…… 근데 너 요즘 뭐 먹고 사냐?"

배불뚝이도 취했는지 오락가락했다. 물수건으로 턱 밑 땀을 닦더니 손수건인 줄 알고 뒷주머니에 쑤셔 박았다. 다들 취해 가는 중이었다. 유쾌하게 웃고 떠들어 댔지만 간유리에 낀 서리처럼 아슬아슬한 비애가 깔리고 있었다. 애써 속의 것을 꺼내놓지 않으려는, 들키지 않으려는, 그러나 남다른 애틋함을 드러내 보이려는 복잡한 감정의 향연이었다.

"선배! 선배는 야가 뭐 묵고 사는지 안직 모르는겨? 웅걸이 야는 무등산 정기 빨아묵고 산다 아입니까. 야가 벌써 죽는다꼬, 아니 죽었다꼬 소문난 지가 언젭니꺼? 그란데 그 무등산 정기 때문에 요래 말짱하니 우리 앞에 나타난 거 아니겠습니꺼. 큭-큭-"

서봉의 맞은편, 그러니까 배불뚝이의 옆자리에 앉은 승만이 끼어들었다.

"웅걸이가 무슨 도사냐 임마! 무등산 정기 빨아먹고 살게, 말 같은 소리를 해야지. 너 지금 선배 앞에서 후라까이 치는 거냐? 이 새끼는 학생 때도 뺀질뺀질 좆나 게기더니 이제는 수체 아주 약을 팔려고 들어요. 너는 내 부하 직원이었면 그 잘난 주둥이로 내 구두나 닦았을 거야 임마."

배불뚝이가 빈정 상한 듯 불판 위에서 오랫동안 꾸덕꾸덕 말라있던 삼겹살 한 점을 입안에 넣고 잘근잘근 씹었다. 흘러내리는 땀과 불룩한 턱살에 빈정 상한 표정은 딱 어울리는 조합이었다. 비로소 제 얼굴을 찾은 듯 사실적이었다. 누군가 빈 소주병에 숟가락 두 개를 거꾸로 꽂아들고 일어섰다. 시키지도 않았는데 자청해서 「소양강 처녀」를 불렀다. 회장이 또 일어나 이마에 넥타이를 두르고 허리띠를 풀어 발로 밟고 노를 저었다.

"지도 선배 부하 직원이 아닌 것을 천만다행으로 생각한다 아입니까. 하마터면 선배 구두나 닦았을 이 주둥이로 우리 얼라덜한테 자랑스런 역사를 가르치고 있으니 얼매나 좋습니까. 그란데 웅걸이 야가 무등산 정기를 빨아 묵고 산다는 말은 거짓부렁 하나 없는 참말입니다. 지난가을에 가서 보이까네 아침부터 저녁까지 시도 때도 없이 무등산 막걸리를 쪽쪽 빨고 있다 아입니까. 그래 퍼묵어도 요래 말짱하이 서울까지 기올라 오는 것 보믄 그기 다 무등산 정기 때문이 아이고 뭐겠십니까."

「소양강 처녀」가 끝나자마자 기다렸다는 듯이 웅걸이 일어섰다. 비쩍 마른 몰골에 주먹마이크를 들이댄 웅걸은 「봄날은 간다」를 부르기 시작했다.

"연분홍 치마가 봄바람에 휘날리더라~ 오늘도 옷고름 씹어가며 산제비 넘나드는 성황당 길에 꽃이 피면~ 같이 웃고~ 꽃이 지면~ 같이 울던~ 알뜰한 그 맹서에 봄날은 간다~ 새파란 꽃잎이 물에 떠서……"

"하이 씹새끼 분위기 조지네. 봄날이 와도 될까 말까 죽어날 판국에 숫제 봄날이 간다네. 하여간 저 새끼 사는 동네는 뼛속까지 한이 서려 있어서 모든 일이 다 비관적이에요. 그러니 뭐 잘될 턱이 있겠냐고 맨날 선거 때마다 빨갱이 새끼들 똥이나 닦아 줄 밖에……"

와이셔츠 칼라에 흥건히 땀이 밴 배불뚝이가 목과 칼라 사이에 손가락을 넣어 공기를 집어넣었다. 배를 감싸고 있는 와이셔츠 단추도 위태위태한 상황이었다.

"별이 뜨면~ 서로 웃고~ 별이 지면~ 서로 울던~ 실없는 그 기약에 봄날은 간다."

박수가 터져 나왔다. 웅걸의 노랫소리는 꽤나 들을 만했다. 시김새가 깃든 「봄날은 간다」는 웅걸의 삶과 닮아 있어서 그 애절함이 더할 수밖에 없었다. 웅걸에게 봄날은 현재일 수도 있고, 진작에 가 버렸을 수도 있었다. 하지만 웅걸은 그 봄날 한 귀퉁이를 애써 그러쥐고 있었다. 정확히 뭔지 모르지만 근원이 모호한 억울함과 울분과 기대가 그러쥐고 있는 손을 쉽사리 놓지 못하게 했다.

"형, 저 노래 잘하죠 또 한 곡 할까요? 산울림이 부른 「청춘」도 잘하는데……"

"그래, 잘한다. 근데 그 흰머리는 대체 뭐냐?"

"아, 이거요. 이빨도 빠졌잖아요. 지들이 그냥 떠나고 싶은가 봐요. 히-히-"

웅걸은 입을 벌려 도막나 썩어 들어간 어금니를 들췄다. 배불뚝이의 한쪽 얼굴이 심하게 일그러졌다. 하찮거나 한심하거나 답답하거나 그 비슷한 심사의 일련이었다.

"지잡대 애들도 죽기 살기로 겨 올라오는 마당에 그러니까 뭐하러 겨 내려가냐고, 선배들 말 듣고 여기 눌러앉았으면 니가 지금 이 모양 이 꼴은 아닐 꺼 아니냐. 막말로 니가 가서 민주주의에 깃발을 꽂을 것도 아니고 인생 조질 것 뻔히 알면서 겨 내려간 놈이 멍청한 거지. 난 너희들 순진하다 못해 미련하기까지 한 사고방식을 보면 웃음밖에 안 나온다. 생각 같아서는 세상 바꿀 수 있을 것 같지? 좆까라 마이싱이라 그래라, 비슷한 놈으로 얼굴은 바뀔 수 있어도 권력과 부는 절대로 바뀌지 않는 법이다. 웃기는 얘기 같지만 회사에서 내 뒷조사나 도청 안 할 것 같냐? 내가 하루에 화장실을 몇 번이나 들락거리는지, 어떤 놈하고 어떤 메일을 주고받는지, 신용카드는 어디에서 긁는지 훤히 꿰뚫고 있다 그 말이다. 왜, 거짓말 같냐?"

배불뚝이의 투덜거림은 정확히 누구를 대상으로 하는 것인지 간파하기 어려웠다. 제 자신을 겨냥한 것 같기도 하고, 회사를 상대로 하는 것 같기도 하고, 웅걸을 향한 것 같기도 했다. 알큰하게 취기가 오른 웅걸은 고개를 갸웃했다. 배불뚝이의 지껄임이 귀에 거슬렸기 때문이었다. 서봉도 배불뚝이의 사람을 얕잡아 보는 말투와 비아냥거리는 표정에 속이 느글거리는 참이었다.

"담배 한 대 피우고 올게요."

서봉은 웅걸에게 말하듯 배불뚝이와 승만에게 알리고 자리에서 일어섰다. 웅걸이 따라 나오려 했으나 서봉은 괜찮다는 표정을 지어 보이며 가만히 어깨를 눌렀다.

밖은 서늘한 봄바람이 불었다. 답답한 가슴이 그나마 씻어 내려가는 기분이었다. 담배를 피워 문 서봉은 후- 연기를 불어 날렸다. 갑자기 서울은 뭣 하러 왔나 생각이 들었다. 낯선 길 위에 선 서봉은 영락없는 이방인이었다. 꽁초를 비벼 끈 서봉은 정처 없이 걸었다. 다시 자리로 들어가 앉고 싶은 마음이 딱히 들지 않았다. 인도 아래로 개천이 흘렀다. TV에서 볼 수 있던 청계천이었다. 서봉은 계단을 타고 아래로 내려갔다. 곳곳에 가로등 불빛이 비추는 가운데 맑은 물이 빠른 유속으로 흘렀다. 사람들이 많았다. 거개는 쌍쌍이었지만 혼자인 사람도 더러 눈에 띄었다. 물가를 걷던 서봉은 문득 유속도 없이 악취를 풍기는 광주천을 떠올렸다. 갑자기 속에서 부화가 치밀어올랐다. 이렇듯 개천가 하나 깨끗하게 정화시키지 못하는 주제에 민주주의의 성지를 자부한다는 것이 가당키나 하단 말인가. 서봉은 가만히 주저앉아 물속의 제 그림자를 들여다보았다. 어둑한 물빛 속으로 우울한 민낯이 그대로 드러나 보였다. 제 앞가림도 못하는 어린아이와 같은 현실 부적응자가 술 취한 채 비틀거리고 있었다. 서봉은 명치끝을 치받는 자괴심에 애써 그러쥐고 있던 단단함이 무너져 내렸다. 흐르는 청계천 물길 위로 뚝- 뚝- 눈물이 떨어져 내렸다. 아무도 이해할 수 없는 자신을 향한 죄의식의 소산이었다. 집이 다 헐리고 무너져 나갈 때까지 서봉이 한 것이라고는 술타령 외에 아무것도 없었다. 그러면서 한편으로는 특별한 신념이라도 있는 듯 가면을 뒤집어쓴 채 고뇌하는 모습을 보여왔던 것이다. 서봉은 삐어져 나오려는 소리를 겨우 참아내며 숨죽여 울음을 토해 냈다.

"와-, 오리다. 엄마 오리 잡아줘."

"저 오리들은 사람들 보라고 일부러 놓아준 거야. 유치원에 있는 장난감을 집으로 가져가면 안 되듯이 저 오리도 잡아가면 안 되는 거야."

서봉의 등 뒤로 사내아이와 엄마로 보이는 여자가 지나쳤다.

흰 집오리 두 마리가 물길을 거슬러 오르고 있었다. 서봉은 큼-큼- 기침으로 콧물을 삼키고 흘러내린 눈물을 닦았다. 사람들의 볼거리로 떠 있는 오리는 그 사실을 알까 싶은 생각이 불현듯 들었다. 청계천이 오리의 거대한 울타리처럼 보였다. 울타리는 자신을 보호해 주기도 하지만, 한편 가두기도 한다는 사실을 불현듯 떠올렸다. 서봉은 갇혀 살고 있는 것인지 보호받으며 살고 있는지 알딸딸했다. 마셨던 소주가 뒤늦게 올라오는 기분이었다.

"어딨냐? 우리 지금 맥줏집으로 옮기는 중인데……"

웅걸에게서 전화가 걸려왔다. 서봉은 알아서 찾아가겠다고 답하고 전화를 끊었다. 시끌벅적 반가움이 난무하지만 무엇엔가 쫓기듯 불안해 보이는 사람들의 모습이 마치 감상을 위해 존재하는 청계천 오리처럼 느껴졌다. 스스로 살아간다고 생각하지만 결국 누군가의 또는 어떤 집단의 관상용으로 존재하는 것은 아닌지, 때문에 필연적으로 불안을 느낄 수밖에 없는 것은 아닌지 의심이 들었다. 서봉은 쪼그려 앉았던 다리를 폈다. 그렇게 앉았다가는 또 다른 누군가의 관상용이 될 소지가 없지 않았다. 허리를 펴고 하늘을 올려다봤다. 하늘보다 먼저 거대한 빌딩 숲의 불빛들이 눈에 들어왔다. 빼곡히 비추는 불빛을 보면서 서봉은 눈부시다 생각 했다. 아프게 찌르는 불빛들을 피해 서봉은 무작정 걸음을 디뎠다.

서봉의 발길은 청계천에서 종로거리로 옮겨졌다. 밤 8시를 조금 넘긴 종로는 수많은 사람들로 붐볐다. 앞 사람이 내뿜은 숨을 뒤따르는 사람이 다시 걸러 마셨다. 현란한 네온과 시끄러운 음

악소리 그리고 알 수 없는 호객 소리 등이 어우러진 거리는 거대한 쓰레기통 같았다. 서봉은 멀미를 하듯 어지럼증이 일었다. 나방 떼에 비견할 만한 이 사람들은 도대체 어디서 기어 나온 것일까, 궁금할 정도였다. 수많은 소리가 한꺼번에 들어찬 귓속은 이미 소리를 가려내는 분별력을 잃어버린 후였다. 서봉은 불안이 엄습했다. 정체불명의 세균덩어리 가운데 놓여있는 느낌이었다. 뿌리가 없이 부유하는 그것들은 숙주를 찾아 끊임없이 큥큥거리는 모습이었다. 서봉은 피난처라도 찾듯 웅걸이 알려준 맥줏집을 발견하려 사방을 휘둘러보았다. 다행히 그것은 머지않은 곳에서 충혈된 눈을 반짝이고 있었다.

"웅걸이 니 그거 아나? 여 있는 연놈들 중에 절반밖에 결혼을 몬했다는 거. 그라고 결혼한 그 절반 중에 아가 있는 연놈들이 또 절반밖에 안 된다는 거."

배불뚝이는 이미 고개를 꺾고 꾸벅꾸벅 졸고 있고, 승만과 웅걸이 얘기를 나누고 있었다. 서봉은 웅걸 옆의 빈자리에 앉았다. 맥줏집으로 옮기는 사이 인원은 절반쯤 떨어져 나가고 열댓 명이 앉아있었다. '만민호프'라는 간판처럼 맥줏집은 백 평 남짓 넓었다.

"그게 어쨌서?"

웅걸은 풀어진 눈을 끔벅거리며 조끼에 입을 가져다 댔다. 서봉의 앞에도 조끼 하나가 배달되어 왔다.

"사람이 말이다. 두 가지 욕구가 있는데 하나는 성욕이고 또 하나는 식욕인기라. 그중에 더 강한 기 뭔 줄 아노?"

"몰라 짜샤, 난 이미 소화력도 떨어지고 여자하고 그짓 해 본 지도 까마득해서. 남은 욕구라고는 이 술밖에 없어."

정말로 그래 보였다. 웅걸에게는 식욕과 성욕을 포함한 그 어떤 욕망도 없어 보였다. 도대체 왜 사는 것일까 의문이 들 정도로 풀어헤쳐져 있었다.

"결론부터 말하자믄 식욕이 성욕 즉 종족번식욕보다 앞서는 기라. 내 묵고 살기가 버거우이까네 새끼를 안 낳는기다 이 말이다. 지금 세상이 어떤 세상인줄 아나? 지가 싸질러 놓은 애새끼까지 귀찮다고 때려죽이는 세상인 기라. 성경에서 말하는 그 종말이 머잖았다 이 말이지."

"난 모르겠는데, 우리 동네는 노인들밖에 없고 아직 그런 일도 없어서 근데 니가 하고 싶은 말이 뭐냐?"

웅걸이 귀찮다는 듯 고개를 비틀어 승만을 쳐다봤다. 서봉은 지루하고 답답한 기분을 씻어 볼까 마른 오징어 다리를 입안에 넣고 질겅거렸다. 시원찮은 이빨이 오징어다리를 이겨 내지 못하고 흔들거렸다.

"솔직히 내가 취해서 이캉 말하는 긴가 모리겠는데 진짜 무섭아서 몬살겠는 기라. 니 우리나라 가출청소년이 몇 명인 줄 아나? 무려 이십만 명이라카이. 또 우리나라 자살률이 오이씨디 국가 중에 최고라는 사실은 니도 들어서 알고 있제? 무려 삼십칠분에 한 명 꼴로 자살한다 안 카나. 그기 대부분 서울을 비롯한 수도권에서 일어나는기라. 작년에 내 반에서도 아 하나가 아파트 옥상에서 떨어져 가뿟다 아이가. 멀쩡하던 아가 하루아침에 죽었다카믄 담임인 내 맘이 어떘겠노? 그란데 갸가 왜 죽었는 줄 아나? 암만해도 내가 취했는갑다. 이란 얘기 해서 안 되는 긴데, 난중에 일기가 발견되가 알게 된 긴데 날마다 지 부모가 때린 기라. 와 때린냐? 이유가 없는기라 지들도 고마 살기가 힘들고 스트레스가 받치이까네 맨만한 지 딸을 밤마다 조졌든 기지. 그래고마 야도 견디기 힘드이까네 떨어져뻔 기라. 결국 갸 부모들도 학대죄로 지금 감빵 살고 있다 아이가. 니는 이런 기분 모를끼다. 무슨 거대한 괴물하고 맨손으로 싸우는 것 같다 아이가. 도저히 캄캄해서 몬살겠는기라, 불빛 한 쪼가리 비치지 않는 이 동굴 속에서 우째 제정신으로 살아갈 수 있겠노. 니 눈에는 모다 야덜이 제정신 박힌 아들로 보이는동 모리겠는데, 내 보기에는 전부 외눈박이 괴물들로 보이는 기라."

술잔을 쥔 승만의 손이 파르르 떨렸다. 마음속에 담아둔 남모를 비밀을 토해 낸 사람처럼 승만은 곧 울어 버릴 것 같은 표정이었다. 두려움과 허탈함이 교차하는 승만의 얼굴이 잘못을 고백한 어린아이의 그것과 닮아 있었다. 승만은 고개를 떨군 채 혓바닥으로 입술을 닦았다. 입이 마른 모양이었다.

"그래도 웅걸이 너는 죽지 말고 꾸역꾸역 살아라이. 누군가는 살아 있어야 증언이라도 할 거 아니겠나."

승만이 술잔에 입술을 대고 벌컥벌컥 들이켰다. 한없는 갈증에 시달린 사람의 모습이었다. 때마침 뒷목에 한손을 가져다 대며 배불뚝이가 깨어났다. 너무 오래 고개를 구기고 있어 그만 쥐가 난 모양이었다. 어금니가 다 보일 정도로 찢어지게 하품을 한 배불뚝이는 충혈된 눈알을 끔벅거린 후 손목시계를 들여다봤다. 목에 맨 넥타이처럼 꽉 조인 시곗줄이 답답해 보였다.

"벌써 시간이 이리 됐나. 하-, 자식들 지금 때가 어느 땐 줄 모르고 정신들 없네. 맨날 이 모양이니까 빡빡 바닥만 기고 있는 거 아니겠냐. 너희들 십 년 후에 피똥 싸지 않으려면 내 말 잘 새겨들어라. 불금이니 휴가니 이딴 소리 집어치우고 당장 외국어 하나를 더 공부하든지 다른 직업을 준비하든지 하여간 뭔가 해야 할 거다. 얘들 이거 십 년 후에 나한테 돈이나 빌려달라거나 물건이나 하나 팔아 달라고 전화하지 않으면 다행 아니겠냐."

배불뚝이는 종업원을 불러 얼음냉수 한 컵을 달라고 했다. 회장이 일어서서 '방송반이여 영원하라' 어쩌고 하는 구호를 외쳤고, 회원들이 술잔을 부딪쳐 똑같은 구호를 외쳤다. 서봉은 왠지 객쩍어서 술잔을 바닥까지 비워 냈다. 솔직히 무슨 말을 하는지, 또 무슨 말을 해야 하는지 도통 알 수가 없었다. 홀 귀퉁이에 서 있는 여종업원을 향해 서봉이 검지 하나를 세워 한 잔 더 달라는 신호를 해 보였다. 그 모습을 쳐다본 배불뚝이가 경멸의 눈빛을 비쳤다. 그래 거지발싸개 같은 놈아 술이나 퍼먹다가 일찍 되져 주는 것이 국익에 이롭다, 뭐 이런 눈빛이었다.

"왜요? 뭐 할 말 있어요?"

서봉은 자신도 모르게 불쑥 거친 말이 튀어나오고 말았다. 하지만 그래서는 안 된다는 일말의 망설임이 배불뚝이를 똑바로 쳐다보지 못하게 했다. 말은 분명히 배불뚝이를 대상으로 하고 있었지만 시선은 묘하게 배불뚝이의 빨간 넥타이에 꽂혔다. 푹 젖은 채 늘어진 배불뚝이의 넥타이가 오히려 서봉을 빤히 쳐다봤다.

"웅걸이 너 세상 막사는 줄은 알았다만 이 정돈 줄은 몰랐다. 그 나이 먹었으면 사람 좀 가려서 만나야 되는 거 아니냐? 여기가 뭐 개나 소나 동호회도 아니고 최소한 인간으로서 갖춰야 할 예의는 있어야 하는 거 아니냐 이 말이다. 니들 무식한 동네는 어떤지 모르겠다만 여긴 판이 다르잖냐. 짜식, 내려가더니 완전 망가져가지구 분별을 못해요."

말을 마친 배불뚝이는 신경질적으로 제 앞의 물잔을 손등으로 툭 밀었다. 물잔이 밀리면서 물이 출렁거렸고 바닥으로 흘러넘쳤다. 묘한 야료가 섞인 제스처였다.

"근데 말이야 형, 그거 알아요? 형은 옛날부터 졸렬하고 재수가 없었다는 거. 서울 애들은 먹어 주지 않으니까 순진한 지방출신 후배들한테 빌붙어서 담배나 삥 뜯고 밥이나 얻어먹던 주제에 좆나게 말은 많았잖아요. 뭐 지금이야 대기업이지만 하여간 회사 들어가서 손바닥 비비고 이간질해서 직급 좀 올라가니까 옛날 밑창 시절을 기억 못하는 모양인데 내가 보기에 형은 그냥 아직도 밑창 그 이상도 그 이하도 아니에요. 왜 다들 형을 그렇게 불렀잖아요, 여학생들한테 껄떡대는 것도, 대가리에 든 것도, 교수한테 살살거리는 것도, 형이 늘 신고 다니던 구두 밑창 같다고."

"……뭐야 새꺄."

한순간 배불뚝이는 몸을 일으켜 세웠고 물컵을 들어 테이블 위에 내동댕이쳤다. 웅걸의 눈두덩에서 검붉은 피가 뚝뚝 흘러내렸다. 유리 파편이 하필 웅걸의 눈언저리를 스치고 지나간 때문이었다. 떨어져 내린 피가 입고 있는 상의에 번져 나갔고 여자들 입에서 숨죽인 비명이 새어 나왔다. 하지만 웅걸은 아무렇지도 않다는 듯 맥주잔을 들어 죽 들이켰다. 떨어져 내리는 피가 볼을 타고 턱으로 흘렀다.

창밖 풍경은 수많은 불빛들로 어지러웠다. 웅걸과 서봉은 흔들리는 밤 배경을 안주 삼아 캔 맥주를 홀짝였다. 웅걸의 오른쪽 눈두덩에는 꿰맨 자리를 덮은 거즈가 들러붙어 있었다. 하루 더 있을 예정이었지만 웅걸과 서봉은 병원을 나서자마자 택시를 집어타고 용산역으로 향했다. 남쪽으로 떠나는 마지막 무궁화호 열차에 몸을 실은 둘은 실없이 키득거렸다. 서봉의 부어오른 눈꺼풀이 기이한 웃음을 만들어 냈다. 둘은 식당칸으로 향했고 창밖을 향해 나란히 앉아 맥주를 마시기 시작했다. 남쪽으로 향하는 열차를 탔다는 것만으로도 막힌 숨이 터져 나오고 몸이 나른해지는 기분이었다. 창밖은 귀향을 위한 환송이라도 하듯 현란한 불빛들이 희롱하고 있었다. 덜컹거리는 기차는 배 속에 들어찬 맥주를 흔들어 거품을 만들었고 꺽-꺽- 트림을 토해 내게 했다. 열차는 한산했고 술 마시기 더없이 좋은 정취였다.

"서울 가서 훈장 단 기분이 어떠슈?"

"글쎄…… 예나 지금이나 나는 서울이 낯설다."

핏물이 배인 웅걸의 상의가 창에 얼룩져 보였다. 살다 보면 가끔 얼룩이 지기도 했고 길을 잃기도 했다. 웅걸과 서봉의 서울행은 남쪽으로 향하는 마지막 열차를 탄 것에 의미를 두었다. 더 이상 실족하지 않은 것만으로도 위안이 되는 밤이었다. 이제 뭔가 용기를 내 보기도 쉽지 않은 나이였지만, 자빠지면 일어서기도 쉽지 않았다. 만만치 않은 도심의 풍경이 띄엄띄엄 멀어지고 있었다. 웅걸은 창에 비친 자신의 얼굴을 쳐다보며 맥주를 홀짝였다. 군대 3년과 대학 4년, 도합 7년을 어떻게 이 도시에서 견뎠을까, 생각이 많아지는 순간이었다. 아마 아무것도 몰랐기에, 생각할 밑그림이 없었기에 견뎌 낼 수 있었을 것이었다. 열차의 스팀 때문인지 웅걸은 몸이 나른해졌다. 어쩌면 남쪽으로 향하는 열차에 안착함으로써 몸의 긴장이 풀린 때문일 수도 있었다. 부어오른 눈꺼풀 사이에서 진물 같은 눈곱이 찌걱거렸다. 수없이 술을 먹었지만 좀처럼 얼굴이 상하는 일은 없었다. 자신을 향한 미안함이 밀려들었다. 지금껏 자신을 먼저 위했던 적이 있었던가 생각이 들었다. 꼴같잖은 자존심이었거나 의협심 때문에 늘 자신은 뒷전이었다. 생각해 보면 그것이 더 비겁한 짓이었을지도 몰랐다. 당장 내일 끼니를 때우기도 어려운 처지에 주머니에 든 잔돈마저 털어서 누군가에게 적선한다는 것은 정의감을 가장한 자기 위안 일 수 있었다. 밑창만 해도 그랬다. 대학 때 늘 싫어하면서도 내치지 못하고 뜯기며 살았었는데, 모처럼 만난 술자리에서도 털어 내지 못하고 줄곧 개소리를 듣고 있었으니, 스스로 비굴을 자처한 꼴이나 마찬가지였다. 아무도 상대해 주지 않는 밑창을 마주하고 있으면서 선후배들을 향해 약아빠진 놈들이라고, 나는 최소한 갈 곳 없는 인간을 내치지는 않는다고 스스로 위안하고 있었을지도 모를 일이었다. 하지만 정작 웅걸을 향한 선후배들의 생각은 달랐을 것이었다. 대학 때 그렇게 당하고 아직도 바보처럼 저러고 있다고, 저놈은 평생 그렇게 불편한 인간들 설거지나 하면서 살 수밖에 없다고 혀를 찼을 것이었다.

"젠장, 기껏 몇 시간 거린데 흡사 딴 세상이라도 다녀온 느낌이야. 당신 친구들도 나를 딴 세상에서 굴러온 놈으로 봤겠지? 여자들은 아예 나한테 눈길도 안 주더라고 큭-큭- 새초롬하니 반반한 애들 몇 명 보이긴 하던데."

"그 틈에 볼 건 다 봤구나. 촌놈처럼 들이대지 않은 게 그나마 다행이다. 걔네들이 실실 웃고 있어도 속에는 닳고 닳은 아주머니 한 분씩 들어계신다. 잘못하면 쌍욕 얻어듣고 싸대기까지 얻어맞을 수 있다는 거야. 그것도 아주 예의 바르게 말이야."

"당신 말대로라면 꼴값 떨었다가 아주 넙치가 될 뻔했네. 맥주가 마시기는 좋은데 텁텁한 맛은 없어. 사는 거랑 막걸리 맛이랑 비슷해서 끊기가 어렵나. 쓰발, 맥주를 먹으면서도 막걸리 생각이 나니 내 인생도 어지간히 안 풀리려나 봐."

예식에라도 다녀오는 것일까. 한참 유행이 지난 양복을 차려 입은 중년 아저씨 셋이 식당칸으로 들어섰고, 오징어 한 마리와 캔맥주 세 개를 샀다. 손이 투박하고 얼굴이 가무잡잡한 모양이 건설노동자 아니면 농부처럼 보였다. 아무 말도 없이 아껴 맥주를 홀짝이는 그들을 쳐다보던 서봉은 괜히 부끄러운 생각이 들었다. 여태껏 자신의 몸을 부려서 가족이었을 누군가를 책임져 왔을 그들의 투박한 손이 싸-하게 가슴을 쓸었다. 진실이라는 것이 또는 삶의 진정성이라는 것이 무엇인 줄은 모르지만 사람을 숙연해지게 하는 것은 분명했다. 서봉은 마시던 맥주가 잘 넘어가지 않고 목구멍에 걸렸다. 평생 받기만 했던 지난 삶에 진정성이라고는 찾아보기 힘들었다. 지금도 아버지의 집을 판 돈으로 맥주를 마시고 있으니 인생 자체가 허위라고밖에 달리 말할 수 없었다. 진실이라 함은 적어도 내 손발을 움직여서 누군가에게 따뜻한 밥 한 끼라도 대접하는 것에서부터 비롯되는 것일 터였다. 가끔, 막막한 벽과 마주할 때가 있었다. 아스팔트 길 위를 걷다가 갑자기 맨땅을 만났을 때처럼 현실에 직면할 때였다. 아마도, 아버지의 집 판 돈이 다 떨어지고 나면 그때서야 벽을 마주할 것이었다. 서봉은 창에 비친 자신의 얼굴을 마주하기가 두려웠다. 오로지 자신만을 위해서 살아온 철없는 어린아이의 얼굴을 직면하기가, 그것이 한 치의 거짓 없는 본인 얼굴이라는 사실을 인정하기가 괴로웠다.

"난 우리 어머니가 돌아가실까 두렵다. 어머니 돌아가시면 나는 무슨 이유로 사냐?"

"이 인간 또 맘 약한 소리 하는 것 보니 취하셨네. 그런 걱정일랑 마슈, 반편이 자식 때문에 쉽게 돌아가시지는 못할 테니. 나 같아도 당신 같은 자식 두고는 눈 못 감지. 모자라도 좀 모자라야 말이지."

"그래 닥치고 술이나 먹자. 내가 너하고 무슨 진지한 대화를 하겠다고 지껄였는지 내 주둥이를 그냥 주먹으로 치고 싶다."

"입 꿯고 술로 소독하고…… 발상이 좋은데, 그게 바로 요샛말로 창조경제 아니겠수."

웅걸은 누런 앞니를 드러내 보이며 웃었다. 쓸쓸해 보이는 그 웃음이 애써 울음을 참고 있는 어린아이의 얼굴과 겹쳐졌다. 시간은 자정을 향하고, 기차는 철거덕 소리로 달리고 있었다. 영원히 기차가 달릴 수 있다면 그 웃음 속에서 쓸쓸함이 거둬질 수 있을까. 퉁퉁 부어오른 웅걸의 눈꺼풀은 급기야 눈알을 덮을 지경이었다. 웅걸도 서봉도 담배 생각이 간절했다. 톱톱해지려는 감정에 물을 타고 싶은 것이었다.

"인생 무지하게 헐렁하게 살았는데 어디 여행 한번 제대로 간 기억이 없네. 아무리 내 인생 내 맘대로 사는 거라지만 이렇게 열등하게 살아도 되는 거요?"

"지금 우리가 타고 있는 열차가 무궁화호잖냐. 우리 인생의 등급이 딱 무궁화호다 생각하면 맞을 거다."

8
땅

아직 해가 뜨기 전인 벌판은 고요했다. 서봉은 제 집이 있던 자리 위를 밟고 섰다. 완전히 잔해를 밀어버린 땅은 붉은 황토색을 띠고 있었다. 제 집이 있던 자리인지조차 분명치 않았지만 마음이 평안했다. 이 땅에 기대어 사십 년 가까이 살았구나 생각하니 감회가 새로웠다. 사람이 태어나서 한곳에, 그것도 붙박이로 반평생을 살았다면, 어떻게든 그 땅의 기운이 먹은 밥처럼 켜켜이 녹아들었을 것이었다. 서봉은 지금 밟고 서 있는 땅 위에서 첫 숨과 첫 울음을 토해 냈고, 내내 그 위에서 꿈을 꿨으며, 살이 붙고 뼈가 굵어졌다. 어떻게 보면 서봉을 온전히 키워낸 토양이 바로 이 땅일 수 있었다. 서봉은 북받쳐 오르는 가슴을 억누르며 콧물을 삼켰다. 아득한 유년의 기억에서부터 지금까지의 긴 시간이 땅의 기운에서 느껴지는 듯했다. 서봉은 이슬이 깔린 겉흙을 발로 쓸어내고 반듯하게 누웠다. 흙으로 돌아간다는 것이 이런 것인가. 아늑하고 따뜻한 기운이 등뼈를 타고 전해졌다. 하늘에는 아직 지지 못한 별들이 애써 졸음을 견디며 눈을 깜박거리는 중이었다. 아득한 유년의 어느 가을밤, 화장실까지 가기가 겁나 마루에 선채로 마당 가운데 오줌을 갈겼던 기억이 스쳐 지나가고, 식목일 아침 우리도 무엇인가 심자며 아버지와 함께 대문 옆을 파고 토란을 심었던 기억이 떠올랐다. 수돗가에서 세수를 하던 고등학생 누나는 빨간 코피를 흘려보냈고, 어느 날은 어머니가 그 위에서 동태를 손질했다. 봄 여름 가을 겨울이 수없이 바뀌는 동안 새집을 사서 이사 갈 생각을 하지 않았다는 것이 새삼 이상하게 느껴졌다. 기어이 집이 헐리고 나서야 떠날 생각을 한다는 것은, 영원히 이 집과 땅에 대한 여운을 씻어 낼 수 없을 것이란 소리와 같았다. 서봉은 감겼던 눈을 떴다. 살포시 콧잔등을 쓸고 지나가는 바람이 아니었더라면 긴 잠을 잤을 것이었다. 서봉은 누웠던 자리에서 천천히 몸을 일으켰다. 묻혀 있던 과거를 일으켜 세우는 것처럼 소리 없는 거대한 기침이었다. 도로변과 가까운 곳에서부터 지반을 다지기 위한 쇠말뚝을 박아 내려오고 있었다. 집이 있었던 자리를 찾아보는 것도 얼마 남지 않을 추억이었다. 서봉은 세워 놓았던 시티100 오토바이에 시동을 걸었다. 부르르-부르르- 살아난 오토바이 위에 올라앉아 천천히 악셀을 돌려 공사장을 빠져나갔다.

"지금이 맺시냐 이놈아? 그래 느려 터져가꼬 목구멍에 밥알

넣고 살겠다."

가게 밖에 의자를 놓고 서봉을 기다리던 장미가 발끈했다. 새로울 것도 없었다.

"대한민국 사람 열에 아홉 사람은 아직 일어나지도 않았을 시간이에요."

서봉은 오토바이에서 내리자마자 휑-하니 찬바람을 일으키며 장미를 스쳐 지나갔다.

"어디가 이놈아?"

문을 열고 장밋집으로 들어가는 서봉의 뒷덜미를 장미의 가시가 할퀴었다.

"물 마시러요."

"뜨건 물 마셔 이놈아. 잠은 안집에 와서 자라는데도 왜 지지리 궁상을 떨고 한뎃잠을 자는지, 하여간 고집 센 놈들 치고 제명까지 사는 놈 못 봤으니까. 계속 그렇게 한뎃잠을 잤다가는 딸년이고 뭐고 국물도 없을 줄 알아 이놈아."

"아주머니는 냉수 드셔야겠어요. 왜 멀쩡한 달래 씨는 어리바리한 나한테 갖다 붙이시고 그래요. 멀쩡한 놈한테 보내시라니까."

물을 마시고 나온 서봉은 장미의 손에 들린 쪽지를 빼앗아 들었다. 동태대가리 10개, 미나리 3다발, 청량고추 1근, 새송이 버섯 1kg, 콩나물 3천 원, 낙지 3마리.

"너 내가 어머니라고 부르란 지가 언젠데 아직까지 아주머니야?”

“낙지는 또 뭐래요. 오늘 예약손님 있어요?”

“너 맥여서 빳빳하게 힘 좀 세울라고 그란다. 함 묵어 봐라 달래가 여자로 보일 것잉께.”

오토바이에 올라앉는 서봉을 향해 장미가 팔뚝을 흔들어 보였다. 그런 장미를 향해 서봉이 고개를 좌우로 흔들었다.

“오늘 조선대에서 장미축제 개막식 한다네요. 밤에 달래 씨랑 함께 가 보세요.”

서봉이 오토바이 앞 바구니에 얹어진 신문 더미에서 〈광주일보〉 한 장을 집어 장미에게 훅 던졌다. 용케 장미는 서봉이 던진 신문을 받았다. 1면에 갖가지 장미사진이 화사하게 장식되어 있었다.

“썩을 놈, 속은 놀놀해가꼬…… 달래랑 같이 가자는 말을 에둘러서 잘도 하는구먼.”

서봉은 오토바이를 타고 남광주시장으로 달렸다. 아침 찬바람이 콧속을 후벼팠다. 숨을 쉬지 않아도 저절로 숨이 밀려들어 머릿속이 시원했다. 점심때까지 퍼질러 자던, 아니 애써 눈을 감고 버팅기던 날들을 청산한 지가 벌써 한 달이 지나고 있었다. 서봉은 새벽 3시면 정확히 일어나 지국 문을 열었다. 그럴 수밖에 없는 것이, 그쯤 그날 신문을 실은 트럭이 배달을 오기 때문이었다.

“내가 왜 은행을 때려치우고 〈광주일보〉 지국을 맡았는지 아냐? 〈광주일보〉가 나를 키워 주기도 했지만 꼭 그래서만은 아니여야. 그냥 광주가 좋아서 그래서 그랬어야. 광주 소식을 광주 시민들한테 내가 전한다고 생각하믄 그냥 가슴이 막 뛰고 신이 나서 날마다 배달시간이 기다려지는 거여. 상고를 다니면서 은행원이 되겠다는 꿈도 있었지만 그 꿈보다는 외려 신문배달이 더 나를 설레게 하더라고. 벼랑에 올라선 것처럼 가슴이 막 부풀어 오르고, 뛰어내리면 날 수 있을 것 같은 자신감이 밑도 끝도 없이 나를 흥분시키는 거여. 덕분에 아내도 만났지 않았겠냐. 일요일마다 성경책을 들고 교회 다니는 여고생이 예뻐 보여서 날마다 신문 한 부씩을 안겼었는디 나중에 결혼까지 안 하게 됐겠냐. 서봉아! 여그는 말이다이, 어떤 수사도 부끄러울 정도로 거룩한 땅이라는 사실을 니도 알꺼다이. 그래서 내가 너한테 거절해서는 안 될 부탁을 헌다. 살아가면서 사람이 소신을 지키기도 어렵지만 하찮은 소신이라도 지키면서 살면 공허하지는 않어야. 내가 죽어서라도 너를 도우꺼신께. 내 지국을 맡아도라. 나는 죽어서도 광주 시민들한테 광주 소식을 전헐 것이여야."

김국장은 죽기 며칠 전 서봉에게 긴히 할 말이 있으니 혼자서 찾아와 달라고 했다. 전갈을 받은 서봉은 김국장이 평소 즐겨 피우던 에쎄 한 갑을 사들고 방문했다. 병원 뒤편으로 서봉을 이끈 김국장은 죽을 때가 다 되었으니 괘념치 말라며 담배 한 개비만 달라고 했고, 서봉은 준비해 간 에쎄를 내밀었다. 김국장은 겨우 연기만 마시는 정도였지만 아주 달게 담배를 피웠다. 그러면서 서봉에게 유언처럼 자신의 지국을 부탁했던 것이다.

남광주시장에 도착한 서봉은 한 바퀴 돌며 눈구경을 했다. 새벽시장 중에 남광주시장 만큼 볼만한 시장도 전국에서 드물 것이었다. 남광주시장은 특히 수산물이 좋았다. 남광주역에 기차가 들어올 때까지는 순천 보성 등에서 아주머니들이 다라이로 수산물을 날라왔지만, 기차가 들어오지 않는 요즘은 주로 트럭이나 봉고로 실어져 왔다. 어찌된 일인지 남광주 새벽시장은 기차가 들어오던 때보다 더 크게 활성화되어서 야시장을 방불케 했다. 서봉은 좋은 낙지를 찾느라 구석구석 살폈다. 연포탕를 할지 볶음을 할지 호롱을 할지, 그거야 알 수 없지만 장미의 말처럼 힘이 불끈 솟게 해 준다니 기대하지 않을 수 없었다. 서봉은 눈에 띄는 딸기부터 한 바구니 샀다. 줄기에 달린 것처럼 싱싱한 딸기가 서봉의 마음을 잡아끌었다. 장미의 목록에는 없지만 달래를 줄 요량으로 따로 챙긴 것이었다. 몇 걸음 옮겼을 때, 바지 주머니 속에서 전화가 울었다. 누구로부터 걸려 온 전화인지 알기 때문에 받을까 말까 고민하던 서봉은 한적한 곳으로 발길을 옮겨 전화를 받았다.

"아직 소식 없지야? 서봉이 너도 진짜로 모르는 거 맞지야? 연락 오거들랑 내가 찾는다고 꼭 전해 주는 거 잊지 말아야 쓴다이."

홍구는 매일 아침 서봉에게 문안인사 드리듯 전화를 하고 있었다. 서봉은 늘 똑같은 세 번의 '예' 소리로 응대를 했다. 아직 웅걸이 사라져 버린 것을 현실로 받아들이지 못한 홍구는 해 질

녘까지 금정식당에 앉아 애타게 창밖을 바라보았다. 혹여나 웅걸이 저 멀리서 걸어오지는 않을까, 고개를 빼들고 해바라기를 했다. 하지만 웅걸은 그 어떤 소식도 없이 나타나지 않았다. 서봉의 집이 헐리던 그 즘 웅걸의 집도 해결이 되었다. 경매로 낙찰 받았던 집주인이 원룸을 지을 요량으로 얼마간의 이주비를 건넸던 것이다. 집이 해결되면서 웅걸 어머니는 누나 집으로 들어갔고, 웅걸은 며칠 후 감쪽같이 사라져 버렸다. 서봉에게조차도 아무런 언질이 없이 사라져 버린 웅걸은 지금껏 소식이 없었다. 졸지에 아버지를 잃은 자식들처럼 떨거지들은 구심점을 잃고 헤매는 신세가 되었고 막걸리 골목도 활기를 잃었다. 게다가 서봉까지 새벽에 신문배달을 하다 보니, 술을 마실 수 없게 되었고 그래저래 동문다리 막걸리 골목의 아성이 위태로운 지경이었다.

"서봉인지 동봉인지, 하여간 이 세상에서 가장 위대하신 봉아! 너 지금 오는 중이냐? 가는 중이냐? 아니면 돌아가시는 중이냐? 퍼뜩 오지 못해 이놈아! 늑장부렸다가는 찬밥 덩어리 한술도 없을 줄 알아."

서봉은 실소를 터뜨렸다. 장미의 뻔한 전화를 받지 않았더니 음성을 남긴 것이었다. 서봉은 서둘러 장을 봤다. 사실 여기저기 살펴봐도 물건은 다 좋았다. 새벽부터 아침까지 반짝 서고 사라지는 장이고 보니 좋지 않은 물건은 펼쳐 놓지 못했다. 물론 늘 문을 열고 있는 건물 안 상가도 있었다. 하지만 서봉은 도깨비시장이나 다름없는 노점을 더 선호했다. 가장 신중하게 고른 낙지네 마리까지 사고 나니 제법 손이 묵직했다. 장미는 세 마리를 사오라고 했지만, 한 마리는 특별히 달래에게 부탁해서 낙지죽을 쑤어 달랄 참이었다. 낙지죽을 쑤어서 점심때 아버지를 찾아갈 요량이었다. 정말로 힘이 불끈 솟아서 간호사 엉덩이를 힐끔거릴 정도가 된다면 좋을 것이었다. 서봉은 오토바이에 장 본 물건을 싣고 달렸다. 여전히 시원한 찬바람이 콧속을 파고들었다.

지금쯤 웅걸은 아침 파도 소리를 들으며 수진의 가슴에 코를 박고 있을 것이었다. 서봉의 남은 돈까지 털어서 갔으니 꽃 같은 한 시절을 보낼 수 있을 것이었다. 웅걸이 사라진 후 서봉은 자신의 현금카드도 함께 사라진 것을 알았고 사백만 원이 인출됐음을 확인했다. 그래도 의리는 있어서 삼십이만 원 잔고는 남겨 두었으니 감사할 따름이었다. 웅걸이 수진과 후포에서 살림을 차리고 살게 될지, 수진을 데리고 다시 내려올지, 아니면 영원히 흔적 없이 사라져 버릴지 알 수 없었다. 하지만 서봉은 걱정하지 않았다. 어디서 무엇을 하고 살던 그 중심은 이곳에 있을 것이라는 사실을 잘 알기에 함께 있는 것이나 다름없었다.

패배와 환멸을 껴안고 넘어가는

고명철 문학평론가, 광운대 교수

1.

여기, 뜨거운 시대를 통과해 온 사람들이 있다. 누가 뭐라 해도 자신의 방식으로 강팍한 삶을 견디는 사람들이 있다. 비루하고 남루한 삶을 온몸으로 살아 내는 사람들이 있다. 삶의 주변부로 내팽개쳐진 채 내일의 삶을 향한 이렇다 할 미래가 보증되지 않는 사람들이 있다. 그들은 작가 손병현의 장편소설 『동문다리 브라더스』에서 쉽게 만날 수 있는 인물들이다. 소설 속 표현을 빌리자면, 그들은 "비장함과 비극미가 한꺼번에 닥쳐오는 느낌"(42쪽)에 친친 결박돼 있다. 그렇다고 지레 넘겨짚지 말아야 할 것은, 이 소설에서 그들이 현실과 치열한 대결을 하는 가운데 세계에 대한 패배자로서 도저한 비관주의를 바탕으로 솟구치는 비장함의 파토스와 비극적 미의식을 보여 주는 데 치중하고 있는 것은 아니다. 다시 말해 그들은 세계와 대결하는 과정에서 새롭게 발견하는 비장함과 비극미를 통해 우리 시대의 소설적 진실을 타전하는 데 목적이 맞춰져 있지 않다. 오히려 주목해야 할 것은, 세계로부터 철저히 패배한 자들이 마주하는 현실의 비정함에 대한 작가의 날카로운 성찰적 태도이다.

2.

여기서 간과하지 말아야 할 것은 그들이 바로 5·18광주의 역사와 결코 무관하지 않다는 점이다. 그렇다고 손병현의 『동문다리 브라더스』를 5·18광주의 서사 맥락 안에서만 이해하는 것은 이 소설에 대한 매우 협소한 접근이다. 분명, 『동문다리 브라더스』는 그동안 한국소설사에서 축적시킨 5·18광주의 서사와 연동돼 있되, 5·18광주에 대한 낯익은 서사로만 국한시킬 수 없는 또 다른 서사의 면모를 보인다. 그것은 『동문다리 브라더스』에 등장하는 인물들이 5·18민주화운동에 적극 가담함으로써 한국 민주주의의 새로운 장을 열어젖힌 역사의 주체로서 부각되기보다 그 주변부를 배회하는, 아니 심지어 그것과 무관한 영역에서 생존을 연명해 가는, 삶의 낙오자들의 군상을 통해 5·18광주의 또 다른 진실을 자연스레 드러낸다.

그래서일까. 『동문다리 브라더스』에는 특정한 인물이 시쳇말로 주인공으로 부각되지 않는다. 작중 인물들 대부분이 삶의 패배자를 겸한 낙오자들인 바, 중요한 것은 그들이 지닌 개별성보다 패배자와 낙오자의 모습을 공유하고 있는 어떤 집합성으로 다가온다는 사실이다. 작중 인물들, 가령 서봉, 웅걸, 병구, 청산, 묵경, 홍구, 김국장, 태섭 등 작품 속에서 비록 고유명사로 호명되고 있으나, 그들 각자의 개별성을 한데 묶을 수 있는 몇 가지 특성 때문에 사실상 그들은 집합성의 그 무엇, 말 그대로 '형제들(brothers)' 의 속성을 지닌다 해도 과언이 아니다. 그것은 고향 광주에 남겨졌다는 것, 아니 광주를 지키고 있다는 것을 골격으로 하여, 5·18광주 민주화운동의 과정 속에서 본의 아니게 점차 세속화되어가는 비정한 현실에 동화되지 못한 채 험난한 삶을 살고 있다는 것이다. 이 세속화되는 광주의 현실에 대한 손병현 작가의 매서운 비판은 서늘하다.

> 옥수는 청산의 조카로 짧은 시간 나타났다 짧은 나이에 생을 마감했다. 딱 1년, 막걸리 골목에 발길을 했고 석양이 지는 가을 어느 날 동문다리 앞 도로에서 차에 치여 비명횡사했다. 때문에 한동안 일행은 막걸리 골목을 찾는 발길이 조심스러웠다. 옥수는 막걸리 골목에 나타날 때부터 죽으려고 작정한 사람처럼 보였다. 어려서부터 글재주가 있었던 옥수는 문예창작과를 졸업 후 희곡을 쓰고 있었다. 어떻게든 생활을 해야 했던 옥수는 예술인협회 사무처에 들어갔다. 협회에서 근 10년을 근

무한 옥수는 선배들 뒤치다꺼리를 도맡아 했지만 돌아온 것은 배신감뿐이었다. 협회에서 서류를 기획해 돈이 될 만한 사업을 따내면 사업비를 횡령하는 선배가 나타났고 때로는 저희들끼리 소리 소문 없이 분배해 버리곤 했다. 그런가 하면 정부산하기관 예술관련 부서에 별정직 자리가 나오면 느닷없는 사람이 나타나 선배랍시고 낯짝을 보이다 물밑작업을 벌여 자리를 꿰차곤 했다. 그럴 때마다 옥수는 심한 배신감과 함께 예술가들에 대한 환멸을 느꼈다. 예술가로서의 자존심은커녕 거지 근성을 앞세워 파렴치한 짓을 일삼는 그들이 벌레만도 못하게 느껴졌던 것이다. 하지만 선배 예술인들은 위로랍시고 "모다 다 어려워서 안 그냐. 그 사람들도 한때는 정의를 부르짖었던 사람들이다. 근디 당장 새끼들이 배곯고 오갈 데가 없는디 눈에 뵈는 것이 있겄냐. 너도 언젠가는 좋을 날이 있을 것인께 꾹 참고 기다려 봐라." 지껄이는 것이 전부였다. 예술가라는 거죽을 뒤집어쓴 채 어처구니없는 짓을 일삼는 그들을 더는 가까이할 자신이 없었고, 더 무서운 것은 언젠가 자신도 그들처럼 파렴치한으로 변할 것이라는 생각이었다. 때문에 옥수는 사표를 내던졌다. 그리고 나서 찾아든 곳이 막걸리 골목이었다. 한때는 예술인으로서 자존감도 있었고, 예술인단체를 활성화시켜 보겠다는 진취적 열망도 있었지만, 그 모든 것들이 진흙탕 속 생존문제로 귀결되면서 가슴에 구멍이 뚫려 버린 것이었다. 그 뚫린 구멍을 메우기 위해 옥수는 미친 듯 막걸리를 퍼부었다. 술

> 에 몸을 내맡긴 옥수는 죽기 두어 달 전부터 모든 것을 초탈한 사람처럼 실실 헛웃음을 흘리기 시작했다. 그런가 하면 정신과 육신이 분리된 것처럼 말과 행동이 두서없었고, 눈은 현실 너머 막연한 공간을 향해 있었다.(120~121쪽)

청산의 조카 옥수의 죽음에 대한 비판적 성찰이 겨냥하고 있는 문제의식은 뚜렷하다. 옥수가 도저히 견딜 수 없는 것은 옥수의 선배들끼리 각종 명목으로 협회의 "사업비를 횡령"하는가 하면, "정부산하기관 예술관련 부서에" 자리가 나면 그 "자리를 꿰차곤" 하는 모습 등에서 "예술가로서의 자존심은커녕 거지 근성을 앞세"우는, 예술가의 품격을 현저히 떨어트리는 파렴치한을 너무나 쉽게 목도하기 때문이다. 목구멍이 포도청이라 했던가. 옥수가 지켜본 적나라한 모습은 5·18광주 민주화운동 과정에서 예술을 통해 부조리하고 억압적 시대를 넘어선 민족민중예술의 아름다운 저항의 품격도 아니고, 그것을 창조적으로 갱신하려는 분투의 모습도 아닌, 5·18광주를 기념화 및 화석화하고자 하는 속류적 예술의 유혹에 속수무책으로 저당 잡혀가는 선배 예술가들의 안쓰러운 모습이다. 옥수는 이러한 선배 예술가의 현실에 대한 투항과, 무엇보다 5·18광주 민주화운동의 참뜻과 진정성이 속화되는 모습 속에서 예술의 죽음을 징후적으로 포착하였고, 마침내 스스로 목숨을 저버린 것이다. 물론, 옥수의 이러한 문제제기에 대해 웅걸은 작품 속에서 실명으로 거론하고 있지는 않으나, 이명박 정부와 박근혜 정부에서 진보적 예술가들의 활동을 제도적으로 억압하는 과정에서 이 같은 문제점들이 생겨났다는 것을 직시하고 있다. 이와 관련하여, 최근 지난 이명박 및 박근혜 정부에서 예술가들에 대한 블랙리스트를 작성하여 그들에게 제도적 불이익을 초래함으로써 비판적 성향의 예술 활동 자체를 억압해 왔다는 사실을 상기해 볼 때, 웅걸의 의견은 설득력을 갖는다. 하지만, 우리가 예의주시해야 할 것은, 옥수를 통해 작가가 정작 비판하고 있는 문제의식인데, 그것은 5·18광주의 제도화에 따라 자칫 안주할 수 있는 광주 민주화운동에 대한 화석화가 빚을 수밖에 없는 속류적 이해관계의 팽배에 대한 작가의 준열한 비판이다.

이러한 비판적 문제의식은 비단 예술에만 그치지 않는다. 정치권에서는 여야 가릴 것 없이 자신의 당리당략에 따라 광주가 지닌 민주주의의 가치를, 말 그대로 자신들 맘대로 정치적으로 활용한다.

> "참말로 내가 입 더러와진께로 말을 안 해야쓴디. 그 연놈들 보믄 꼭 여그를 목욕허로 오는 것 같어야. 속에는 음흉한 속셈이 까뜩 차가꼬는 무슨 대단한 의식이나 있는 것 멘치로 역사와 민주주의 어쩌고 험스로 짓까부는 것을 볼라치면 속에서 에욱질이 안 올라오냐. 허는 짓거리는 도둑놈 강도보다 더 헌 연놈들이 거룩한 척 온갖 폼은 잡고……, 참말로, 그것들은

동네 이장보다 못 헌 종자들이여."

"그러게요. 다들 이곳을 유니폼처럼 껴입고 자신을 팔아먹을 생각만 하니…… 따지고 보면 야당 것들이 더 나쁜 것 같아요. 당선만 되면 나 몰라라 입 싹 씻고 당파질만 앞장서니 이짝 저짝으로 죽어나는 것은 여기 사람들만 아니라고요. 대의니 민주주의니 깃발만 치켜들 것이 아니라 집안 단속부터 잘하는 게 맞을지도 모르겠어요. 매번 속아 넘어가면서도 또 똥구멍 닦아 주는 짓거리를 반복하니 놈들이 우리를 한 장짜리 표로밖에 더 보냐구요. 지들끼리 만나면 그런다잖아요. 남쪽 것들은 민주주의로 포장하면 똥도 삼킨다구요."(90쪽)

모처럼 봄나들이를 나간 웅걸, 서봉, 홍구 등 '동문다리 브라더스'는 망월동 국립묘지를 들러 위와 같은 말을 주고받는다. 광주를 삶의 터전으로 삼고 있는 그들의 신랄한 비판은 직설적이다. '5·18광주'의 표상인 민주주의의 가치가 현실 정치권에서 선거용으로 전락하고 있다는 통렬한 비판은 작금 한국 사회의 낯부끄러운 민낯이다. 무엇보다 귀 기울여야 할 것은 이러한 현실 정치권의 작태에 이용당하고 있는 것을 뻔히 알면서도 이 정치적 이해관계가 낳은 퇴행적 정치현실에 눈감고 있는 광주의 내부를 겨냥한 자기비판의 진정성이다. 감히 말하건대, 손병현의 『동문다리 브라더스』가 지닌 이 같은 정치적 문제의식의 직정성(直情性)은 그동안 한국소설에서 좀처럼 전경화(前景化)되지 않았다는 점에서 각별히 주목할 필요가 있다. 이른바 5·18광주를 다룬 서사 전통 속에서 광주를 향한 이러한 자기비판보다 '광주'가 표상하는 민주주의 가치를 새롭게 발견하고 그것의 서사적 의미를 심화·확산시키는 서사가 주류였음을 환기해 보면, 손병현의 광주에 대한 자기비판은 이 같은 주류 서사의 흐름 속에 안주하는 게 아니라 그 바깥에서 광주의 '또 다른' 민주주의를 탐문하고 있는 소중한 문제의식이다.

3.

여기서, 우리는 광주에 남은 자들, 곧 '동문다리 브라더스'가 결코 시대에 뒤처지고 패배한 자들이 아니라는 점을 이해해야 한다. 비록 그들은 성공신화의 실현을 위해 광주를 떠나 서울의 삶을 적극적으로 선택하지 않았고, 그래서 서울중심주의로 치닫는 현실 속에서 상대적으로 낙후되어 가는 광주에서의 비루한 삶을 살고 있지만, 그들은 나름대로 존재와 삶의 존엄성과 위엄성을 포기하지 않은 삶을 살고 있다. 그들은 "나이를 먹을수록 궁지에 몰릴수록, 자꾸 원칙을 저버리고 편법에 기대는 인간들을 많이 봐 왔던 터"라, "원칙과 소신 그리고 정직성"(163쪽)을 소중히 여기면서 그들의 삶의 윤리로 갈무리하고 있는 것이다. 따라서 그들이 현상적으로 삶의 패배자와 낙오자의 모습으로 비쳐진 채 동문다리 근처의 허름한 선술집에서 막걸리를 마시며 하루하루를 탕진하는 것처럼 보이는 그 이면에는 나날이 속화되는 현실에서 쉽게 폐기처분할 수 없는 그들의 삶의 윤리를 지탱하기 위한 숭고성이 자리하고 있다. 그럴 때 "아직 곰삭지 않은 신선한 고름에서 풍겨져 나오는 패배의 냄새"(169쪽)가 지닌 삶의 숭고한 아우라가 한층 넓고 깊게 우리를 감싸 온다.

물론, 이 '패배의 냄새'가 자신을 향한 엄정한 자기비판에 바탕을 두고 있다는 것을 소홀히 간주해서는 안 된다. 가령, 작중인물 청산이 서봉을 향한 날선 비판을 하는 대목에서 이 같은 자기비판이 불러일으키는 신생을 향한 자기인식을 주시할 필요가 있다.

> "아무도 니 발에 족쇄 채운 사람 없다. 그라고 널랑은 하늘에서 뚝 떨어져서 그만큼 컸냐. 우물에 침 뱉어 봐라 목마르믄 또 그 물 찾을 것잉께. 그려, 간다는 놈을 누가 말리겄냐. 미련 둘 것 없이 갈테믄 하루라도 빨리 가거라, 그라고 되도록 멀리 가거라 정 띠기 좋게. 사람 속은 모른다고 몸띵이는 여가 있어도 애진작에 맘 속에서는 짐보따리를 쌌던 것이제."
>
> 거칠게 몰아치는 청산의 날선 파편들이 서봉에게는 차라리 소낙비처럼 시원했다. 울고 싶은 아이에게 회초리를 치는 격이나 다름없었다. 서봉은 부르튼 밥알이 박혀 있는 김치 한 줌을 큼직하게 집어 입안으로 밀어 넣었다. 더 이상 입을 벌려 누추

한 변명을 늘어놓고 싶지 않았다. 입을 틀어막은 서봉은 가슴에 돌이라도 박힌 듯 먹먹했다. 울고 싶어도 울 수 없는 배반감이 감정의 틈바구니에서 스멀스멀 피어올랐다. 그동안 너무 비겁하게 산 것 같기도 했고, 책임의 중심에서 늘 비껴서 있었던 것 같기도 했다. 그런가 하면 뜻 모를 억울함이 북받쳐 오르기도 했다. 껍데기로 남은 현실을 따져 물을 어느 순간이 있다면 그곳에 멈춰서고 싶었다. 뒤죽박죽으로 감정이 소용돌이쳤다. 목이 메인 서봉은 입안의 물컹한 것들을 찬찬히 곱씹었다. 부르튼 밥알도 쉰내 나는 김치도 부정할 수 없는 현실이었다. 늘 한 발 떨어져 관망자의 모습으로 현실과 동행했던 서봉은 가슴속에서 파도 한 번 친 적이 없었다. 뜨거운 불길에 당당히 데어 본 적 없는 서봉의 가슴은 흐드러진 장식품이나 다름없었다. 서봉은 물컹한 입안의 것을 꿀꺽 삼켜서 목구멍 속으로 밀어 넣었다. 도망은 결국 쫓김의 연속이고, 비겁함은 자기부정의 또 다른 분열이었다. 묵직한 덩어리의 창자를 훑고 지나가는 느낌은 지난한 과거를 되짚는 참담함의 확인이었다.(124~126쪽)

광주에서 대학을 졸업한 후 사설 학원 수학 강사를 하다가 그만둔 후 전선 만드는 공장에서 단순 노무직 경험을 한 적 있는 서봉은 그마저 그 일도 그만둔, 한마디로 "경쟁력 없는 인간"(50쪽)으로 전락해 있다. 이것은 서봉뿐만 아니라 서봉의 주변 사람들, 특히 '동문다리 브라더스' 역시 크게 다를 바 없을 정도로 삶을 탕진하는 모습을 보인다. 심지어 고향을 떠난 사람들도 속출하고 있는 형국이다. 이에 대해 청산은 아무런 미련이라도 없는 듯 지극히 날선 냉소적 비판을 일갈한다. 그리고 서봉은 청산의 비판을 들으며 자기비판을 에돌아가지 않는다. 무엇보다 "관망자의 모습으로 현실과 동행했던" 그래서 현실의 "뜨거운 불길에 당당히 데어 본 적 없"이 현실로부터 "쫓김의 연속"을 살았고, 이러한 "비겁함은 자기부정의 또 다른 분열"로 자기파괴를 초래한 자신의 삶을 준열히 꾸짖는다.

그렇다. 이 "참담함의 확인"은 서봉 개인에게만 국한된 것이 아니라 청산을 비롯한 '동문다리 브라더스', 그리고 스스로를 삶의 열패자로 간주하는 광주에 남은 자들을 두루 포괄하는 자기비판의 정동(情動)의 산물이다. 사실, 서봉의 이러한 자기비판은 청산이 그동안 얼마나 치열한 자기비판과 자기갱신을 위한 노력을 하고 있는지를 확인하는 대목에서 한층 실감으로 다가온다. 비록 남들의 시선 속에서 청산은 "막걸리나 얻어 마시면서 그림을 그린답시고 허투루 살아가는 인간"(126쪽)으로 간단히 취급되고 있으나, 청산은 놀랍게도 "무등산 그림에 예술혼을 불태우"(127쪽)고 있는 것이다. 청산의 그림을 보고 서봉과 웅걸은 놀란다. 그들은 겉으로 내색은 하지 않지만 청산은 광주에 남은 삶의 열패자로서 '동문다리 브라더스'의 삶을 살아온 게 아니라 청산의 방식대로 치열한 자기비판과 자기갱신의 과정을 실천하는 삶을 살고 있는 것이다. 청산은 서봉처럼 현실에 대한 관망자로서 자기부정의 삶을 살고 있지 않았다. 무등산의 곳곳을 다니고 살피면서 청산의 언어로 무등산을 만나고 있었고, 그 무등산을 표현하고 있었다. 청산의 이 같은 삶은 서봉의 누나가 선택한 삶과 서봉의 고향 선배들이 선택한 삶과 대비된다. 서봉의 누나의 경우 서울 유수대학을 다니면서 학생운동을 하다가 졸업한 후 한국사회를 떠나 독일에서 인권운동가의 삶을 살고 있고, 서봉의 고향 선배들의 경우 서울에서 안정적 삶을 살고 있는데, 서로 다른 두 가지 삶에서 포개지고 있는 점이 있다면, 모두 고향 광주를 떠나 있다는 것이다. 광주를 떠난 곳에서, 전자의 경우 민주주의 가치를 향한 삶을 살고 있고, 후자의 경우 서울중심주의와 결코 무관할 수 없는 부르주아의 안정적 삶을 살고 있다. 그 삶의 구체적 형식과 내용이 어떻든 분명한 사실은 서봉의 누나와 서봉의 고향 선배들은 고향인 광주를 떠난 곳에서 자신의 꿈을 향한 삶을 살고 있는 것이다.

여기서, 작가 손병현이 고향 광주를 떠난 자들을 향한 비판의 태도를 보이는 것으로 이해해서는 곤란하다. 그보다 손병현이 주안점을 두고 있는 것은 딱히 서봉의 누나와 서봉의 고향 선배들로 한정짓지 않더라도 '동문다리 브라더스' 동세대의 고향 사람들뿐만 아니라 고향 후배 세대들로부터 흔히 목도할 수 있는, 고향을 떠나 삶을 추구하는 양상과 사뭇 다른, 즉 고향에 남은 청산이 고향을 우직하게 탐구하고 있는 그 어떤 삶의 전율이다. 이것은 낭만적 애향주의와 무관하고 고향에 대한 맹목적 집착도 결코 아니다.

4.

이와 관련하여, 손병현이 『동문다리 브라더스』에서 들려주는 작중 인물 김국장의 전언에 귀기울여 보자.

> "내가 왜 은행을 때려치우고 〈광주일보〉 지국을 맡았는지 아냐? 〈광주일보〉가 나를 키워 주기도 했지만 꼭 그래서만은 아니여야. 그냥 광주가 좋아서 그래서 그랬어야. 광주 소식을 광주 시민들한테 내가 전한다고 생각하믄 그냥 가슴이 막 뛰고 신이 나서 날마다 배달시간이 기다려지는 거여. 상고를 다니면서 은행원이 되겠다는 꿈도 있었지만 그 꿈보다는 외려 신문배달이 더 나를 설레게 하더라고. 벼랑에 올라선 것처럼 가슴이 막 부풀어 오르고, 뛰어내리면 날 수 있을 것 같은 자신감이 밑도 끝도 없이 나를 흥분시키는 거여. 덕분에 아내도 만났지 않았겄냐. 일요일마다 성경책을 들고 교회 다니는 여고생이 예뻐 보여서 날마다 신문 한 부씩을 안겼었는디 나중에 결혼까지 안 하게 됐겄냐. 서봉아! 여그는 말이다이, 어떤 수사도 부끄러울 정도로 거룩한 땅이라는 사실을 니도 알꺼다이. 그래서 내가 너한테 거절해서는 안 될 부탁을 헌다. 살아가면서 사람이 소신을 지키기도 어렵지만 하찮은 소신이라도 지키면서 살면 공허하지는 않어야. 내가 죽어서라도 너를 도

우꺼신께. 내 지국을 맡아도라. 나는 죽어서도 광주 시민들한
테 광주 소식을 전헐 것이여야."(210~211쪽)

김국장이 죽기 며칠 전 서봉에게 한 말이다. 목포 출신인 김국장은 광주일보사 장학생 조건으로 광주에서 유학생활을 했고, 지금 광주일보 지국을 맡아 신문배달업을 하고 있다. 그의 발언 하나하나 그가 얼마나 광주를 사랑하고 있는지를 여실히 알 수 있다. 그것은 광주가 지닌 "어떤 수사도 부끄러울 정도로 거룩한 땅이라는 사실"이 함의하고 있는 진실을 그는 살고 있기 때문이다. 그는 '5·18광주'가 제도화되면서 광주도 모르는 사이 스멀스멀 잠식돼 가는 퇴행적 광주의 현실에서 비껴가지 않는다. 또한 광주를 정치적 활용거리로 삼는 파렴치한 정치 행위에 대해서도 외면하지 않는다. 물론, 그는 지난날 한국 민주주의의 기치를 내세운 광주의 숭고한 정동(情動)에 전율한다. 이 모든 과정 속에서 광주의 안팎을 형성시킨 크고 작은 소식이야말로 광주의 생생한 역사가 아니고 무엇인가. 따라서 김국장에게 광주일보 지국은 광주의 역사와 광주의 진실을 광주 시민에게 전달하는 배달소이면서 광주의 다양한 여론의 집합소이다. 이렇게 중요한 역할을, 김국장은 죽기 며칠 전 '동문다리 브라더스' 중 하나인 서봉에게 맡기는 것이다. 김국장에게 서봉은 비루하고 남루한 삶을 살고 있는 인물이 아니다. 김국장에게 서봉은 광주의 과거를 바로 기억하고, 현재를 성실히 살고, 그래서 미래의 꿈을 쉽게 저버리지

않는 주체로서 이해된다. 왜냐하면, 서봉은 김국장이 그래왔듯이 숱한 유혹에도 불구하고 고향 광주에서 빚어지는 문제들을 회피하지 않고 응시하면서 광주가 성취해 낸 민주주의 가치와 새로운 과제를 창조적으로 떠맡을 준비가 돼 있는, 삶의 밑바닥을 치고 솟구칠 수 있는 새 힘을 벼릴 수 있기 때문이다. 작품의 말미에서 서봉은 더 이상 동문다리 근처를 정처 없이 배회하는 낙오자가 아니라 막걸리집의 새벽 시장을 봐주는 장면을 보이는데, 삶의 저 낮은 곳에서 겸허히 시작하는 모습으로부터 작가 손병현의 소설이 지닌 뚝심을 읽을 수 있다. 그래서일까. 『동문다리 브라더스』의 맨 마지막 문장이 아직도 눈에 밟힌다. 설령, 외형상 광주를 떠난 삶들이 있다 하더라도, 손병현과 작중 인물 '동문다리 브라더스' 는 그들의 삶의 기축인 광주의 진실과 늘 함께 있는 것이리라.

> 어디서 무엇을 하고 살던 그 중심은 이곳에 있을 것이라는 사실을 잘 알기에 함께 있는 것이나 다름없었다.(214쪽)

이렇게 광주의 서사는 손병현의 장편소설 『동문다리 브라더스』에 의해 다시 쓰이고 있다.

꼭 쓰고 싶은 글이 있다. 아니 꼭 써야 할 의무감이 느껴지는 글이 몇 편 있다. 그중 한 편을 내보낸다. 내 손끝에서 마무리되었지만 결국 그분들의 이야기이고 그곳에 드려야 할 큰절이다. 누군가로부터 밥을 빌어먹고 잠자리를 의탁 받아 뼈가 여물었다면 응당 사람된 도리를 생각하는 것이 마땅하다. 남쪽, 따뜻한 그곳에서 내 삶의 의미 있는 순간들을 보냈다. 그중 가장 큰 의미는 불 들어간 가슴일 것이다. 어딘가 불 밝힐 곳이 있다면 나도 그곳의 밑불이 되고 싶다.

2017년 10월

남가좌 새집에서

동문다리 브라더스 손병현 장편소설

초판1쇄 찍은 날 | 2017년 11월 3일
초판2쇄 펴낸 날 | 2018년 12월 10일

지은이 | 손병현
펴낸이 | 송광룡
펴낸곳 | 문학들
등록 | 2005년 8월 24일 제2005 1-2호
주소 | 61489 광주광역시 동구 천변우로 487(학동) 2층
전화 | 062-651-6968
팩스 | 062-651-9690
전자우편 | munhakdle@hanmail.net
블로그 | blog.naver.com/munhakdlesimmian
값 13,000원

ISBN 979-11-86530-39-9 03810

· 이 책은 한국문화예술위원회·광주광역시·광주문화재단의
문예진흥기금 일부를 지원 받아 발간되었습니다.